나 자신에게 던지는

*1000*가지 질문

나 자신에게 던지는 1000가지 질문

ⓒ 들녘, 2006

초판 1쇄 발행 · 2006년 2월 27일

지은이 · 앨리스 토머스
옮긴이 · 정명진
펴낸이 · 이정원

펴낸곳 · 도서출판 들녘
등록일자 · 1987년 12월 12일
등록번호 · 10-156

주소 · 경기도 파주시 교하읍 문발리 출판문화정보산업단지 513-9
전화 · 마케팅 (031) 955-7374 편집 (031) 955-7381
팩시밀리 · (031) 955-7393
홈페이지 · www.ddd21.co.kr

값은 뒤표지에 있습니다. 잘못된 책은 구입하신 곳에서 바꿔드립니다.

ISBN 89-7527-524-8 (03840)

나 자신에게 던지는

1000가지 질문

The 1000 most important questions you will ever ask yourself

앨리스 토머스 지음 · 정명진 옮김

자신을 극복하는 사람이야말로 진정으로 강한 사람이다.

_ 「도덕경」

아는 것이 힘이다. 자신을 알면 자기 계발에 도움이 되고, 삶의 기술을 개선시킬 수 있으며, 다른 사람과 깊이 연결되어 있다는 느낌을 강하게 받을 수 있다. 자신을 잘 알고 있으면 자신뿐 아니라 주변 사람들의 삶의 질까지도 향상시킬 수 있다. 이 책은 당신이 자신을 아는 방법을 개발하도록 도와줄 것이다. 당신은 이 책에 제시되어 있는 질문에 대답함으로써 자신에 대한 인식의 문을 활짝 열 것이고, 인간관계를 새롭게 볼 것이며, 지금 당신을 가두고 있는 한계를 무너뜨리고 그 너머로 다가갈 수 있을 것이다. 그러다 보면 당신이 어떤 존재인지, 그리고 어떤 존재로 성숙할 수 있는지에 대해 새로운 사실을 발견하게 될 것이다.

이 책을 처음부터 끝까지 애써 읽으려 하지 말고 지금 당신의 처지에 꼭 맞아떨어진다 싶은 부분을 골라서 읽는 것이 좋다. 만일 절대로 읽고 싶지 않은 부분이 있다면 왜 그 부분에 거부감을 느끼는지, 그 이유를 한번 연구해보는 것도 흥미로울 것이다. 만일 당신이 어느 특정한 주제에 대해 강한 반발을 보인다면, 거기에는 분명 이유가 있을 것이다. 과거를 토대로 당신이 어떤 사람인지, 그리고 당신이 할 수 있는 일과 할 수 없는 일이 무엇인지에 대해 스스로에게 이야기하다 보면 바로 그 이유들이 이야기의 한 부분을 이루게 된다. 이 책은 지금 이 순간 바로 여기서 일어나고 있는 당신의 삶을 당신이 온전하게 파악할 수 있도록 도와줄 것이다.

아주 오래전에는 인간에게 어떤 한계가 굴레처럼 주어졌다. 그리고 우리가 할 수 있는 일은 어떤 것이며, 할 수 없는 일은 어떤 것인지를 엄격히 제한하는 신념체계 안에서 그 체계를 따르거나 간혹 그 체계에 도전하는 만용을 부리는 방법을 배웠다.

그러나 이 책은 당신에게 재미와 도전을 안겨줄 뿐만 아니라, 바로 당신의 태도와 행동, 감정, 생각과 신념 등이 가득 들어 있는 당신만의 판도라 상자와 함께 그것을 열 수 있는 열쇠를 당신 손에 쥐어준다. 당신은 간직하고 싶거나 바꾸고 싶거나 버리고 싶은 것을 스스로 선택할 수 있다. 또한 당신이 원하는 속도에 맞춰 지금 당신의 모습에 도전장을 던지며 스스로 성장하고 변화하고 발전을 꾀할 수 있다. 마침내 당신은 편안한 마음과 자신감, 자긍심을 얻을 수 있을 것이다. 이 책에는 당신이 쉽게 접근할 수 있는 정보가 가득 담겨 있다.

문제를 해결하는 과정에서는, 그 문제가 어떤 것이든 자신을 극복하는 일이 전체 노력의 반 이상을 차지한다. 인간은 문제를 일으키는 데 아주 능숙한 존재다. 그 수많은 문제들 중에는 핵심을 충분히 파악하고 이해하기까지 수십 년이 걸리는 것들도 있다. 또한 다른 사람들이 우리에게 문제를 안겨줄 때도 있다. 특히 어린아이일 경우가 그렇다. 그 특별한 덫에서 빠져나오려면 오랜 세월이 걸린다.

나는 심리치료학자로서 수많은 사람들의 내면세계에 접근할 수 있는 특권을 누려왔다. 그들은 자신의 문제와 기쁨과 비밀을 나에게 털어놓았으며, 다른 사람을 비난하기보다는 자신의 일이 왜 계속 나쁜 방향으로 흘러가는지, 그 원인에 대해 많은 관심을 보였다. 이 책은 내가 몇 년 동안 이런저런 이유로 삶에 만족하지 못하거나 불행하게 사는 사람들의 말에 귀를 기울이면서 나 자신에게 끊임없이 던졌던 질문의 결과다.

사람들은 어떤 식으로 자신의 인생을 혼돈에 빠뜨리며, 또 그렇게 인생을 망치는 이유는 무엇일까? 왜 행복하지 못하고 성취감을 느끼지 못하는가? 우리가 진정으로 갈망하는 것들을 얻지 못하게 막는 것은 무엇인가? 물론 우리의 삶이 제대로 돌아가지 않는 것에는 온갖 종류의 외적 요인이 작용할 수 있다. 그리고 아마도 우리가 사는 이 세상은 어둡고, 위험하고, 힘겨운 곳일지도 모른다.

인생을 살다 보면 진정으로 힘들고, 심지어 불가능해 보이는 일들을 수없이 겪게 된다. 그런 도전적인 일이 눈앞에 벌어졌을 때 유일한 선택은, 그 일에 어떤 식으로든 분명한 자세를 취하는 것뿐이다. 그러나 이 책에서 말하려는 것은 당신에게 나쁜 일이 일어날 수 있다는 그 흔한 진실이 아니다.

이 책을 쓴 목적은 당신에게 어떤 일이 닥치든 당신이 인생을 최대한 알차게 꾸려갈 수 있도록 돕고자 함이다. 인생에서 제아무리 거센 파도가 몰아치더라도 쓰러지지 않게 자신을 하나의 훌륭한 도구로 개발할 수 있도록 돕는 것이 바로 이 책의 핵심이다. 그리고 그 도구는 당신으로 하여금 즐거움과 행복을 누리도록 만들어줄 것이다.

새로운 변화의 계시

인간은 미래를 알기 위해 다양한 방식에 의존한다. 『주역周易』이나 타로와 같이 전통적으로 내려오는 예언의 방식은 우리가 인생의 문제에 대해 어떤 관점을 가지도록 도와준다. 이 고대의 예언방식들은 지금도 대중적인 인기를 누리고 있다. 그러나 이것들은 순종적인 여성의 역할을 못박는 등 현대인에게 더 이상 도움이 되지 않는 가치만을 이야기하고 있다.

그에 비해 이 책은 스스로에게 질문을 던져야 할 필요성에 대해 새로운 시각을 제공하며, 유익한 해답을 제시한다. 전통적 지혜를 존중하고 그 가치를 높이 평가하는 한편, 일관되고 논리적인 원칙을 바탕으로 명쾌하면서도 현대적인 접근방식을 내놓을 것이다. 스스로에게 질문을 던지는 것은 삶이 앞으로 전진하도록 이끄는 멋진 방법이다.

왜 인생을 변화시킬 필요를 느끼지 않는가

누구나 자신이 환경에 휘둘리기 쉽고 불안한 존재라고 느끼기 쉽다. 그리고 자신의 문제에 대한 해답을 자신이 아닌 다른 누군가가 갖고 있음이 틀림없다고 생각하기 쉽다. 카운슬러, 인생상담원, 세미나 지도자로서 훈련받는 일은 그다지 어렵지 않다. 또한 다른 사람들의 구겨진 인생을 다시 펴서 제 모습을 찾게 하는 데 필요한 해결책과 모범, 충고를 내놓는 일도 그리 어렵지 않다.

그렇다면 그 사람들이 당신이 안고 있는 문제에 진정으로 당신보다 더 잘 아는 전문가일까? 전문가들의 도움을 받으면 때때로 위안과 격려가 될 수 있으며, 그들이 처방해주는 다양한 치료요법은 당신으로 하여금 지금 당신이 허우적대고 있는 그 문제를 정확히 찾아내어 앞으로 나아가도록 도울 수 있다. 그리고 다른 사람의 사례 역시 스스로의 모습을 정확히 보는 데 종종 도움이 된다. 그러나 당신에게 반드시 고쳐야 할 어떤 문제가 있다고 단정하는 것은 결코 도움이 되지 않는다. 많은 사람들은 당신 외에는 누구에게도 결코 얻을 수 없는 것을 거꾸로 당신에게 억지로 팔려고 한다. 그들이 팔려고 하는 것은 바로 유익한 태도, 즉 스스로에게 옳은 질문을 던지는 능력이다. 이 책이 말하려는 것도 바로 그 점이다.

이 책은 수많은 심리학 서적이나 자기 계발서, 프로그램과는 구별되는 방식으로 심리학에 접근하고 있다. 그리고 삶의 태도를 바꾼다거나 낡은 신념을 버리는 것에 대해 언급하고 있지만 그것에 국한되어 있지 않다.

이 책의 서술 방식은, 우리 내면에 도사리고 있는 가치와 태도, 감정에 대해 새롭게 눈을 뜨도록 돕기 위해 질문 형식을 취했다. 내면세계에 대한 자각은 늘 변화하는 경향을 갖고 있다. 이 책을 읽고 나서도 꽤 오랫동안 그 질문들이 끊임없이 당신에게 유익하게 작용한다는 사실을 깨닫게 될 것이다. 여기에 나오는 질문들은 '부드러운' 형식을 취했을 뿐만 아니라 스스로 마음을 새롭게 다져서 심리적으로 틀에 박힌 대답을 하지 않도록 도와주게 될 것이다.

소극적, 불평, 절망, 나약한 자존심, 죄의식과 자책감의 덫

아침에 잠자리에서 일어나기가 굉장히 힘겨울 때가 있다. 하루를 시작하는 일이 왜 이렇게 성가실까? 아침마다 이 전투에서 이기려면 우선 스스로를 극복해야 한다. 당신이 올바른 태도를 몸에 익히려면 엄청난 노력이 필요할지도 모른다. 그 태도가 습관처럼 자연스럽게 몸에 배도록 해야 하기 때문이다. 정작 문제가 되는 것은 문제 그 자체가 아닐 때가 종종 있다. 끈질기게 매달리려는 당신의 태도가 바로 문제인 것이다. 지금 이 책을 읽고 있는 당신이 자신의 태도를 조금이라도 바꾸지 않는다면 이 책을 읽기가 어려울 것이다. 만일 아직도 태도를 바꿀 마음의 준비가 되어 있지 않다면 다시 침대 위로 올라가라. 다만 처음부터 끝까지 경쾌하고 결연한 이 책은 언제까지나 당신을 기다리고 있다는 사실을 명심하기 바란다.

나는 왜 이 질문을 던지는가?

당신이 이 책에 등장하는 모든 질문과 씨름해야 하는 이유는 무엇인가? 어쩌면 매우 성가신 일인지도 모른다. 그리고 이런 노력이 인생에 어떤 결실을 안겨줄는지도 알 수 없다. 그러나 일단 시도해보고 결실을 기다리자. 그리고 그 과정을 당신의 인생 중 어느 한 부분에 적용하도록 노력하라. 상대적으로 쉽고 덜 위험해 보이는 것들을 먼저 시도하라. 그런 식으로 성취감을 차근차근 쌓아가면 된다. 수십 년 동안 씨름해온 버거운 문제부터 섣불리 들고나서는 일은 절대로 없어야 한다.

사고방식

유명한 심리치료학자인 윌프레드 비온은 제2차 세계대전 후 외상을 입은 병사들을 대상으로 한 연구에서 많은 기여를 했다. 그는 대부분의 병사들이 자신이 직면하고 싶지 않은 일을 피하기 위해 무슨 일이든 한다는 사실을 발견했다. 그들은 돌이키고 싶지 않은 기억을 차단하고, 자기 마음속에 따로 공간을 만들어 거기에 가둬두고 있었다. 또 어떤 병사들은 지워버리고 싶은 자신의 기억들을 다른 사람들이 떠올리게 하거나 입에 담지 못하게 하고, 또 그런 일들을 들먹이며 자신에게 도전해오는 것을 무의식적으로 막고 있었다.

비온은 그들의 이러한 사고과정에 완전히 매료되었다. 무엇이 우리로 하여금 독창적인 생각을 하도록 하고, 우리에게 유리하게 작용하도록 하는 것일까? 또 그렇게 되지 못하도록 막는 것은 무엇일까? 가끔씩 명쾌하게 생각하는 것 자체가 그렇게 힘든 이유는 무엇일까? 그 이유 중 하나는 학교에서 개념적 사고의 도구를 가르치지 않기 때문이다.

아이들은 학교에 다닐 때보다 학교에 다니지 않던 때에 자신들에게 더 멋진 생각의 도구들이 있다고 생각할지도 모른다. 이렇게 생각하게 된 결정적인 이유는 우리가 현실에 대해 많은 의문을 갖지 않고 정해진 틀 안에 생각을 가두도록 훈련받았기 때문이다. 게다가 자신이 진정으로 원하는 것이 무엇인지를 아는 데에서 비롯되는 두려움 탓도 있다. 우리에게는 진정으로 받아들여주기를 기다리고 있는, 어떤 무의식적인 또는 '생각하지 않는' 생각들이 있을지도 모른다. 그 생각들의 일부는 창의적이며 우리를 자유롭게 만든다.

비온은 '마이너스Minus K'라고 지칭한 개념을 창안했다. 그것은 우리 각자의 내면에 있는 힘으로 우리를 어둠 속에 가둬두려 한다. 이 힘은 자기 파괴적이며, 저항적이고, 어떤 수단을 동원해서라도 왜소하고 두려워하는 상태 그대로 남으려고 애쓴다. 비온은 이것을 'O'와 대비시켰는데, 이것 또한 우리 내면에 존재하면서 성장과 발전을 도모하는 알 수 없는 힘이다. 인간의 멈출 수 없는 잠재력의 과정이 바로 이 힘이라 할 수 있다.

유명한 심리치료학자인 칼 로저스는 어두운 지하실에서 자라나는 토마토의 어린 줄기를 빗대어 이 힘을 묘사했다. 제아무리 멀리 떨어져 있어도 토마토의 어린 싹은 때가 되면 햇빛을 향해 자신이 성장할 길을 찾는다. 만일 우리에게 충분한 빛과 공간만 확보된다면 우리 모두는 자연스럽게 성장하여 꽃을 활짝 피울 수 있을 것이다.

나에게 이것을 누릴 만한 자격이 있을까?

'내가 원하는 것을 갖는 게 혹시 이기적이지는 않을까? 나는 이걸 가질 자격이 없어. 다른 사람을 먼저 생각해야 해. 가족을 먼저 생각해야 한다고. 나는 아직 인생에서 원하는 것을 가질 만한 자격이 없어.'

이런 식의 생각은 공포와 억압과 한계의 낡은 메시지일 뿐이다. 만일 당신이 스스로에게 무척 잘 어울리는 행동만 하면서 정말로 멋지고 행복한 인생을 살고 있다면 주위 사람들이 부러움을 느낄지도 모른다. 어쩌면 그들은 시기심에 당신의 행복을 인정하지 않을 수도 있다. 그렇다면 그런 환상적인 인생 계획을 가진 당신은 어떤 존재라고 생각하는가?

만일 당신이 앞으로 한 번이라도 이런 생각을 하게 된다면 그때가 바로 당신이 새로운 습관을 들여야 할 시기다. 당신이 이 세상에 태어난 것은 다른 사람들의 희망을 채워주기 위해서가 아니다. 당신이 지금 여기에 있는 것은 오로지 당신 자신의 삶을 완성하기 위해서다. 그 누구도 당신만의 소망을 성취한다는 것이 어떤 의미인지, 그리고 그것을 성취했을 때 어떤 기분이 드는지 알 수 없다. 그것은 당신이 지금까지 행복과 성취에 대해 막연히 그려왔던 모습과 완전히 다를 수 있다. 다른 사람들이 그리는 것과도 물론 다르다. 당신의 내면에서는 끊임없이 이런 속삭임이 들려올 것이다. '내가 뭘 하고 싶은지 아는데……, 내가 어떤 사람이 되고 싶은지 아는데…….' 당신은 최근에 이런 소리를 들은 적이 없는가?

변명과 부인

사람들이 어떤 행동을 부인하거나 핑계를 대는 모습을 본 적이 있을 것이다. 당연히 당신에게도 나름대로 부인과 변명의 방법이 있을 것이다. 당신은 돈을 벌고 일상사를 그럭저럭 처리하며 살아가는 것만으로도 너무 바쁘다. 당신의 가족은 그런 당신을 별로 탐탁지 않게 생각할지도 모른다.

당신이 애써 끝낸 보고서를 누군가가 찢어버렸다. 게다가 당신은 쓸모없는 존재로 낙인찍히기 전에 미리 헬스클럽을 다니면서 살을 빼야 하는데 잘 되지 않는다. 이런 상황에서 당신이 즐겨 하는 변명은 무엇인가?

이제 당신에게 그런 변명은 필요 없을 것이다. 이 말이 두렵다면 이 책을 한동안 덮어두기를 바란다. 가식적인 모습은 더 이상 필요 없다는 생각을 당신이 기꺼이 받아들이고, 그것에 익숙해질 때까지. 이 책에 등장하는 질문들을 두루 섭렵하기만 하면 당신은 더 이상 자신을 방어하거나 정당화하거나 변명할 필요가 없다.

부인否認도 우리가 즐겨 쓰는 수법이다. 부인 역시 유익할 때가 종종 있다. 우리는 언제나 모든 것을 완벽하게 처리하고 싶지는 않다. 걱정을 불러일으키는 생각과 현실을 따로 떼어내어 구획지어 놓으면 인생을 살아가는 데 도움이 된다. 그러나 부인은 자칫 습관이 될 수 있다. 당신은 아마지금까지 살아오면서 명백한 진실까지도 부인하는 사람들을 만났을 것이다. 그렇다면 그들이 진실을 부인하는 이유는 무엇일까? 그들에게 그 진실이 너무나 고통스럽고 불편하기 때문에 그것이 그들의 하루를 망가뜨리도록 내버려두고 싶지 않아서다.

이 세상에는 자신을 괴롭히는 것들을 여러 해 동안 부인하면서 살아가는 사람들이 있다. 그들은 그 고통스러운 일이 그저 사라져주기만을 바란다. 그러나 이렇게 현실을 거부하는 것은 인생에서 결코 도움이 되지 않는다. 프로이트가 창안한 심리학적 원칙이 하나 있다. 거부되거나 무시되거나 억압된 모든 것은 결국 나중에 되살아난다는 것이다.

예를 들어, 시신을 벽장 속에 숨겨놓는다고 해서 분해되거나 연기처럼 사라지는 것이 아니다. 그 시신 위에는 먼지가 쌓일 것이며, 결국에는 누군가에게 발각되고 만다. 우리는 우리에게 일어난 모든 일들을 물리적으로 말끔히 털어낼 재간이 없다. 그것들은 심리적·정서적 어려움 또는 스트레스로 인한 육체적 증상으로 우리에게 되돌아온다. 이때 몇 가지 치료법이나 자기 계발적인 접근방식이 단기적 차원에서 상당한 효력을 발휘하기도 한다. 그러나 장기적인 차원에서 보면, 내면 깊숙한 곳에서 느끼는 생각들을 진정으로 성숙시키기 위해서는 적극적인 사고방식이나 행동의 변화 그 이상의 무엇이 필요하다.

이 책은 당신에게 어떤 도움을 주는가?

이 책은 당신이 어떤 상황에서도 적용할 수 있는, 독창적이고 실용적이며 고상한 개념과 해결방안을 담고 있는 연장통을 제공한다. 당신은 그 연장통을 통해 일이 잘못되어가는 원인을 분석할 수 있다. 무엇보다 그것은 당신의 라이프 스타일과 목표와 꿈을 정제하고 분명하게 밝히는 일에 가장 큰 도움이 될 것이다.

당신 자신에게 질문을 던지는 모든 과정은 당신에게 긍정적이고 현명하고 행복한 생각을 가지도록 굳이 요구하지 않는다. 당신이 현실적이고 실용적인 방법으로 일을 처리하도록 도와줄 뿐이다. 긍정적인 사고에 대해서 깊이 생각할 필요는 없다.

이 책은 당신이 처한 환경과 스트레스와 조건이 당신의 능력을 크게 제한하지 않을 만큼의 긍정적인 사고에 닿을 수 있는 길을 열어줄 것이며, 당신은 스스럼없이 긍정적인 사고를 선택할 것이다. 긍정적으로 사고할 준비가 되었다고 느끼게 되면 당신은 더욱 긍정적이고 더 활동적이며 더 건강한 존재로 거듭나게 된다.

당신은 각 질문마다 특별한 사고과정을 경험할 것이다. 스스로 질문에 대답해봄으로써 문제들을 좀더 추상적인 개념으로 확장시키는 방법을 터득하게 된다. 개인적인 문제나 걱정을 유용한 개념으로 재구성할 수 있다면 그 문제를 다루기가 훨씬 수월해진다. 당신이 그 문제를 개념적으로 다룰 수 있기 때문에 이제 당신의 문제를 지나치게 사사로운 것으로 다루거나 그 문제에 감정적으로 휘말릴 필요가 없다.

이제 당신은 숲과 나무를 분리해서 생각할 수 있다. 어떤 문제나 개념이

보다 추상적인 가치나 특성으로 바뀌기만 하면 그것을 다루기가 훨씬 수월해진다. 더 이상 그 문제들은 그렇게 힘들거나 고통스럽게 다가오지 않는다.

당신은 현재 당신의 관심이 쏠리고 있는 상황을 설명하는 질문에 당신의 대답을 차근차근 적용시키면 된다. 어렵게 들릴지도 모르지만 절대로 어렵지 않다. 물론 약간의 시간과 고민이 필요할 것이며, 이는 곧 한 걸음 한 걸음 착실하게 나아가는 과정이다. 이 책을 펴놓고 좋은 습관을 익히기에 가장 적당한 때는 일상에서 벗어나 자유로운 시간을 보낼 때다.

이 책을 처음부터 끝까지 억지로 다 읽을 필요는 없다. 특별히 흥미를 끄는 장을 골라서 거기서부터 시작하면 된다. 혹시 단 한 장만 고르고 싶다면 제2장(「당신의 가치를 선택하라」)을 보도록 하라. 당신 삶의 모든 분야에 걸쳐 크게 도움이 될 것이다.

일러두기

책의 가장자리의 회색 띠는 그 페이지에 질문서가 있거나 당신의 적극적인 참여가 필요한 부분이라는 점을 알려주는 표시다.

……당신의 가슴속에 풀리지 않은 채로 남아 있는 의문에 대해 인내심을 발휘하고, 그 의문을 마치 잠겨 있는 방이나 전혀 낯선 외국어로 쓴 책이라도 되는 듯이 사랑하도록 노력하라. 지금은 그 의문에 대한 해답을 얻으려고 애쓰지 말라. 당신은 아직 그 해답대로 살 수 없기 때문에 당신에게 주어지지 않을 것이다. 중요한 것은 모든 것들을 삶으로 사는 것이다. 긴 세월을 살다 보면 당신은 자신도 모르는 사이에 자연스럽게 그 해답대로 살게 될 것이다.

_ 라이너 마리아 릴케, 『어느 젊은 시인에게 보내는 편지*Letters to a Young Poet*』(1934)

01

당신 자신에게 물어라

인생이란, 당신이 다른 계획을 짜느라 바쁜 와중에 당신에게 일어나는 것이다.

_ 존 레논

내가 진실로 원하는 것은 무엇인가?

"나는 무엇을 원하는가?" 이것은 어리석은 질문이다. 물론 당신은 당신이 무엇을 원하는지 잘 알고 있다. 아니, 그렇지 않다. 당신은 정말로 잘 알고 있을까? 얼마나 많은 사람들이 자신이 원하는 것을 스스로 결정하고 그것을 얻고자 노력하며, 자신의 현재 모습에 만족하면서 살고 있을까? 어떤 사람은 자신이 원하는 것을 정확히 달성하는 데 반해 어떤 사람은 자신이 뜻한 바를 이루지 못한다. 그 이유는 무엇일까? 사람들에게 이 '간단한' 질문을 해보면 그 문제에 대해 한 번도 생각해보지 않은 사람들이 놀랄 만큼 많다는 사실을 알게 될 것이다.

당신이 진정으로 원하는 것이 무엇인지를 밝히는 것은 두려운 일이 될 수도 있다. 당신이 이미 그것을 이루었을 수도 있지만 당신이 이러지도 저러지도 못하는 어정쩡한 상태에 놓여 있을 수도 있고, 당신이 원하는 게 현실성이 없는 것으로 드러날 위험도 있기 때문이다. 그럴 경우 원하는 것을 현실로 이루기 위해서는 약간의 변화를 감수해야 한다. 물론 지금 상태에 머물면서 아무런 변화도 시도하지 않는 것이 가장 쉬울 수 있다. 단기적으로 보면 편할지도 모른다. 그러나 장기적으로 보면, 먼 훗날 언젠가 당신이 할 수 있는 무엇인가가 있었는데 그것을 이루지 못했다거나, 그토록 많은 기회가 있었는데 결국 다 사라질 때까지 현실화하지 못했다는 자책감이 들 것이다. 이때 가슴에 사무칠 후회를 생각하면 변화하지 않는 것이 오히려 힘든 고통이 된다.

"내가 진실로 원하는 것은 무엇인가?" 이것 역시 두려운 질문이다. 차라리 무시해버리는 게 더 편할지도 모른다. 그러나 이 질문은 결코 사라지지 않는다. 이 질문은 "죽은 뒤에도 생이 있을까?"라는 질문만큼이나 어디를 가든 충실하게 따라다니는 질문이다. 마치 주인에게 충실한 애완견처럼 말이다. 이 질문은 당신이 가는 곳마다 있다. 이 질문에 대한 정확한 답을 모르고 있다는 사실만으로도 당신은 엄청난 혼란과 불행을 겪게 된다.

당신은 자신이 원하지 않는 것에 "예"라고 대답하고, 당신이 원하는 것에 "아니오"라고 대답한다. 그 이유는 간단하다. 당신은 인생의 매순간마다 이 결정적인 질문에 관심을 기울여야 한다는 사실을 미처 깨닫지 못하고 있기 때문이다.

"나는 무엇을 원하는가?" 이제 이 질문에 대답해보자.

먼저 이 질문에 집중할 수 있도록 여유를 갖기를 바란다. 시간을 내어 심호흡을 하고, 관심을 집중하며 마음속에 떠오르는 것들을 바라보자. 그러다가 대답이 생각나면 그것에 주목하면서 그 외에 또 다른 것들이 떠오르는지 기다리며 살펴보자. 가령 당신이 다른 상황에 놓여 있다고 상상해보자. 직장에 있다든지, 아니면 연인과 함께 있다든지, 휴일이라든지 다른 상황을 가정해보자는 뜻이다. 각각의 상황에서 그 질문을 다시 한 번 깊이 생각해보자.

당신의 내면 저 깊은 곳에서 그 질문에 대한 대답이 나오도록 내버려둬라. 그 대답들이 도무지 말이 안 되는 내용일지라도 괜찮다. 그 모든 것을 그냥 적어두자. 그리고 당신에게는 독특하고 개성적인 인생의 목적이 하나 있으며, 당신이 그것을 명쾌하게 알고 있다고 상상해보자. 자, 어떤 느낌이 드는가? 자신이 진정으로 무엇을 필요로 하고 무엇을 원하는지를 잘 알게 되고, 노력하면 그것을 이룰 수 있다는 자신감을 얻게 될 때 기분이 어떨 것 같은가?

가장 중요한 것은 질문을 멈추지 않는 것이다.

_ 알베르트 아인슈타인

당신은 이 책을 통해 여러 가지 문제들을 해결할 수 있고, 새로운 아이디어도 발견할 수 있다. 올바른 질문을 던지는 것은, 만약 그 질문을 하지 않았다면 당신 자신을 짓눌렀을지도 모르는 문제들을 처리하는 데 필요한 틀을 당신에게 제공할 것이다. 인간의 마음은 날마다 부딪히는 삶의 복잡함을 쉽게 처리하지 못한다. 그 복잡함이 산산이 깨어져 가루가 될 때까지 그저 지켜볼 뿐이다. 문제를 해결하는 과정이나 창의적인 과정을 봐도 올바른 질문을 던지는 것이 얼마나 어려운 일인지 알 수 있다.

아인슈타인은 "핵의 파괴로부터 이 세상을 구할 수 있는 시간이 딱 한 시간만 주어진다면 당신은 무엇을 하겠느냐?"라는 질문을 받은 적이 있다. 그는 처음 55분은 그 문제를 분석하고 이해하는 데 쏟을 것이고, 나머지 5분 동안에는 아이디어를 떠올리겠다고 대답했다. 다시 말해, 제시간에 지구를 구하지는 못하더라도 전혀 새로운 시각에서 신선한 아이디어를 창안해낼 수 있다는 의미였다. 아인슈타인은 그 문제가 일어났을 때와 똑같은 방식으로 사고를 해서는 결코 그 문제를 해결할 수 없다고 말했다.

그의 말이 담고 있는 메시지는 "그 문제를 일으킨 사고의 틀 안에서 생각하면 그 문제는 결코 해결되지 못한다"라는 것이다. 그 문제의 개요를 포괄적으로 파악하기 위해서는 사고의 수준을 한 단계 높여야 하며, 이를 위해서는 질문을 던지는 것이 최선의 방법이다. 올바른 질문을 던지는 것은 문제의 본질을 꿰뚫고 정확히 분석하는 데 도움이 된다. 그리하여 당신은 당신의 활동을 제한하는 오해와 억측들을 털어내기 시작하고, 틀에 박힌 사고에서 벗어나 신선한 방식으로 사고를 하게 된다.

자신에게 질문을 던지는 것은 문제가 되는 그 부분에 자신이 초점을 정확히 맞추고 있는지를 확인하는 방법이다.

앤시아가 이 책을 선택한 이유는 기분이 저기압이기 때문이다. 그녀는 기분이 나빠진 이유가 남자친구인 조지와의 관계 때문이라고 생각한다. 2년 동안 사귀어온 조지는 겨울이면 항상 친구들과 함께 스키를 타러 가야 한다고 고집을 부린다. 그럴 때면 그녀는 스키를 타러 갈 여유도 없고 그다지 스키 타는 것을 좋아하지도 않기 때문에 집에 남는다. 그래서 그녀는 겨울만 되면 우울증이 심해진다('계절적인 감정 혼란' 또는 SAD라 불리는 이 증상은 많은 사람들에게 나타나며, 일광이 부족한 겨울에 우울한 기분이 특히 심해진다). 우울한 기분은 그러잖아도 남자친구가 자기를 원하지 않는 게 아닌가 하는 그녀의 의구심을 더 부추긴다. 게다가 남자친구가 그녀 없이도 즐겁게 노는 것 같아 그에게서 버림받았다는 느낌이 강해진다. 그녀는 '그가 돌아오기만 하면 그에게서 결혼 약속을 받아내야지. 만약 그가 내 요구를 받아들이지 않을 때에는 관계를 끝낼 거야'라고 다짐한다.

그러나 그녀는 이 책에서 '인간관계'를 다룬 부분을 발견하고는 우선 그녀 자신의 자존심과 우울의 정도에 대해 질문을 던진다. 이 질문을 통해 지금까지와는 다른 마음의 틀 안에 놓이게 된다. 그녀는 남자친구가 돌아오기만을 기다리기보다는 자신의 감정 상태를 개선하기 위해 자신이 할 수 있는 일이 틀림없이 있을 것이라는 관점에서 문제를 다시 생각한다. 이제 그녀는 남자친구가 스키 타는 것을 즐기는 것이 자신을 불안하게 만드는 원인이 아니라는 사실을 받아들여야 한다. 그녀가 인간관계에서 자주 느끼는 이런 감정은 그 나름의 뿌리를 갖고 있다. 따라서 그녀가 두 사람의 관심사항을 탐험할 수 있는 공간이 확보되는 인간관계를 받아들일 준비를 갖추기 전에 그 감정을 반드시 이해하고 처리해야 한다.

지금 내가 올바른 질문을 던지고 있는지 어떻게 알 수 있을까? 백 퍼센트 확신은 불가능하지만, 당신이 할 수 있는 한 가지는 어떤 문제 또는 당신이 개선하고 싶은 무엇인가에 대해 당신이 품고 있는 모든 가정에 이의를 제기하는 것이다. 이것은 문제의 정확한 원인을 파악할 수 있는 능력이기도 하다.

조지는 작가를 꿈꾸고 있으며, 사실 시간적 여유만 있었다면 충분히 작가가되었을 것이다. 문제는 그에게 시간이 없을 뿐만 아니라 주위 사람들이 그에게 끊임없이 이것저것 요구를 하고 있다는 점이다. 소유욕이 강한 그의 여자친구도 예외가 아니다. 이 때문에 엄청난 스트레스에 시달리다 보니, 그가 일을 끝내고 집으로 돌아와서 저녁에 하는 일이라고는 커피를 마시면서 자신의 삶이 비창의적 늪에 빠져 헤매고 있는 꼴을 생각하며 우울증에 빠지는 것이 전부다.

지금 그가 할 수 있는 일은 그 귀중한 시간들이 어디로 사라져버리는지를 정확히 알아내기 위해 제3장 「시간 관리」에 나오는 모든 질문에 대답해보는 것이다. 그 대답을 통해 그가 우울한 기분에 빠져 커피를 마시며 보내는 시간이 일주일에 자그마치 다섯 시간이라는 사실이 밝혀질 것이다. 만일 그가 체계적으로 움직이는 사람이라면 일주일에 다섯 시간만 집필에 쏟아도 2년 안에 책 한 권은 쓸 수 있다. 따라서 그는 자신이 고민하는 문제에서 시간이 없다라는 것은 그저 핑계일 뿐이라는 사실을 받아들여야 한다.

이제 질문이 좀더 복잡해진다. 그는 정말로 작가가 되기를 원하는지를 놓고 고민하기 시작한다. 실제로 그가 가장 즐기는 것은 스키 타는 것이며, 어떤 일이 있어도 스키를 포기할 생각은 추호도 없다. 사실 그를 미치게 만드는 것은 그의 직업이다. 그는 스키 전문강사가 되고 싶고, 피스트(다져진 활강코스)를 출발하여 스키를 타고 공중을 날 때의 성취감을 글로 쓰고 싶고, 스키를 배우려는 사람들을 위해 글을 쓰고 싶을지도 모른다. 그는 완전히 새로운 삶의 방향에 대해 흥분을 느끼기 시작한다. 그는 자신의 본질적인 문제는 지금까지 소프트웨어 회사의 소비자전화상담원으로 일하면서 직장에서의 안정이 가장 중요하다고 믿었던 사실이었음을 인정한다. 그의 아버지는 늘 그에게 안정적인 삶을 강조했고, 그도 아버지의 심기를 건드리고 싶지 않았다. 그는 업무 처리가 뛰어났으며 고객들에게 인기도 많았지만 실제로는 돈을 위해서 그 일을 했을 뿐이다.

그는 소프트웨어의 개발에도 열정을 품고 있었는데, 그 열정을 주로 남는 시간에 쏟았다. 이제 새로운 선택의 길이 열리고 있다. 그가 해야 할 일은 아버지의 기대를 만족시키기 위해 '안정된 직장'을 유지하려고 노력했던 것을 이 시점에서 접는 것이다. 그는 '안정된 직장'과 어울리는 타입이 아니었지만, 아버지의 뜻을 거역하고 아버지의 울타리를 벗어나 자신만의 길로 들어서는 것이 두려웠던 것이다. 아니면 스스로가 두려웠던 것일까? 이제 그는 홀로 서는 것이 그렇게 어렵지만은 않다는 사실을 깨달았다. 그리고 돈을 버는 방법에는 여러 가지 길이 있음을 발견했다. 그는 여행과 인생의 전환을 준비하면서 자신이 진정으로 열정을 쏟을 수 있는 일에 집중하게 되었다.

결국 작가가 되기에는 시간이 턱없이 부족하다는 조지의 가정은, 어느 정도의 위험을 감수해야만 얻을 수 있는 진정한 자유가 두려웠다는 말을 달리 표현한 것에 지나지 않았다. '시간이 없다'라는 말은 그의 삶 밑바닥에 도사리고 있는 문제들과 직면하는 것에 대한 일종의 저항인 셈이다. 그는 자신의 잠재력을 발견하는 것에 저항하고 있었던 것이다.

조지가 자신에게 던질 수 있는 올바른 질문은 아마도 "내가 가장 두려워하는 것은 무엇이며 그 이유는 무엇인가? 이것이 평생 나에게 제한을 가하기를 바라는가?"일 것이다.

인생에 관한 질문

조금 어려운 질문이다. 이 부분은 그냥 넘어가도 좋고, 마음이 내킬 때 다시 살펴봐도 된다. 이 부분은 내용이 짧아 읽는 데 시간이 많이 걸리지 않는다. 지금까지 당신은 이 질문에 진정으로 대답해본 적이 있었는가? 누군가가 당신에게 이 질문을 한 적이 있었는가? 사람들이 이 질문을 했을 때 당신에게 어떤 변화가 일어났는가?

당신은 이 질문을 인생의 어느 영역에서든지 적용할 수 있다.

- 나는 행복한가?
- 어느 날 잠에서 깨어났을 때 마음속 깊이 간직했던 꿈들이 모두 이루어 졌다면, 내 인생은 어떤 모습일까?
- 그런 일이 일어나지 않도록 하기 위해 내가 해야 할 일은 무엇인가?
- 나는 얼마나 긍정적이고 낙천적인가?
- 나는 어떤 식으로 창의성을 표현하고 또 어떤 식으로 그것을 현실로 담 아내는가?
- 어렸을 때 내가 특별히 어떤 사람이 되고 싶다든가, 하고 싶은 일은 무엇 이었는가?
- 내가 진실로 무엇을 원하고 있는지 알고 있는가?
- 나는 나 자신이 매우 중요하다고 여기는 가치를 인식하며 살고 있는가?
- 나의 라이프 스타일은 내가 진정 원하는 것을 이룰 수 있는 여유를 주고 있는가?
- 나는 다른 사람들과 또는 의미 있는 공동체와 늘 관련을 맺고 있다고 느 끼는가?
- 나에게는 내가 누구인지 깨닫고, 내가 하는 일이 보람있다고 느끼게 하 는 목적의식과 방향감각이 있는가? 아니면 이런 느낌을 표현할 단어가

따로 있는가?

• 내 인생에는 모험과 위험의 요소가 충분한가?

• 중대한 도전에 부딪혔을 때 나만이 취할 수 있는 특별한 방법은 무엇인가?

• 내 인생에서 겪은 실패는 혼자 힘으로 일어서는 능력에 어떤 영향을 미쳤는가?

• 나는 너무 쉽게 포기하지는 않는가?

• 내가 가장 두려워하는 것은 무엇이며, 그 이유는 무엇인가?

• 나는 내가 닿을 수 있다고 느끼는 그곳에 닿기 위해 계속 전진하다가 그 길에서 또 다른 장애물에 부딪히지는 않았는가? 어떤 식으로 일이 전개되는지 정확하게 묘사해보자. 그 패턴은 어떤 식으로 되풀이되는가? 그렇게 반복되는 패턴을 영화나 노래로 묘사한다면 어떤 제목이 어울릴까?

• 하루를 돌아봤을 때 나를 가장 좌절하게 만드는 것은 무엇인가?

• 하루를 돌아봤을 때 나에게 가장 중요한 일은 무엇인가?

각각의 질문을 놓고 천천히 생각해보자. 하루 또는 일주일 단위로 시간의 흐름을 파악하면서 이 질문들을 곰곰이 생각하고 마음속에 어떤 것이 떠오르는지 살펴보자. 그리고 당신의 반응을 기록하는 것을 잊지 말라. 이것은 시간이 흐르면서 당신이 이뤄나가는 발전과 변화를 눈으로 확인하기 위해서다. 당신의 마음 입구에 이런 질문들을 걸어둘 경우 어떤 일이 벌어지는지 살펴보자. 그리고 그 질문들을 잊고 살 때에는 어떤 일들이 일어나는지도 살펴보자. 이 질문들이 당신의 인생에 영향을 미치지 못하도록 한 번 막아보자. 그러면 당신은 절대로 그렇게 할 수 없다는 사실을 깨닫게 될 것이다.

행동

배운 것을 실행에 옮기는 단계다. 이 단계는 무척 까다롭기 때문에 실패로 끝날 때도 종종 있다. 인간은 새로운 도전에 따르는 고통을 경험하기보다는 이불 속으로 숨어버리거나 성의 없는 행동으로 스스로를 산만하게 하는 경향이 있다. 행동은 피드백 같은 경험이다. 우리는 경험을 통해 많은 것을 배우고, 이를 바탕으로 행동한다. 그런 행동 없이는 새로운 것을 배울 수 없다. 현재 상태를 그대로 유지하면서 생존을 위한 투쟁을 계속하는 수밖에 없다.

이 책에 나오는 질문에 대답한 뒤에는 과학적인 실험을 해볼 필요가 있다. 당신을 위해서 새로운 태도와 아이디어를 실험해보고, 그것이 당신의 삶에 유익한지를 확인해보자. 만일 그것들이 제대로 도움이 되지 않는다고 판단되면 그 질문들을 다시 한 번 살펴보자.

실수

인간은 언제나 실수를 저지른다. 그러므로 실수에 대해서도 긍정적인 태도를 갖는 것이 매우 중요하다. 실수는 학습에서 중요한 부분을 차지한다. 실수야말로 우리가 배워야 하는 것이 무엇인지를 가르쳐주기 때문이다. 마일스 데이비스는 "실수를 두려워하지 말라. 실수란 아예 존재하지 않는다"라고 주장한다. 만일 당신이 실수를 전혀 저지르지 않는다면 당신은 새로운 것을 전혀 배우지 못하는 것과 마찬가지다. 무엇이든 거의 완벽하게 처리해야 한다고 생각하는 사람들은 자신뿐만 아니라 다른 사람들의 배움까지도 막을 수 있는, 엄청난 잘못을 저지르고 있는 셈이다. 당신이 실수로부터 배울 수 있는 새로운 것에는 끝이 없다.

당신은 어떤 사람이 되고 싶은가?

자신의 행동을 연구해보고 새로운 행동을 실천에 옮겨보자. 그러고 나서 그것이 당신의 삶에 미치는 영향을 평가하고, 그 행동이 제대로 돌아가도록 다시 조정하자.

당신이 앞으로 나아가고자 할 때에는 어떤 일을 먼저 할 것인지 우선순위를 정하는 작업이 중요하다. 그러면 당신이 해야 하는 세속적인 일들 속에서, 그리고 다른 사람들이 그들의 욕구를 만족시키기 위해 당신에게 부탁하는 수많은 일들 중에서 당신이 진정으로 관심을 기울여야 하는 것이 무엇인지를 파악하는 힘이 생긴다. 정말로 중요한 일에 초점을 맞출 수 있게 된다는 뜻이다. 여기서 중요한 사실은 우선순위에 오른 일이야말로 당신에게 진정으로 필요한 일이라는 점이다. 당신은 어떤 존재여야 한다거나 당신은 무엇을 해야 한다는 식으로 기대를 거는 다른 사람들의 바람을 충족시키는 일 따위는 중요하지 않다.

행동 계획

완성된 행동 계획은 자신과 맺는 계약으로서 당신이 궤도를 이탈하지 않게 지켜주고, 옆길로 빠지지 않고 우선사항들을 성취하도록 돕는다.

당신은 그 계획을 자주 검토해야 하며, 상황이 바뀔 때마다 다시 조정해야 한다. 정해진 시간의 틀 속에서 마무리짓기 어려운 일들은 그 다음 시간의 틀로 옮길 필요가 있다. 그래야만 당신이 그 일들을 망각하지 않게 된다.

행동 계획을 1년만 활용해보면 당신은 너무나 많은 것들이 성공을 거두는 것을 보고 큰 감동을 받게 될 것이다. 당신이 무엇인가를 하기로 결정하고 그것에 우선순위를 부여하기만 하면, 그것을 단계적으로 성취해나가는 놀라운 결과가 당신을 기다릴 것이다.

당신의 행동 계획을 작성하라!

인생에서 가장 바꾸고 싶거나 행동으로 옮기고 싶은 것은 무엇인가? 그리고 당신이 진정으로 중요하다고 생각하는 열 가지는 무엇인가? 그중 일부는 이미 진행 중일 수도 있고, 다른 것들은 조정이 필요할 수도 있으며, 몇 가지는 완전히 새로운 것일 수도 있다.

지금 해야 할 일들

1. _____

   _____

2. _____

   _____

3. _____

   _____

4. _____

   _____

5. _____

_____

6. _____

_____

7. _____

_____

8. _____

_____

9. _____

_____

10. _____

_____

2년 동안 해야 할 일들

1. _____

_____

2. _____

_____

3. _____

_____

4. _____

_____

5. _____

_____

6. _____

_____

_____

7. _____

_____

8. _____

_____

9. _____

_____

10. _____

_____

5년 동안 해야 할 일들

1. _____

_____

2. _____

_____

3. _____

_____

4. _____

_____

5. _____

_____

6. _____

_____

7. _____

_____

8. _____

_____

9. _____

10. _____

장기간에 걸쳐서 해야 할 일들

1. _____

2. _____

3. _____

4. _____

5. _____

6. _____

7. _____

8. _____

9. _____

10. _____

이 우선사항들을 성취하기 위해 당신이 해야 할 특별한 행동은 무엇인가?

그 행동은 구체적이고 현실적이며 정해진 시간의 틀 안에서 성취할 수 있는 것이어야 한다.

날짜		완성	미완성
오늘		☐	☐
		☐	☐
		☐	☐
이번 주		☐	☐
		☐	☐
		☐	☐
이번 달		☐	☐
		☐	☐
		☐	☐
올해		☐	☐
		☐	☐
		☐	☐
내년		☐	☐
		☐	☐
		☐	☐
장기간		☐	☐
		☐	☐
		☐	☐
		☐	☐

이 행동들 중에서 당신이 게을리 하거나 미룰 수 있는 것이 하나라도 있는가?

1. _____

   _____

   _____

2. _____

   _____

   _____

3. _____

   _____

   _____

4. _____

   _____

   _____

5. _____

   _____

   _____

당신이 궤도를 벗어나지 않으려면 어떤 장치가 필요할까?

(예를 들면, 당신이 마음먹은 바를 달성하도록 옆에서 도와줄 수 있는 친구에게 당신
의 행동 계획을 보여줘라. 아니면 일주일에 세 번씩 헬스클럽에 나가 운동할 것이라
는 사실을 모든 사람에게 알려라. 그러면 당신이 헬스클럽에 나타나지 않을 경우 난
처한 상황에 처할 것이다.)

1. _____

   _____

   _____

   _____

   _____

2. _____

_____

_____

_____

_____

3. _____

_____

_____

_____

_____

4. _____

_____

_____

_____

_____

5. _____

_____

_____

_____

_____

자신감과 자존심

자존심과 자기 가치

자존심은 자신을 믿고 자신감과 자중自重을 가지며, 스스로에 대해 긍정적인 태도를 갖는 것을 말한다. 자존심은 자아의 기본이다. 그것은 당신이 원하는 멋진 경험과 일을 끌어당기는 마법과도 같다. 반면 부정적 자아상은 당신이 충분히 누릴 자격이 있는 것까지도 당신 손에 들어오는 것을 막는다. 나를 사랑하지 않으면 남들도 나를 사랑할 수 없기 때문에 부정적 자아상은 인간관계에서 대재앙을 불러온다. 관계를 맺고 지내는 두 사람이 모두 자존심이 형편없이 낮다면 그 관계는 더욱 힘겨워진다.

자존심은 돈과 비슷하다. 돈과 마찬가지로 너무 많이 소유하면 힘들어진다는 뜻이다. 당신이 자기만족에 빠지거나 자만하는 것처럼 보이면 다른 사람들이 당신을 혐오할 수 있다. 그들은 당신을 골탕 먹이려고 할 것이다. 우리는 자신을 과시하면 안 되며 자신을 지나치게 내세워도 안 된다고 배웠다. 우리는 지금까지 자신의 장점과 자랑할 만한 것들을 남에게 숨겨왔다. 누군가가 먼저 우리의 장점을 발견해 높이 평가해주고, 그리하여 우리가 그토록 간절히 갈구하는 칭찬이나 인정받는 날이 오기만을 기다려온 것이다.

한 가지 중요한 사실은 자존심은 풍요롭게 가꿔야 한다는 점이다. 어릴 때 자존심을 키우지 못하면 어른이 되어서도 자존심을 확보하기가 더 어려워진다. 그러나 당신에게 진정으로 도움이 되는 투자라면 힘들어도 이겨내야 하지 않겠는가? 당신의 자존심을 대신 세워줄 사람은 이 세상에 아무도 없다. 당신의 자존심을 대체할 만한 것도 이 세상에 없다. 물론 멋지고 화려한 의상과 액세서리, 그리고 긴 휴가도 당신에게 즐거움을 줄 수 있다. 그러나 당신 자신의 가치를 인정하는 자존심이 배제될 경우에는 그런 것들은 모두 일시적인 활력만을 줄 뿐이다.

'자신의 가치를 인정하는 것'이 곧 자존심이다. 다시 말해, 자신에게 높은 가치를 매기는 것이다. 그 가치는 당신이 지금 하고 있는 일이나 그것의 성취도에 의존하지 않는다. 그것은 당신이 어떤 사람이든 관계없이, 특별한 존재로서 당신만의 고유한 가치다. 당신이 이 세상을 떠나고 난 뒤에 사람들이 가장 아쉬워할 부분도 바로 그 가치다.

당신의 자존심에 등급을 매겨라!

당신은 자신에게 얼마만큼의 가치를 부여하는가?

이 질문은 A와 B로 나뉜다. 각 질문마다 1 또는 2에 동그라미를 표시하라. 각 질문에 동의할 때는 1에, 매우 강하게 동의할 때는 2에 동그라미를 표시하면 된다. 전혀 동의하지 않을 경우에는 0이라고 써라.

항목 A

1. 당신은 자신이 독특한 재주를 많이 가지고 있는 멋진 사람이라고 믿는가?   1 2

2. 당신은 자신을 좋아하고 사랑하며 진심으로 돌보는가?   1 2

3. 당신은 혼자서 시간을 보내는 것을 즐기는가?   1 2

4. 당신은 다른 사람에게 당신에 대해 이야기할 때 자신을 존경하고 높이 평가하는 마음을 표현하는가?   1 2

5. 당신은 지금까지 당신이 성취한 것들을 높이 평가할 수 있는가? 그리고 인간은 모든 것을 다 잘할 수는 없다는 판단하에 당신이 별로 잘하지 못하는 일에 대해서도 걱정하지 않는가?   1 2

6. 당신은 수많은 난관을 극복해온 당신만의 방식을 높이 평가하는가?   1 2

7. 누군가가 당신을 비판할 때 그 말을 주의 깊게 듣고, 그것에 대해 깊이 생각하고, 도움이 되는 것이면 무엇이든 받아들이되 나머지는 무시하는가?   1 2

8. 사람들이 당신에게 지나친 요구를 하거나 당신을 비판하며 까다롭게 굴 때에도 당신은 냉정함을 잃지 않고 열린 마음으로 당신의 입장을 지켜나갈 수 있는가?   1 2

9. 당신은 자신을 잘 돌보는 편인가?   1 2

10. 누군가가 당신에게 찬사를 보낼 때 당신은 그 말을 호의적으로
    받아들이는 편인가?   1 2

항목 B

여기에서도 항목 A와 똑같은 방식으로 점수를 매긴다.

11. 당신은 사람들이 당신을 좋아하도록 하려면 특별한 방식으로
    행동해야 한다고 믿는가?   1 2

12. 당신은 우정을 지키기 위해 친구들이 당신에게 하는 것보다
    더 관대하게 친구들을 대하는가?   1 2

13. 당신은 관계를 유지하기 위해 원하지 않는 일도 해야 한다고
    믿는가?   1 2

14. 당신은 지나치게 튀는 옷을 입는 편인가? 아니면 짙은 화장이나
    화려한 옷, 멋진 자동차가 없으면 사람들이 당신을 받아주지
    않을 것 같다는 생각에서 외모에 엄청난 시간과 노력을
    투자하는가?   1 2

15. 당신은 "아니오"라고 대답하기가 힘든가?   1 2

16. 누군가가 당신을 비판할 때, 당신은 자신을 방어하는가?
    아니면 상처를 받고 화를 내는가?   1 2

17. 당신은 자신이 무가치하고 쓸모없으며, 만일 사람들이 당신의
    진짜 모습을 알게 된다면 아무도 당신을 사랑하지 않을 것이라고
    남몰래 두려워하는가?   1 2

18. 당신은 사람들 사이에서 혼자 남는 것이 두려운가?   1 2

19. 당신은 건강에 해롭거나 자기 파괴적인 활동을 자주 하는 편인가?   1 2

20. 당신은 자신에 대해 부정적이거나 불만 섞인 투라든가 자기
    비하적인 방식으로 말함으로써 혹시라도 다른 사람들이 당신의
    장점을 발견하는 것을 막거나 당신에 대해 부정적인 인상을

점수

별도로 매긴 항목 A와 B의 점수에 해당하는 것이 바로 당신 자존심의 등급이다.

항목 A

15~20점

당신은 자존심이 매우 강하며 그런대로 잘 살고 있다. 당신은 어릴 때 보살핌을 잘 받았거나 아니면 이 정도의 자존심을 확보하기 위해 믿기 어려울 정도의 노력을 기울였을지도 모른다. 어쨌든 아주 잘했다! 이 정도의 자존심을 갖고 있는 사람은 매우 드물다. 다만 당신과는 달리, 자기 자신을 좀처럼 믿지 못하는 사람들의 태도와 그들에게 무엇이 필요한지 등을 이해하는 것이 당신에게는 어려울지도 모르겠다.

10~15점

당신의 자존심은 훌륭하다. 당신은 진정으로 자신을 믿고 있으며, 자신을 신뢰하고, 한 인간으로서 당신의 현재 모습을 즐기고 있다. 당신은 약간의 불안은 가지고 있지만 그것은 인간이라면 누구나 가지고 있는 정도다. 당신은 그 불안을 다루는 방법을 알고 있다. 당신은 자존심이란 스스로 지켜야 하는 것이지, 다른 누군가가 쟁반에 고이 얹어 당신에게 바치는 것이 아니라는 사실을 잘 알고 있다. 당신은 자존심을 위해 노력할 준비가 되어 있다. 당신은 어떤 상황이 당신의 가치에 부정적인 영향을 미친다면 그 상황을 오랫동안 견디지는 않을 것이다.

5~10점

당신은 자존심을 지키려고 노력해왔으며, 장기적인 차원에서 자신에 대한 확신과 안정감을 찾으려면 무엇이 필요한지를 잘 알고 있다. 힘겨운 경험이 당신에게 적대적으로 작용할 수도 있다. 그러나 당신이 앞으로 나아가려면 지금보다 더 강한 확신을 가져야 하며, 이에 더욱 많은 노력을 기울여야 할 것이다. 당신은 비교적 건전한 자세로 자신을 바라본다. 그리고 당신은 자기 가치를 키워나가는 과정에 더 많은 관심을 기울이고 그것을 더 절실하게 인식함으로써 강한 자존심을 키워나갈 수 있다.

1~5점

비록 당신이 자신에 대해 긍정적인 태도를 가지고 있다 하더라도 당신의 자존심은 매우 낮다. 당신의 자존심이 그렇게 낮은 데에는 나름대로 이유가 있을 것이며, 아마도 당신이 그 이유를 가장 잘 알고 있을 것이다. 자존심을 낮은 상태로 유지하는 것은 정신건강에도 좋지 않으며, 때로는 악순환의 한 고리를 이룬다. 자신에 대한 확신이 약해지면 그만큼 주눅 들게 되고, 수동적으로 되거나 자신을 억압하게 된다. 그러므로 자신감을 심어줄 배움의 기회를 개발해야만 한다. 자신감을 갖는 비결은 긍정적인 자긍심을 불러일으킬 수 있는 행동을 연습하는 것이다. 충분히 연습하다 보면 당신은 그 행동을 점점 더 자연스럽게 느끼게 될 것이고, 어느덧 연습이라는 느낌이 사라질 것이다.

항목 B
10~20점

당신은 낮은 자존심과 힘겹게 싸움을 벌이고 있으며, 삶이 정말 힘들다고 느낄 때가 종종 있다. 자기 정체성을 제대로 개발하지 않았을 수도, 다른 사람에 의해 쉽게 통제와 영향을 받는 경우가 많다. 당신은 비판이나 부정적인 평가에 민감하다. 당신에게는 상황을 개선하는 데 필요한 위험요소를 감당할 자신감이 언제나 결여되어 있다. 그리고 혼자 남는 것이 두려울 수도 있다. 자신에 대해 부정적으로 생각하고 행동하는 습관을 버리는 일은 마치 전쟁과도 같은 일이다.

당장 도움이 될 수 있는 한 가지는 당신이 자신감을 갖고 있는 분야를 찾아내는 것이다. 당신이 특정 분야에서 개발했던 기술과 능력 또는 경험을 자세히 살펴보기를 바란다. 가령 요리에 탁월한 소질이 있다는 새로운 사실을 발견할 수도 있다. 그 기술을 어떻게 발전시켰는지를 한번 고려해보고, 자신감이 다소 부족하더라도 당신이 꼭 성공하고 싶은 분야가 있다면 그 기술을 활용하라. 예를 들어 훌륭한 요리사인데다가 새로운 정보를 얻고 모으는 일에 뛰어나다면 당신은 조직력이 탁월하고 창의적인 재능을 갖고 있으며, 다른 사람으로 하여금 자신이 보살핌을 받고 있다고 느끼게 해주는 멋진 능력을 갖고 있다고 할 수 있다.

당신이 일을 즐기고 그것을 평가할 줄 아는 능력을 가지고 있다고 가정해보자. 그 기술은 당신이 지금까지 한 번도 시도해보지 않은 새로운 분야에서 활용될 수 있다. 예를 들어 수공예 기술을 배운다거나, 팀을 이뤄서 하는 운동이나 활동에 참여한다거나, 직장에서 새로운 프로젝트를 맡는 것 등도 좋을 것이다. 새로운 기술을 얻는 것은 곧 당신에게 능력을 부여하는 것이며, 자연스럽게 자신감을 키우는 데 도움이 될 것이다.

비록 자신이 그 일을 왜 하는지 알지 못하고, 또 그 일을 하면서 뿌듯한 기분을 느끼지 못할지라도, 어떤 일이든 노력을 기울일 만한 가치가 충분히 있다고 굳게 믿는 것이 중요하다. 자신감이 넘치는 사람은 마음속으로 아무리 불안을 느낄지라도 겉으로는 자신감 있게 행동한다는 것을 명심하자.

1~10점

당신에게는 낮은 자기 가치와 관련된 몇 가지 문제가 있다. 아마도 그것은 편안함을 느끼지 못하는 당신의 성격이나 삶의 분야와 관계가 있을지도 모른다. 아마도 그 문제의 원인은 어린 시절에 있을 것이며, 그후 지금까지 살아오면서 겪은 경험으로 더욱 견고해졌을 것이다. 자신을 대하는 태도를 고치거나 개선하는 일이 아무리 늦었다 해도 그때가 가장 빠른 시기라고 생각하면 된다.

우선 긍지와 존중의 마음으로 자신에 대해 이야기하거나 또는 당신 자신과 가정을 잘 돌보는 일부터 시작하라. 그리고 다른 사람들로 하여금 당신을 돕도록 하라. 만일 그들이 당신을 도와주지 않는다면, 그들은 당신이 생각하는 것만큼 당신에게 필요한 사람들이 아니라는 사실을 명심하라.

또한 다른 사람들의 행동이나 의사소통 방식을 통해 그들이 자존심을 어떻게 표현하는지를 눈여겨보라. 그리고 그것을 당신에게 어떻게 적용할 수 있을지 생각해보자. 자신에 대한 확신이 분명하고 스스로를 편안하게 생각하는 사람들을 찾아가 그들이 자신에 대해 어떤 식으로 생각하고 행동하는지를 배우도록 하라.

자존심을 계발하는 일곱 가지 훈련

처음에는 조금 지루하게 느낄지도 모르지만, 이런 훈련에 시간을 투자함으로써 당신은 자신이 진정으로 원하는 분야에 집중할 수 있다. 분명히 말하지만 당신에게 좋은 결과가 나타나리라고 믿는다. 만일 이 훈련 중 몇 가지에 당신이 불편한 기분을 느끼게 될지라도 그 점에 대해서는 전혀 걱정하지 않아도 된다. 저절로 치유될 것이니 이 자연스러운 치유과정을 믿고 그대로 따르도록 하자.

1. 자존심에 관한 질문 중에서 A에서 언급한 태도나 행동에 대해 생각해보자. 만약 그중 어느 하나라도 당신에게 어렵거나 낯설게 보인다면 그것을 실천해보도록 하라. 이미 그것을 실천하고 있다면 좀더 적극적으로 실천해보자. 예를 들어 모든 칭찬을 호의적으로 받아들이도록 하고, 어떤 칭찬이든 무시해서는 안 된다. 그런 다음 몇 주에 걸쳐 A에서 당신의 점수를 높이도록 하자.

2. 자신감이 강하고 자신에 대해 편안한 마음을 갖고 있는 사람들을 많이 만나도록 한다. 그들에게서 많은 것들을 배우고, 그들의 태도 중 일부를 당신의 것으로 익히도록 하라. 그리고 매주 당신 혼자서 보람되고 알찬 시간을 보내야 한다는 점을 명심하라.

3. 만일 당신에 대해 부정적인 생각을 하도록 유도하거나 어떤 식으로든 당신을 공격함으로써 뿌듯함을 느끼려는 사람들이 있다면 그들을 철저히 피하도록 하라. 이런 일이 일어나는 것을 막아야 한다. 만일 이런 상황이 벌어진다면, 당신이 다시 자존심을 일으킬 때까지 꽤 많은 시간이 필요할 것이다. 그럴 경우에는 당신이 충분히 강해졌다고 느껴질 때까지 다른 연습부터 먼저 실천하라. 당신이 자신감이 부족한 존재로 계속 남기를 원하는 사람들에게서는 어떠한 도움도 기대하지 말자.

4. 당신만의 훌륭하고 독특하고 감탄할 만한 자질과 능력을 모두 목록으로 작성하도록 하자. 거기에는 다른 사람들이 당신에 대해 말하는 긍정적인 것도 포함될 수 있다. 그러고 나서 그 목록에 적은 것들을 정말로 진실이라고 믿는 듯이 행동하라. 그 모든 것이 진실이라는 사실을 알고 난 후의 당신과 그 전의 당신은 과연 얼마나 달라졌을까?

5. 자긍심 스크랩북이나 폴더를 만들어 보관하라. 그 안에 당신이 받은 긍정적인 피드백을 모두 담자. 예를 들어 긍정적인 문구가 적힌 카드나 편지도 좋고, 당신에 대해 언급한 글도 좋고, 증명서나 강의 과제와 관련된 피드백도 좋다. 당신에 대한 긍정적인 말은 모두 빠짐없이 적어라. 당신에 대해 긍정적인 평가를 내린 자료는 모두 스크랩북에 모아놓고, 그것을 보면서 늘 기억하도록 하라.

이때 시간을 들여 스크랩북을 관리해야 한다. 자주 꺼내 보고 싶고 자료를 덧붙이고 싶다는 생각이 들도록 매력적이고 재미있는 스크랩북을 만들자. 당신이 우울하거나 따뜻한 격려의 말이 필요할 때 언제든지 꺼내 보면서 힘을 얻을 수 있는 값진 보물이 될 것이다.

6. 당신 자신에 대해 언제나 자랑스럽게 생각할 수 있도록 정기적으로 새로운 기술을 익히거나 성취감을 얻으려고 노력해야 한다는 점을 잊지 말자. 그 과정에서 칭찬과 인정과 명성을 얻고 그것을 자신의 것으로 소화하도록 한다.

7. 당신이 다른 사람과 공유하고 있는 여러 가지 자질뿐 아니라 당신만의 독특하고 개성이 강한 자질을 높이 평가하고 적극적으로 표현하라.

자신감 점검

자신감은 위험을 감수하면서 여러 가지 일에 도전하는 노력을 통해 개발된다. 당신은 어떤 식으로 자신감을 키우는가? 매우 신중해서 위험을 피하는 스타일인가, 아니면 위험과 모험이 주는 흥분과 짜릿함을 즐기는 스타일인가? 만일 당신이 위험을 피하는 사람이라면 미래에 위험이 닥쳤을 때 어려움을 겪을 것이다.

지금까지 당신에게 일어난 좋은 일들을 몇 가지 떠올려보자. 특별한 여행일 수도 있으며, 오랫동안 굳건하게 이어져오고 있는 우정일 수도 있고, 직장이나 집을 옮긴 일이 될 수도 있으며, 아기를 가진 일, 특별한 성취감, 중요한 프로젝트를 완성한 일 등 무엇이든 좋다. 당신이 어떤 노력을 했기에 그토록 좋은 일들이 일어났는지를 한 번 살펴보자.

당신에게 일어난 좋은 일 중 열 가지를 나열하라.
단, 당신 인생의 어떤 시점에서 일어났든 상관없다.

1. _____

2. _____

3. _____

4. _____

5. _____

6. _____

7. _____

8. _____

9. _____

10. _____

좋은 일이 일어날 수 있도록 당신이 했던 일은 무엇인가?

당신이 그 좋은 일들을 위해 노력했던 모든 것들을 나열해보고, 그런 특별한 일들이 생기는 데 기여한 당신의 자질도 적어보자. 만일 그 좋은 일들 중 어느 하나라도 '그저 저절로 일어난 일'이라는 생각이 든다면 오랫동안 고민해야 할 것이다. 좋은 일들이 일어나는 데 당신이 기여한 것은 무엇인가?

1. _____

_____

_____

2. _____

_____

_____

3. _____

_____

_____

4. _____

_____

_____

5. _____

_____

_____

6. _____

_____

_____

7. _____

_____

_____

8. _____

_____

_____

9. _____

_____

_____

10. _____

_____

_____

이때 기여한 당신의 개인적 자질은 무엇인가?

개인적 자질이란 인내심, 우정, 열린 마음, 열정, 근면, 결단력 등을 의미한다.

1. _____

_____

2. _____

_____

3. _____

_____

4. _____

_____

5. _____

_____

6. _____

_____

7. _____

_____

8. _____

_____

9. _____

_____

10. _____

_____

이제 그 좋은 일들의 성취를 당신의 공으로 돌리도록 하자. 자신에 대한 긍정적인 생각을 언제까지나 잃지 않는다면 당신은 지금보다 훨씬 더 많은 일들을 성취할 수 있다.

성공을 위한 계획

사람들은 대체로 최고의 결실을 기대할 때 최선을 다하게 되고, 그런 결과를 맺을 수 있도록 계획을 세운다. 성공을 원한다면 당신은 마음속에 명확한 목표와 결과를 설정해야 한다. 만일 당신의 마음속에 그것이 잡혀 있지 않다면 성공할 가능성이 낮아진다.

당신이 가장 절실하게 이루고 싶은 것은 무엇인가? 이 장 앞부분에 소개한 인생을 위한 질문들을 참고할 수도 있고, 제2장의 가치에 관한 질문들을 살펴볼 수도 있다.

13가지의 성공적인 결과

당신으로 하여금 진정으로 만족해하고 행복을 느끼게 하는 것은 무엇인가? 각각의 항목에 당신의 희망과 꿈을 나열해보자. 그 난을 채우느라 끙끙댈 필요는 없다. 이것은 당신이 꿈꿔온 결과를 즉석에서 나열하여 만든 목록에 지나지 않는다. 진정으로 원하는 어떤 것이 있는데 그것을 이룰 수 없을 것 같으면 그 사실을 어떤 식으로든 그대로 적어라. 각 항목에 몇 개의 단어로 간단히 적도록 하자.

이것은 행동 계획과는 다르다. 행동 계획은 실현 가능한 과제를 정하고 그것을 현실화하는 훈련에 대한 것이다. 그러나 이 항목은 당신이 원하고 꿈꾸는 삶의 방향과 관계가 깊다. 마음을 편하게 가지면서, 창의적이고 재기발랄한 마음으로 돌아가 공상에 마음껏 젖어보도록 하자.

1. 인간관계와 가족

_____

2. 라이프 스타일

_____

3. 여행, 여가, 오락, 놀이

_____

4. 교육, 학습, 새로운 지식이나 기술

_____

5. 돈

_____

6. 개인적으로나 다른 사람과 공유하는 의미 또는 목적의식

_____

7. 창의성

_____

8. 성적 관심

_____

9. 행복

_____

10. 건강과 웰빙

_____

11. 헌신

_____

12. 일과 직장

_____

13. 가정과 집

_____

'성과'를 이야기하는 13가지의 항목에 지금쯤 몇 개의 단어를 적었을 것이다. 이제 그 단어들을 그대로 옮겨서 다음의 항목 밑에 적어라. 이를 위해 우선 어느 것이 당신에게 가장 중요한지를 결정할 필요가 있다. 다시 말해, 지금 이 순간 당신에게 덜 중요한 것들을 골라내야 한다는 뜻이다. 그 중요성을 판단할 수 있는 사람은 오로지 당신뿐이다. 물론 모두가 당신에게 중요하겠지만 그중에서도 특별히 중요한 것이 있을 것이다.

가장 특별한 성과들

1. _____
2. _____
3. _____
4. _____
5. _____
6. _____

지금은 비록 2등급으로 밀려나 있지만 마음속에서 절대로 지워버리고 싶지 않은 중요한 성과들

1. _____

_____

2. _____

3. _____

_____

4. _____

_____

5. _____

_____

6. _____

_____

7. _____

_____

축하한다! 당신은 아주 간단하게 그리고 별다른 고통 없이 당신의 인생을 다시 화판 위에 올려놓았다. 그리고 당신에게 가장 중요한 것들을 어떤 방향으로 끌고 갈 것인지도 이미 결정했다.

이 성과들이 분명히 모습을 드러낸 이상, 당신이 어떤 결정을 하거나 선택할 때 그것들은 당신이 바람직한 방향으로 나아가도록 이끌 것이다. 그와 동시에 당신은 당신의 꿈을 방해하는 것들로부터 멀어질 것이다.

당신이 원하는 성과들이 서로 충돌을 일으키면 곤란하다. 예를 들어 아기를 갖기를 원하면서 돈도 많이 벌기를 원한다고 가정해보자. 이런 경우에는 당신이 무한한 힘을 가진 초인적 존재가 아닌 이상 인생에서 중요하다고 생각되는 우선순위를 다시 조정해야 한다. 그렇게 함으로써 당신은 처음 몇 년 동안 아기와 돈 중 하나를 선택해 거기에만 집중할 수 있을 것이다. 그러나 장기적인 차원이라면 당신은 두 가지 모두 얻을 수 있다.

자기 파괴

당신에게 스스로 성공을 방해하고, 진로를 가로막고, 일을 망치게 하는 요소는 없는가? 혹시 당신은 자신을 파괴하는 존재는 아닌가? 지금 당신은 꾸물거리며 마지못해 일하고 있지는 않은가?

당신의 인생은 이제 막 예기치 않은 전환점을 돌았을지도 모른다. 만일 그렇다면 당신의 가치관과 인생의 목표는 완전히 바뀔 수 있다. 그와 반대로, 당신은 자기 파괴적인 요인들 때문에 일의 처리를 늦추려고 할지도 모른다. 물론 이 요인에는 당신 탓이 아닌 외부의 영향으로 일어나는 파괴행위는 포함되지 않는다.

자기 파괴적인 요인들

이 요인들 중 단 한 번도 경험해보지 않았다고 자신 있게 말할 수 있는 것이 과연 몇 가지나 있을까?

- '나는 그걸 하지 못해'라거나 '나는 그걸 할 만큼 훌륭하지 못해'라는 식의 부정적인 독백
- 형편없는 자존심
- 형편없는 자신감
- 스스로를 보잘것없는 존재로 여기거나 멋진 결실을 누릴 만한 가치가 없는 존재라고 느끼는 감정
- 낮은 기대감
- 삶에서 중점을 두는 사항들이 뒤죽박죽 엉켜 혼란스러운 상황
- 명확하지 않은 가치관
- 지리멸렬함
- 꾸물거림
- 성공에 대한 불안

- 실패에 대한 걱정
- 결정을 내리는 것에 대한 두려움
- 타인을 비난하거나 자신의 처지를 비관
- 핑계를 대고, 그 핑계를 진실로 믿음
- 압박, 경쟁 또는 불편한 일들을 회피
- 죄책감
- '나의 결정이 잘못되지는 않았을까' 하는 두려움
- 나에게 필요한 것과 내가 진정 원하는 것이 무엇인지를 자신에게 묻는 것에 대한 두려움
- 도움을 청하는 것을 꺼림
- 지나치게 고립되어 있거나 나의 생각과 감정을 다른 사람과 나누지 않음
- 열악한 조건이나 대우에 지나치게 관대함
- '다른 사람들이 나를 어떻게 생각할까' 하는 두려움
- "아니오"라고 말하지 못함
- 내가 시간을 보내는 방식에 대해 누군가가 강력한 의견을 제시하며 영향력을 행사함
- 나에게 정말로 필요한 것을 맨 마지막 순서에 놓음
- 자기기만
- 고쳐야 할 점이 있다는 사실을 부정함
- 나를 믿지 않는 사람들과 시간을 보냄
- 다른 사람들이 나를 악용하도록 내버려둠
- 스스로 희생적이고 수동적이며 무기력하다고 느끼면서도 사태를 개선하기 위해서 할 수 있는 일은 아무것도 없다고 생각함

이 요인들 중 당신에게 해당되는 것이 몇 가지인가?

당신은 진정 멋진 인생을 누릴 필요가 있으며 또 그럴 자격이 있는데도

이런 요인들이 작용하면 불가능해진다. 이 사실을 자각하는 것만으로도 당신의 인생에 엄청난 변화를 일으킬 수 있으며, 새로운 삶의 태도의 시작이 될 수 있다. 이 요인들은 당신의 인생을 가로막고 있는 정말 나쁜 녀석들이다. 그놈들을 빨리 쫓아버려야 한다.

자기 파괴는 '내 안에 들어 있는 가장 무서운 적'이다. 자기 파괴는 나쁜 감정과 나쁜 경험 등의 부정적인 것에서 연유할 뿐 아니라 그 부정적인 것을 말하는 방식에서도 비롯된다. 이런 일에는 노력을 기울일 필요가 전혀 없다. 또한 멋진 일은 항상 다른 사람들에게만 일어난다는 식으로 자신을 세뇌시킬 때도 스스로를 파괴하고 있는 셈이다. 이런 버릇은 어린 시절 인생에 적응해가는 과정에서 비롯된 결과일 수 있다. 우리는 너무 많은 것을 기대하지 않도록 배워왔으며, 그 결과 인생의 문제에 봉착하게 되면 무기력을 느낀다. 그리고 많은 것을 얻지 못해도 슬퍼하거나 비통해하거나 화를 내지 않으려고 스스로를 달랜다.

자기 파괴에 가장 잘 듣는 치료제는 낙천주의와 희망이다. 여기에다 우리의 발목을 붙잡고 늘어지면서 성장을 방해하는 요인들을, 의기소침한 태도와 끊임없이 되풀이되는 부정적인 사고 그리고 과거를 문제 삼지 않으려는 태도에서 찾겠다는 굳은 의지가 결합된다면 금상첨화라고 하겠다.

린다는 치과 간호사로 일했다. 그녀는 자신이 맡은 일을 잘 처리했으며, 환자들도 그녀의 따뜻한 품성을 진심으로 좋아했다. 의사들도 그녀와 함께 일하는 것을 즐거워했다. 그들은 그녀가 치과 위생사 훈련을 받아 위생수술을 직접 하면 좋겠다고 판단해, 그녀에게 치과 위생사 훈련과정에 필요한 교육비를 대주겠다고 제안했다. 그녀는 이 문제를 놓고 남편과 의논한 끝에 거절하기로 결론을 내렸다. 그 훈련과정에 들어가게 되면 매주 수업을 받기 위해 먼 길을 떠나야 하고, 주말에도 공부해야 하므로 저녁식사를 제때 준비하지 못하는 경우가 잦을 수밖에 없다. 아마도 그녀의 남편 입장에서는 아내가 자기보다 더 많은 돈을 벌 수 있으리란 사실이 그리 달갑지 않았을지도 모른다. 그는 아내에게 자신이 늦게까지 일할 때가 종종 있으므로 아이들 때문에라도 그녀가 집을 지켜야 한다고 설명했다.

이 사례를 보면 린다와 그녀의 남편 모두 그녀의 발전과 재정적 독립을 방해하고 있는 셈이다. 그들에게는 현재의 수입과 생활수준을 그대로 유지하는 게 훨씬 더 편하게 느껴진다. 몇 년의 세월이 흘러도 그들은 여전히 지금과 같은 수준에서 똑같은 일을 하고 있을 것이다. 경제적 사정도 지금보다 별로 나아질 것이 없기 때문에 씀씀이에도 꽤 신경을 써야 할 것이다. 그러다가 아이들이 하나 둘 집을 떠나게 되면 린다는 '빈 둥지 증후군empty nest syndrome'의 첫 단계를 느끼게 될지도 모른다. 그렇게 삶이 흘러간다 해도 그것은 어디까지나 린다가 동의한 결과일 뿐이다. 그녀는 배가 흔들리는 위험을 감수하느니 차라리 현상 유지가 낫겠다는 식으로 판단하지 않았는가!

성장할 수 있는 기회를 스스로 얼마나 방해하고 있는가?

다음 물음에 대해 A, B, C, D 4개의 보기 중에서 당신에게 가장 어울린다고 생각하는 것 하나를 골라라.

1. 당신은 기술을 배우기 위해 강의를 듣기로 작정하고 돈을 모으기로 한다. 그렇게 기술을 익히면 지금 버는 돈의 반 정도는 더 벌 수 있다. 그런데 그 강의를 들으려면 업무시간 중에 노동 강도를 더 높여야 하고, 강의가 끝날 무렵에는 시험도 치러야 한다. 이런 상황이라면 당신은 어떻게 하겠는가?

A. 별도의 구좌를 만들어 돈을 저축하고, 시간 배분을 잘 할 수 있도록 미리 계획을 짠다. 그리고 그 강의를 끝까지 듣는다.

B. 돈을 별도로 모아놓고 시간적인 여유도 만들어 놓는다. 그러나 그 강의가 점점 지루하게 느껴지고, 그러다 보니 수업을 몇 번 거르게 된다. 과제도 제대로 하지 않았기 때문에 마지막 시험을 치르는 것 자체가 스트레스로 다가온다.

C. 어떻게든 강의 시간에 맞춰 나가려고 노력하지만 그것 외에도 할 일이 너무나 많다. 그래서 다음 기회에 그 강의를 다시 듣기로 결정한다.

D. 친구들이 아주 멋진 여행을 제안한다. 그 여행에서 빠질 수 없는 입장이다. 결국 강의를 들으려고 지금까지 모아두었던 돈을 전부 털어 여행 경비로 쓰기로 한다.

2. 집이 너무 지저분해서 돼지우리 같은데 어머니가 갑자기 집에 찾아오겠다고 한다. 지금 당장 집을 깨끗하게 청소해야 한다. 이럴 때 당신은 어떻게 하겠는가?

A. 이튿날 저녁과 토요일 하루를 꼬박 투자해서 필요한 물건들을 사고, 음악을 틀어놓고, 집안 구석구석을 본격적으로 청소한다.

B. 발등에 불이 떨어질 때까지 집안 청소를 미룬다. 그러다가 어머니가 올 때쯤

청소를 시작하되 깨끗이 치운다. 아직 청소기가 손에 들려 있고 다림질을 해야 할 옷들이 소파 위에 잔뜩 널려 있는 상태에서 어머니가 들이닥친다 해도 별로 문제될 게 없다. 어머니가 도착하면 즐거운 마음으로 맞이하고, 커피를 끓여드리면서 지금까지 무척 바빴다는 사실을 분명히 밝힌다.

C. 열심히 청소한다고 했는데도 어머니가 도착했을 때 집안은 청소를 시작하기 전보다 별반 나아진 게 없다. 부엌 찬장부터 정리하다 보니 그 안에서 지금까지 잊고 지냈던 물건이 많이 나왔기 때문이다. 그래서 그렇게 집안이 엉망인 사실에 대해 약간의 핑계를 댄다.

D. 어머니가 깨끗하고 말끔한 분위기를 좋아한다는 사실에 신경쓸 필요는 없다. 재빨리 진공청소기를 돌리고, 신문을 제자리에 꽂고, 그런 식으로 정리하면 그만이다.

3. 다가오는 생일에 아주 특별한 파티를 열고 싶다. 친구들과 어울려 멋지게 놀고 싶은데, 친구들 대부분이 먼 곳에 살아서 하룻밤은 자고 가야 한다. 당신은 그 파티를 어떻게 준비할 것인가?

A. 파티 장소를 예약하고 두 달 전에 미리 초대장을 보내 친구들에게 일정을 맞출 수 있는 시간적 여유를 준다.

B. 생일 파티에 대해 친구들에게 미리 알리고, 파티에 참석할 친구들이 거의 정해지면 그때 장소를 예약한다. 그리고 참석할 친구들에게 정확한 시간과 장소를 전화로 알려준다.

C. 파티를 계획하고는 있지만 많은 친구들을 초청하지 않는다. 친구들이 그까짓 생일 파티 때문에 그렇게 먼길을 달려올 것 같지 않기 때문이다.

D. 파티를 앞두고 이런저런 공상에 빠져보지만 정작 파티는 열지 못한다. 파티를 계획하는 것 자체가 너무나 힘들기 때문이다. 그러다가 결국에는 몇 명의 친구들과 밖에서 술이나 한잔하는 것으로 끝낸다.

4. 당신은 직장에서 능력을 인정받고 있고, 당신의 상사도 몇 개월 후에 동료가 직장을 떠나면 당신이 일순위로 그 자리에 진급할 것이라는 암시를 넌지시 던진다. 이때 당신은 어떻게 처신하겠는가?

A. 나의 가치를 입증해 보이고, 나라는 존재가 얼마나 소중한가를 확인시키기 위해 일을 더 열심히 한다.

B. 평소와 다름없이 일을 하지만 영향력 있는 사람에게 좋은 인상을 심어주는 것을 잊지 않는다.

C. 평소처럼 일을 하되 나의 진정한 가치를 사람들이 알아주기를 희망한다.

D. 편안한 마음으로 사무실 아래층에서 동료들과 미리 축하를 나눈다.

5. 당신에게는 아무도 모르는 야망이 있다. 당신이 언제나 추구해왔던 바로 그것이다. 그런데 올해 인생에서 정말로 중요한 게 무엇인지를 놓고 고민하다 보니 그 야망을 이루려면 아직도 한참 멀었다는 사실이 확인됐다. 당신은 어떻게 하겠는가?

A. 지금 당장 다른 것을 다 접어두고 애초에 의도했던 정신을 되살려 그 야망을 실현하는 일에 매진한다.

B. 주변 사람들에게 나의 계획에 대해 말하면서 점진적으로 그 계획을 현실화시킨다.

C. 다시 그 야망을 이룰 계획을 짜지만 어디서부터 시작해야 할지 자신이 서지 않는다. 그런데다 내가 처리해야 할 일들이 많아 정신만 혼란스러워진다.

D. 그 야망에 대해 자주 이야기한다. 그러나 지금 당장 더 중요한 일들이 시간을 다퉈 대기하고 있다.

6. 소득세 고지서를 받아놓고 까맣게 잊고 지냈다. 납부 기한이 겨우 몇 주일밖에 남지 않았다. 납기를 어기면 벌금을 물어야 할 판이다. 당신은 어떻게 하겠는가?

A. 가능한 빨리 소득별 분류를 끝낸다.

B. 어떤 식으로 소득을 찾아낼 것인지 고민하다가 제때에 소득액 취합을 끝낸다.

C. 책상 위에 놓여 있는 '미결' 서류에다가 소득세 고지서를 끼워놓고는 최선의 결과가 일어나기만을 기다린다.

D. 이런 귀찮은 문제는 생각하고 싶지 않다. 그래서 그 복잡한 일로 스트레스를 받느니 차라리 벌금을 무는 쪽을 택한다.

7. 어느 날 집에 들어가 보니 물탱크에서 물이 조금씩 새어나오고 있다. 당신은 어떻게 하겠는가?

A. 배관공을 부르려고 계속 전화 수화기를 붙들고 있다.

B. 가족이나 친구를 불러서 좀 봐달라고 부탁한다.

C. 임시방편으로 먼저 손을 대보지만 배관을 수리하는 기술에 자신이 없고, 무슨 일부터 해야 할지 걱정이 앞선다.

D. 물탱크 밑에 양동이를 받쳐놓고 물이 새지 않기만을 기다린다.

8. 어떤 중요한 일의 마감 시간이 코앞으로 다가오고 있다. 이때 당신에게 어떤 시나리오가 전개될 것 같은가?

A. 마감 시간에 맞춰서 착실하게 일을 처리하고 있다. 일정보다 며칠 앞당겨 일을 마무리지으리라 기대하고 있다.

B. 마감 시간을 눈앞에 두고 광란의 모습을 보인다. 이틀 연달아 밤을 새운 끝에 결국 피로로 쓰러지고 만다.

C. 그 일을 제대로 해내지 못할 것이라고 두려워한다. 그리고 그 일에 대해 지나치게 걱정하는 자신을 발견한다.

D. 그 일로 인해 스트레스를 받고 싶지 않아 뒤로 미룬다. 그럴듯한 핑계를 대고는 몇 주 후에 일을 처리한다.

9. 어린 조카가 학업을 위해 당신이 사는 도시로 오게 되어 있다. 당신은 조카의 부모들에게 조카에게 외식도 시켜주고 여러 면에서 도와주겠노라고 말한다. 그런데 예상치 못한 일이 생겨 집에서도 당신을 도와줄 사람이 없다. 이럴 경우에 당신은 어떻게 할 것인가?

A. 지금 당장 조카에게 전화를 걸어 2주일 후에 만나자고 한다.

B. 조금 시간을 두고 생각하다가 조카에게 전화를 걸어 지금은 바빠서 못 만나고 빠른 시일 안에 한 번 보자는 뜻을 전한다.

C. 조카에게 핑계를 대려고 전화를 걸지만, 죄책감에서 벗어나지 못한다. 그래서 조카에게 하루 시간을 내서 시내 구경을 시켜주겠노라고 약속하는데, 이것이 또 스트레스로 작용한다.

D. 조카에게 전화를 걸어 사정을 말해보려 하지만 결국에는 전화도 못한다.

10. 당신은 예기치 못한 기회가 다가올 때 어떻게 반응하는가?

A. 그 기회가 내 인생에 도움이 되도록 그것을 받아들일 공간을 만든다.

B. 그 기회를 잡기는 하지만, 나라는 사람은 그것 말고도 이미 너무나 바쁘기 때문에 그 기회가 오히려 스트레스로 다가온다.

C. 이상하게도 뭔가를 해야 하지 않을까 싶다. 그러나 그때는 이미 그 기회가 내 곁을 떠나간 뒤다.

D. 그것을 기회로 보지 않는다.

11. 당신이 지금까지 심혈을 기울여온 중요한 프로젝트가 마무리 단계에 접어들고 있다. 당신은 어떻게 할 것인가?

A. 그 일에 계속 매진한다. 그 일이 어떻게 끝나는지 지켜보고 싶다.

B. 스트레스를 많이 받았다면서 불평하고, 심신이 피곤함을 느끼지만 어쨌든 그

일을 마무리짓는다.

C. 이것보다 더 흥미로워 보이는 프로젝트를 생각하기 시작한다.

D. 따분함을 느낀 나머지 그 프로젝트에 더 이상 집중하지 못한다. 세세한 마무리 작업은 다른 사람의 몫이 된다.

12. 당신은 다음 한 주 동안 꼭 해야 할 일들에 대해 미리 목표를 세워놓는다. 그러나 가족이나 친구들이 예기치 않은 부탁을 해와 당신의 시간을 빼앗으려고 한다. 그 사람들은 당신이 매우 바쁘며 일과 시간에 쫓기고 있다는 사실을 깨닫지 못하는 것 같다. 이런 경우 당신은 어떻게 대처하겠는가?

A. 정말로 바쁘다고 털어놓고, 주말에 시간을 내겠다고 약속한다.

B. 내 일도 하고 그들의 요구사항도 들어주면서 균형감각을 유지하려고 애쓴다.

C. 가족과 친구를 먼저 보살핀 후에 시간이 남으면 자신의 일을 돌본다. 그러다가 탈진상태에 빠지고, 주변에서 그렇게 많은 시간과 에너지를 가족과 친구를 위해 투자해도 괜찮냐고 물어봐주지 않으면 마음의 상처까지 받는다.

D. 전화기 선을 뽑아버리고 아무 일도 하지 않는다.

13. 당신의 애인은 질투가 너무 심해 당신이 어디에 있는지, 그리고 무엇을 하는지 날마다 확인하려고 한다. 그(그녀)는 당신이 따로 시간을 보내는 것을 좋아하지 않는다. 그래서 당신이 친한 친구들과 밤을 함께 보내려고 약속이라도 하면 그 약속을 취소하고 집으로 빨리 돌아오라고 채근한다. 당신은 이런 상황을 어떻게 처리하겠는가?

A. 나만의 시간이 엄연히 있으며, 나를 믿지 못할 경우에는 결코 참지 않으리라는 점을 분명히 해둔다.

B. 상대방의 입장을 이해하고 거기에 맞추려고 노력한다. 그러나 최선의 노력을 기울이고 있음에도 상대방이 이런 행동을 계속할 경우에는 불만이 점점 더 커

질 것이다.

C. 내심 분개하면서도 평온한 삶을 위해 결국 상대방의 요구를 들어준다. 그러다 보니 친한 친구들을 만나려고 상대방을 속여야 하는 경우도 종종 있다.

D. 상대방의 희망사항을 받아들이며, 내가 만나고 만나지 말아야 할 사람을 결정하는 권한을 상대방에게 넘겨준다. 연인의 인연을 맺은 이상 별도의 사교생활을 허락할 수 없다는 상대방의 주장을 받아들인다.

14. 당신은 건강에 어느 정도의 관심을 기울이는가?

A. 운동하고, 적당히 먹고, 충분한 휴식을 취한다. 그리고 신체나 치아에 문제가 생기면 반드시 검진을 받는다.

B. 자신을 잘 돌보며, 건강 문제에 대해서는 대체로 느긋한 편이다. 때때로 지나치게 몰입하는 경우도 있지만 어디까지나 일정 한계범위 안에서다.

C. 가끔씩 운동도 하고, 경제적인 여유가 있을 때에는 보양식도 먹는다. 그리고 여유가 있을 때에는 스스로를 돌보는 일도 잊지 않는다. 지금보다 건강을 훨씬 더 잘 돌볼 수 있다는 사실을 알고 있지만, 이 순간에는 다른 일들이 건강보다 더 중요하다.

D. 담배를 피우고 술을 마시며, 먹고 싶은 것이 있으면 무엇이든 다 먹고, 규칙적인 운동이 필요하다고 생각하지 않는다. 그리고 고통스러운 신체적 증상이 나타나더라도 거의 관심을 기울이지 않는다.

15. 우편물을 뜯지 않거나 답장을 하지 않은 채 내버려두고, 각종 청구서를 지급하지 않고 내팽개치는 경우가 얼마나 자주 있는가? 그런 버릇은 훗날 더 큰 문제를 야기하지 않을까?

A. 극히 드물다.

B. 때때로 있다.

C. 가끔 있다.

D. 자주 있다.

당신의 자기 파괴 점수는?

A _____ B _____ C _____ D _____

A, B, C, D의 어느 항이든 다 해당될 수 있다. 그럴 경우에는 세 개 이상 나오는 항목을 중심으로 다음의 해설을 읽어보자.

대부분의 항목이 A인 경우

당신은 매우 조직적이다. 그리고 일을 처리하면서 많은 만족감을 얻는다. 자신이 하겠다고 나서는 일을 대체로 잘 처리해내는 당신은 능률적이고 신뢰할 만한 사람이다. 당신은 스스로가 책임감이 강한 존재임을 잘 알고 있다. 뭔가 일을 제대로 처리하지 못했을 때에도 당신은 그 책임을 다른 사람에게 돌리지 않는다. 그리고 자신을 평가하는 기준이 상당히 높다.

일을 처리하는 데도 시간을 질질 끌지 않으며, 그렇기 때문에 당신은 자신을 움직이게 하는 원동력이 무엇인지를 곰곰이 생각하느라 멈춰 서는 일이 없다. 당신은 어느 정도 편안한 마음을 취하며, 수시로 자신의 가치를 재평가하고, 인생에서 중요한 것이 무엇인지를 점검할 줄 안다. 그렇게 하지 않으면 인생의 목표가 너무나 편협할 수 있다. 당신은 한번 시작한 일이면 끝장을 보는 경향이 있지만 그 일을 성취하기까지의 과정을 늘 즐기는 것은 아니다.

대부분의 항목이 B인 경우

대체로 당신은 조직적으로 움직이며, 효율적이고 말없이 많은 일을 해낸다. 자율적으로 일을 처리하는 것을 좋아하며, 외부의 압력이 밀려오더라도 이리저리 뛰어다니지 않는다. 당신 자신을 포함하여 모든 사람들과 주변의 일을 잘 보살피며, 다른 사람과 협력하는 일에도 뛰어나다. 어떤 일이 벌어질 경우 다른 사람들에게도 두루 덕이 되도록 이끌다 보니 필요 이상으로 걱정할 때도 간혹 있다.

당신이 인생에서 가장 중요하게 여기는 사항들을 적은 목록을 보면, 맨 마지막에 당신의 이름이 적혀 있을 수도 있다. 지나치게 많은 것을 돌본 나머지 스트레스와 심신의 피로로 고통받을 수 있다. 당신은 자신에게 관대해질 필요가 있다는 사실을 명심해야 하며, 자신의 목표를 현실적이고 성취 가능한 것으로 정해서 자신에 대해 좌절과 실망을 느끼지 않도록 해야 할 필요가 있다. 자신감의 결여로 마음속으로 고통받을 수도 있고, 다른 사람들이 당신과 당신의 능력을 보는 다양한 시각에 대해 장기적인 차원에서 꿋꿋하게 맞설 필요도 있다. 당신 자신에 대해 절대로 그렇고 그런 존재로 낮추지 말라!

대부분의 항목이 C인 경우

당신은 아직 끝나지 않은 프로젝트와 자신의 손길이 미치지 못한 일이 뒤섞인 가운데 혼란에 빠져 사는 경향을 보인다. 당신은 창의적으로 생각할 줄 알며, 이것은 당신에게 자산이 될 수 있다. 선택의 가능성을 언제나 활짝 열어두고, 그때그때 상황에 따라 유연하게 대처할 수 있기 때문이다. 그러나 당신은 자신이 진정으로 원하는 인생의 목표를 확고하게 설정해두고, 몇 개월마다 그것을 점검하는 것이 훨씬 더 유익하다는 사실을 깨달아야 한다. 그렇게 하지 않을 경우에는 정말 중요한 것들을 하나도 마무리짓지 못할 위험이 있기 때문이다.

당신은 자존심이 강하지 못하고 자신감이 결여되어 자신의 성공 가능성에 대해 의문을 품을 수 있다. 자신에 대한 신념을 상실하는 것이야말로 당신에게는 심각한 파괴가 될 수 있으며, 이것은 당신의 성공 잠재력을 갉아먹을 것이다. 특정 분야에서 발휘할 수 있는 당신의 능력에 제한을 가하는 것이다. 이렇게 되면 실패에 대한 두려움과 성공에 대한 불안을 떨쳐버릴 수 없다. 당신은 종종 자신의 능력을 과소평가하며 필요 이상으로 불안해하고 있다. 그리고 죄책감을 느끼고 힘든 일에 대처하는 데서도 일관되지 못하며 혼란스러워하기 때문에 다른 사람들도 당신을 대할 때면 어떤 식으로 나서야 할지 몰라 안타까워할 수 있다.

당신은 종종 자신에게 간절히 필요한 것을 옆으로 제쳐두며, 순간순간의 압박감이 자신의 인생을 좌우하도록 내버려둔다. 당신에게 진정 필요한 것과 행복에 대해 쉽게 눈을 감아버린다. 당신의 필요보다는 다른 사람의 필요에 맞춰 살며, 다른 사람의 비합리적인 요구가 당신이 진정으로 원하는 것보다 더 우선이라고 생각하여 그 요구에도 "아니오"라고 말하기를 주저한다.

대부분의 항목이 D인 경우

당신에게는 매력이 많고 언제나 기발한 핑계가 준비되어 있을지는 몰라도, 인생에서 중요한 사항을 만족시키는 일에 관한 한 당신은 이 세상에서 가장 믿지 못할 사람이다. 당신은 자신에게 중요하다고 생각되는 일에 많은 시간을 투자할 수 있으며, 시간을 헛되이 보내는 방식에도 매우 뛰어나다. 당신은 외부의 요구에 대해 곧잘 분개하는데, 당신의 흥미를 끌지 못하는 일과 관련되어 있을 때 그 정도가 특히 심하다.

자신을 보호하기 위해서라면 당신은 가능한 한 다른 사람이 주는 스트레스와 압박을 피하려 든다. 또한 거부하고 지리멸렬하게 질질 끄는 일에 익숙하며, 그 때문에 많은 기회를 놓치고 있다. 당신에게는 인생의 목표와 인생에서 정말로 중요한 것이 무엇인지를 결정하는 것이 급선무다. 그런 것들을 다른 사람이 정해줄 경우에는 당신의 성격상 그것을 따르지 않을 가능성이 높기 때문이다.

당신은 여전히 다른 사람의 기대를 저버리고 있는가? 당신은 현실성 있는 기대를 품고 있는가? 아니면 인생의 목표를 지나치게 높게 잡거나 특별한 욕심이 생기지 않을 정도로 지나치게 낮게 잡고 있지는 않는가? 지금 혼란스러운 가치관과 인생의 우선순위로 끙끙대고 있는가? 당신의 인생이 별다른 발전 없이 계속 제자리에 머물러 있는 것을 남의 탓으로 돌리고 있는가? 당신이 진정으로 원하는 결과는 무엇인가? 앞으로 10년 후에 당신은 어느 자리에 서 있기를 원하는가? 그리고 당신이 꿈꾸는 그 목표를 어떤 식으로 달성할 것인가?

02

당신의 가치를 선택하라

제1장에서는 인생에서 무엇이 중요한지 우선순위를 정하고, 인생의 목표를 설정하며, 행동 계획을 짜는 일에 초점을 맞추었다. 그리고 자신감과 자존심에 대해서도 다루었다. 우선순위들이 서로 충돌을 일으키고, 감정마저 서로 복잡하게 얽혀 있는데다가 나 자신이 목적의 성취를 방해할 수도 있다는 생각이 머리에서 떠나지 않을 수 있다. 헝클어진 우선순위와 감정을 차분하게 풀어내는 작업은 무척 힘들고 혼란스럽다. 이 장은 수많은 질문으로 구성되어 있으며, 그 질문들은 성공에 꼭 필요한 것들이다.

당신이 소중하게 생각하는 가치는 무엇인가?

어쩌면 다양한 방향으로 이 문제를 생각해봤을 수도 있고, 생각해보지 않았을 수도 있다. 당신이 소중하게 여기는 가치들을 명확하게 밝힌다는 것은, 곧 인생을 살면서 어떤 것에 우선순위를 둘 것인가라는 질문에 분명하게 대답할 수 있다는 것과 통한다. 다시 말해, 당신이 진정 어떤 존재인지, 당신이 자아를 강인하게 지키기 위해서는 어떤 기반 위에 서야 하는지를 잘 알고 있다는 뜻이다. 어려운 상황에 처해도 당신은 그 역경에서 벗어나는 방법을 알 수 있다. 삶이 순조로울 때에는 당신은 진정으로 중요한 것들을 무기로 삼아 큰 발전을 이룰 수 있다.

그리하여 당신은 삶을 온전하게 살게 된다. 다른 누군가가 대신 설계해준 대로 무턱대고 따라가며 살지는 않을 것이다.

가치란 무엇인가?

가치란 삶을 이끌어주고 안내해주는 믿음과 태도를 말한다. 사람들은 저마다 소중하게 간직하는 가치들이 있으며, 그것들이 삶의 버팀목이 되고 우리의 삶을 이끌어간다. 만일 우리가 그 가치들이 무엇인지를 알지 못한다면 그 가치들은 우리의 삶을 아무렇게나 끌고 갈 것이다. 따라서 당신은 그 가치가 어떤 것인지 잘 알아야 한다. 그리고 당신은 당신이 좋아하는 가치를 선택할 수 있다. 가치에 대한 정의를 제대로 내릴 여유도 없이 시간에 쫓겨 아무렇게나 선택한 가치보다는 그런 가치가 훨씬 소중하지 않겠는가?

지금 우리와는 아무런 관계가 없거나 무익한 가치 중에는 다른 사람들, 가령 부모님들에게서 물려받은 것들이 종종 있다. 우리에게 도움이 되지 않거나 정의롭지 못하거나 낡아빠진 가치에 매달리는 것은 자칫 파괴적일 수 있다. 때때로 우리의 가치에는 변화가 필요하다. 진정으로 소중하게 여기는 가치에 더 가까이 다가갈 필요가 있는 것이다. 그 가치는 건전한 자기 가치에 대한 인식을 높여주는 본질적인 요소이기 때문이다.

모든 조직과 종교에는 그 나름의 독특한 가치체계가 있으며, 사람들에게 그곳에 들어오려면 꼭 갖춰야 하는 것들을 알리는 조직원리로서 매우 유용하다. 21세기를 사는 당신에게 어떤 가치를 받아들일 것인지, 그리고 낡고 진부한 가치에 의문을 제기하면서 당신 자신의 가치를 어떻게 재창조할 것인지에 대한 선택의 자유가 주어졌다.

일상생활 속의 가치들

짐의 부모는 '아이들은 부드럽게 대해야 하는 존재임에는 분명하지만 그 중요성에서는 어른과 크게 다르다. 그래서 아이들은 어른이 한번 결정을 내리면 회의를 품거나 대꾸하지 않고 그대로 따라야 한다'는 믿음을 갖고 있었다. 짐은 자신도 모르게 과거에 그의 아버지가 했던 말과 똑같은 말을 자기 아이에게 하고 있다는 사실을 깨닫기 전까지는 그런 관행이 그에게 얼마나 큰 영향을 미치는지를 깨닫지 못했다. 그는 늘 아이들에게 "내가 하라는 대로 해! 거기에 토를 달지 마!"라고 강요했다.

그러나 다행히 그는 온순하고 인정 많은 사람이었기에 아이들이 굽히지 않고 자신에게 도전하자 아이들의 말에 귀를 기울이기 시작했다. 결국 그는 자신이 그 옛날 자기 아버지처럼 말을 하고 있다는 사실을 깨달았다. 그는 자신이 아이들을 그런 식으로 대하는 것을 진정으로 원하지 않는다는 것도 알았다. 그는 아이들과 매우 친밀하게 지내고 싶었고, 아이들에게 든든한 버팀목이 되고 싶었다. 게다가 권위적인 아버지가 되고 싶지 않았기에, 아이들이 자신에게 거리감을 느낀다는 사실에 화가 났다.

그가 아이들에게 강요하는 식으로 말했던 것은 단지 그의 아버지가 그를 다뤘던 방식 그대로 아이들을 다뤄야 한다는 막연한 믿음 때문이었다. 그는 평화롭고 조화로운 관계를 원하며, 모든 사람이 평등한 관계를 유지해야 한다는 의식이 강한 사람이다. 그렇기 때문에 그가 자신도 모르게 이런 가치와 충돌을 일으킬 때는 엄청난 스트레스를 받을 수밖에 없었다. 그는 검증과정을 거치지 않은 채 물려받은 가치들이 어떤 식으로 자신의 개인적인 가치와 충돌을 일으키는지 이해해야만 했다.

당신이 소중하게 여기는 가치를 결정하라

다음 목록 중에서 고르되, 만일 여기에 포함되지 않은 특별한 가치가 있다면 주저하지 말고 목록에 포함시켜라. 당신에게는 각 부문에서 가장 중요한 가치 5가지와 중간 순위의 가치 가지만 허용된다. 각 부문에서 5가지 이상의 가치는 선택할 수 없다. 이 작업은 다소 어려울 것이다. 오직 10가지의 가치만을 선택해야 하는 상황에서 당신에게 정말로 중요한 것이 무엇인지에 대해 고민하지 않을 수 없다. 그리고 그 과정에서 당신이 선택한 가치의 일부가 다른 가치와 충돌할 수 있다. 이는 곧 당신이 삶의 어느 부분에서 혼돈과 뒤얽힌 감정 또는 부정적인 결과를 경험하고 있을지도 모른다는 것을 말해주는 중요한 열쇠가 될 것이다.

가치 목록을 선택하다 보면 당신은 간혹 서로 상반되는 가치를 선택할 때가 있을 것이다. 다양한 가치와 그 우선순위를 오가느라 바쁘며, 다양하고 복잡한 삶을 살지라도 당신만 괜찮다면야 그런 충돌은 전혀 나무랄 게 없다. 반면 라이프 스타일의 규모를 줄이고 단순함에 초점을 맞춰 살기를 원한다면 당신이 선택한 가치들이 제대로 영향력을 발휘할 수 있도록 합리적으로 행동할 필요가 있다.

만일 당신이 어떤 사람과 관계를 맺고 있고, 그 사람과 짝을 이뤄 이 훈련을 한다면 아마도 서로에 대해 엄청나게 많은 것을 알게 될 것이다. 이 경우에는 각자 자신의 가치를 선택하는 데에 완벽하게 자유를 누리는 것이 무엇보다 중요하다.

당신의 인간관계가 상대방의 가치를 수용하고 존중하는 관계가 된다면 그 관계는 더욱더 성숙할 수 있다. 또한 두 사람이 서로 공유할 수 있는 핵심 가치가 있어야 한다. 그렇지 않으면 두 사람이 함께 설 수 있는 공통의 기반이 충분히 마련되지 못할 것이다. 이런 훈련을 잘하는 커플은 상대방의 가치를 수용하면서도 그것 때문에 자신이 선택한 가치에 손상받지는 않는다.

배리는 '가족에 관한 가치' 부분을 훈련할 때 자신이 원했던 가족생활이 어떤 모습이었는지에 대해 곰곰이 생각해보았다. 그의 부모님은 차분하고 성실한 분들이었다. 그리고 꿈을 이루려고 그토록 열심히 일했건만 한 번도 결실을 제대로 이루지 못한 분들이었다는 생각이 들었다. 배리의 부모님은 가족이 한자리에 모이는 것을 아주 중요하게 생각했다. 그러나 식사시간은 매우 빠르게 지나갔고, 긴장감이 팽팽하게 감돌았으며, 누구든 식사를 끝내면 알아서 설거지를 도와야 했다.

가족이 함께 외출하는 경우는 극히 드물었으며, 그저 집에 모여 있는 것을 즐길 뿐이었다. 가족이 함께한다는 것은 곧 함께 일한다는 것을 의미했다. 주말에는 밀린 집안일을 하면서 시간을 보냈다. 심지어 휴가 때에도 그들은 할머니 댁에 머물면서 대부분의 시간을 요리하고 청소하고 조부모를 모시는 데 보냈고, 그것마저도 당일치기 여행으로 끝냈다.

배리는 가족생활에 가장 중요한 우선 가치로서 행복, 건강, 공유, 풍족함, 정신집중을 선택했다. 그 다음 중간 가치로는 타인과의 관계, 평온함, 외부활동 강화, 의미 있는 교육, 운동을 선택했다. 그리고 그는 이 가치 중 몇 가지가 서로 충돌한다는 사실을 깨달았다. 예를 들어 평온함과 운동은 공존하기가 어렵다. 이것은 그가 어떤 것이 정말로 중요한지에 대해 다시 고려해야 한다는 것을 의미한다. 그는 자신의 삶이 조화를 이루도록 우선 가치를 결정해야 한다. 이를 실천으로 옮기는 작업에는 시간 관리를 재검토하는 과정이 포함된다.

그 가치들은 모두 동등하며 중립적이다. 그 가치들에 관한 질문 중 그 어떤 것에도 옳거나 그른 답이 없다. 그러나 당신에게 적절한 답은 있다. 당신은 세월이 흐르면서 당신의 가치 중 일부는 발전하고 변화한다는 사실을 발견할 것이다. 그리고 6개월 또는 일 년 후에 다시 이 부분으로 돌아오는 것도 의미있을 것이다.

이 가치에 관한 질문들을 두루 검토해보자. 그러면 당신이 이 책의 처음부터 끝까지 이어지는 질문과 대답의 과정을 효율적으로 완료하는 데 커다란 도움이 될 것이다.

가치 목록

이것은 195가지의 가치를 적은 목록이다. 그 다음에 이어지는 연습에서는 그것들 중 몇 가지를 선택하고, 그것을 당신의 인생에 적용하고, 그것에 우선순위를 부여하고, 그 외의 가치들을 배제하거나 다시 조정하는 것이 필요하다. 그 목록에는 당신이 동의하게 될 많은 가치가 포함된다. 그중에는 당신이 매우 강하게 동의하는 가치가 있는가 하면, 시큰둥하게 느껴지거나 동의하기 힘든 가치도 있을 것이다. 중요한 것은 인생의 가치에 관한 한 당신 스스로 선택해야 한다는 점이다. 당신은 다른 사람들을 기쁘게 해주기 위해서, 또는 남들에게 멋진 사람으로 보이기 위해서, 아니면 당신이 어떤 품성을 가져야 한다는 중압감에서 가치를 선택해서는 안 된다. 그런 이유로 선택된 가치들은 창조적인 삶을 꾸리는 데 별로 도움이 되지 못한다. 살면서 심한 압박을 받게 되면 당신은 그 가치들을 쉽게 놓아버릴 것이다. 가치라는 것은 당신이 매우 강하게 애착을 느끼거나 당신에게 매우 중요한 것이어야 한다.

가치는 몇 가지의 범주로 분리하여 정리되어 있다. 추상적이고 영적인 가치에서 시작해 라이프 스타일과 관계있는 보다 실용적인 가치로 옮겨간다. 각각의 부분에서 가치 훈련을 하다 보면 일부 범주의 가치들이 다른 범주의 가치들과 겹친다는 사실을 깨닫게 될 것이다. 이는 당신이 자신을 보다 명확히 파악하는 데 도움이 된다. 예를 들어 당신이 서로 다른 범주에서 선택한 가치 중에서 창의성이 겹칠 수 있다. 그런데도 실제 생활에서는 창의성을 인생의 최우선 과제로 생각하지 않았을 수도 있다. 만일 당신이 삶에서 중요한 가치를 적극적으로 표현하려는 노력을 전혀 기울이지 않았다면 그 또한 긴장과 스트레스, 우울증 등과 같은 징후의 원인이 될 수 있다.

이 부분에서는 꽤 많은 시간이 걸릴 것이다. 하지만 이 과정을 끝내기만 하면 당신은 그 연습의 효과를 톡톡히 볼 것이다. 여기에 나열된 가치에는 당신에게 특별히 소중한 개인적인 가치들 중 일부가 포함되지 않을 수도 있다. 그러나 당신이 개인적으로 써넣을 공간이 남아 있다. 이 과정이 끝날 무렵이면 각 제목 아래에 당신만의 가치들이 적혀 있을 것이다. 당신만의 가치는 이 책의 여백에 적어도 좋고, 별도의 노트를 만들어 따로 기록해도 좋다.

1. 본성적 가치

이 가치들은 실용적이기보다는 추상적이다. 그리고 자신의 깊은 곳에 자리 잡고 있어 좀처럼 변하지 않는 자아와 관계가 있다. 지나온 세월을 되돌아보면, 이런 가치들은 당신이 어렸을 때부터 열망해오던 것이라는 사실을 깨닫게 된다. 물론 당신이 의식적으로 이 단어들을 사용하거나 생각해보지 않았을 수도 있다. 그러나 그것들은 나이와 문화를 불문하고 수많은 사람들이 공유해왔던 불변의 가치다.

이 부분에서는 어떤 가치는 선택하고 어떤 가치는 버리라는 식으로 당신에게 강요하지 않는다. 그 가치 중 어떤 것도 버리고 싶지 않을 수 있고, 단 몇 가지만 버리고 싶을 수도 있다. 그러나 이 연습을 위해 앞으로 며칠 동안 오직 열 가지

가치에만 관심을 집중하고, 그것이 당신에게 어떤 효과를 안겨주는지 면밀히 검토하라. 당신이 선택한 열 가지의 가치에 밑줄을 쫙 긋고, 별표를 해두어라. 자, 당신에게 진정으로 중요한 인간의 기본적인 가치는 어떤 것인가?

1. 품위

2. 자존심

3. 자연이나 환경에 대한 존중

4. 타인에 대한 존경

5. 평등

6. 자유

7. 사랑

8. 타인과의 연결성 및 상호의존성

9. 자율 또는 독립

10. 수용과 관용

11. 동정심

12. 자신을 아는 것

13. 자신에 대한 믿음

14. 자신의 가치에 따라 삶을 사는 것

15. 정당한 것을 위해 적극 옹호하고, 솔직히 말하고, 투쟁하는 것

16. 쾌활함

17. 열정

18. 온화함

19. 평온함

20. 지혜로움

21. 그 외에 당신만이 추구하는 가치

2. 영적인 가치

여기에는 오직 열 가지의 영적인 가치만 있다. 그중 어떤 것이 당신에게 영감을 불어넣고 당신을 즐겁게 만드는가? 다시 말하지만, 당신은 이 가치 중 단 하나도 버리지 않아도 좋다. 그러나 당신에게 가장 생산적인 결과를 안겨주는 다섯 가지에만 초점을 맞춰라. 그리고 필요하다면 다음 목록 중에서 한두 가지를 빼고 대신 당신이 고집하는 가치를 넣는다.

1. 나는 인생을 살면서 영적으로 집중하거나 감화받기를 좋아한다.

2. 나는 명상을 실천하거나 종교적 또는 영적인 전통을 따르고 있다.

3. 신앙은 나에게 중요하다.

4. 믿음은 나에게 중요하며, 일이 제대로 풀릴 것이라는 예감 또한 중요하다.

5. 나는 보다 온전한 통일체에 연결되어 있다는 느낌을 좋아한다.

6. 인생에서 목표와 가치 또는 방향감각이 있다.

7. 인생은 짧다. 그래서 매순간 알차게 살려고 노력한다.

8. 내 인생은 나의 손에 달렸다.

9. 나에게는 특별히 영적으로 집중해야 할 가치가 없다.

10. 나는 영적인 문제에는 전혀 관심이 없다.

3. 개인적 자질

당신의 자질 중에서 가장 마음에 드는 것은 무엇인가? 그리고 당신이 자신의 강점으로 여기는 것은 무엇인가? 이 부분은 긍정심리학의 핵심 개념 중 하나에 바탕을 두고 있으며, 그것은 바로 당신의 약점을 걱정하기보다는 당신의 강점을 강화할 경우에 더 좋은 결과가 생긴다는 가르침이다. 당신의 강점이라고 생각되는 자질을 10가지를 골라라. 그런 다음 관심을 쏟아 더 발전시키고 싶은 자질 10가지를 다시 선택하라. 총 40가지의 목록이 있는데, 그중 반을 걸러내야 한다.

1. 인내

2. 관용

3. 지구력

4. 배짱

5. 긍정적인 태도

6. 원기 왕성

7. 넓고 열린 마음

8. 명확한 관점이나 의견

9. 정신집중

10. 동시에 여러 가지 일에 정신을 집중

11. 삶의 명확한 방향감각

12. 비전

13. 활력

14. 개인적인 힘, 카리스마 또는 권위

15. 매력

16. 그때그때 흐름에 맞출 수 있는 융통성 또는 순발력

17. 현실적인 면과 분별력

18. 실용적인 면

19. 도전성

20. 낙천적이고 유쾌한 면

21. 유머 감각

22. 다른 사람에게 도움이 됨

23. 다른 사람의 버팀목이 됨

24. 신뢰성

25. 필요할 때 강한 의지를 발산

26. 따뜻한 가슴

27. 좋은 친구가 됨

28. 유능하고 일을 잘 처리함

29. 지식이 풍부하고, 늘 깨어 있고, 견문이 넓음

30. 능력 있음

31. 편안함과 태평함

32. 친절하고 사려 깊음

33. 가족 또는 팀의 멋진 구성원

34. 근면성

35. 단호함

36. 친절함

37. 타인에 대한 공감 또는 동정심

38. 남의 말에 귀를 잘 기울임

39. 조직적이고 기강을 존중

40. 독창적이거나 혁신적임

4. 이미지에 관한 가치

당신은 남들에게 어떻게 보이기를 원하는가? 다른 사람들이 당신의 어떤 점을 존경해주기를 원하는가? 다음 목록에 적혀 있는 25가지 제안 중에서 다른 사람이 당신에게서 봐주기를 원하는 것들을 골라라. 그리고 당신만이 가진 매력적인 자질이 있는데 이 목록에 올라 있지 않다면 그것을 별도로 적어라. 그러나 당신이 선택할 수 있는 가치는 10가지로 제한되어 있다. 그러므로 당신만의 매력 포인트를 하나 더하면 다른 하나를 빼면 된다.

1. 모든 사람에게 인기가 있음

2. 특정한 몇 사람에게만 사랑을 받음

3. 충분한 사랑과 보살핌을 받고 있으며, 사랑하는 사람도 곁에 있음

4. 널리 알려지기를 원함

5. 바로 눈에 띄는 스타일

6. 내가 한 일에 대해 평가받고 인정받음

7. 선하고 친절하며, 늘 주변에 관심을 기울이고, 남들에게 도움을 주는 사람으로 보이는 것

8. 강인한 사람으로 보이는 것

9. 유쾌하고 즐거운 사람이 되는 것

10. 주변 사람들에게 자신을 맞추거나 그들 안에 속하는 것

11. 한 개인으로서 눈에 띄는 것

12. 재능을 갖추는 것

13. 모험적인 존재

14. 성취감이 뛰어난 존재

15. 훌륭한 부모가 되는 것

16. 그동안 겪어온 힘든 시간을 인정받는 것

17. 유명해지거나 높은 지위에 오르는 것

18. 사회적으로 품위 있는 인물이 되는 것

19. 원하는 것이면 무엇이든 다 가질 수 있는 능력

20. 자기 분야의 전문가나 권위자

21. 세상을 바꿀 수 있는 존재

22. 세상을 독특한 관점으로 바라보아 타인의 관심을 끌기

23. 내가 이룬 일을 통해 존경받는 것

24. 멋진 가장이나 또는 내조자가 되는 것, 아니면 가정생활을 통해 존경받는 것

25. 독특한 라이프 스타일을 갖는 것

5. 가장 가치 있는 재원

인생을 살다 보면 최대한의 노력을 기울이고 에너지를 모두 쏟아야 할 때가 있다. 그럴 경우에 특별히 조심하지 않으면 균형이 깨지고, 그러다 보면 당신은 빈 연료 탱크를 단 채 자신의 인생을 달리고 있다는 사실을 발견하게 된다. 당신에게 에너지를 불어넣는 것은 도대체 무엇인가? 당신에게 영감과 격려, 자양분을

공급하는 가장 중요한 원천은 무엇인가? 당신을 진정으로 기쁘게 만드는 요소는 무엇인가?

다음의 25가지 목록 중에 15가지를 골라라. 당신이 고른 것이 바로 당신에게 힘을 불어넣는 에너지원이다. 그것은 당신의 라이프 스타일을 다시 검토하는 자리에서 언제나 최상위권에 오르는 힘의 원천들이다.

1. 자연 속에서 시간 보내기

2. 고독 또는 홀로 보내는 시간

3. 음악 감상

4. 영화 감상

5. 그림 감상

6. 공연 관람

7. 독서

8. 가까운 사람과 함께 시간 보내기

9. 아이들이나 젊은 사람들과 함께 시간 보내기

10. 친척들과 함께 시간 보내기

11. 조언자, 영감을 불어넣는 친구, 치료사, 선생님 또는 단체에서 함께 시간 보내기

12. 공부하거나 지식을 습득하기

13. 새로운 기술을 배우는 것

14. 창의적인 자기표현(당신에게 도움이 되었던 창의적인 활동을 나열하라.)

15. 타인으로부터 긍정적인 피드백이나 평가받기

16. 집안일, 정원손질 등 창조적인 활동으로 시간 보내기

17. 만족스러운 성생활

18. 친구들과 함께하는 사교활동

19. 몸매 또는 건강을 위한 노력

20. 동물과 시간 보내기

21. 스포츠 또는 사회활동에 도전

22. 마음 가는 대로 따르기

23. 휴가나 여행

24. 친구, 동료, 지인들과 넓은 인간관계를 구축

25. 성취감을 즐기는 것

6. 라이프 스타일과 관련 있는 가치

이 가치는 "일상생활을 위한 최선의 방법은 무엇인가?"라는 질문과 관계가 있다. 잠시 걸음을 멈추고, 당신이 일상에서 어떤 삶을 원하는지 곰곰이 생각해볼수 있는 좋은 기회다. 어느 날 아침, 잠에서 깨어났을 때 자신이 살고 있는 인생이 운명처럼 느껴질 때가 종종 있다. 당신은 지금의 라이프 스타일을 진정으로 원해서 선택한 것일까? 그 라이프 스타일은 당신에게 최선의 것인가? 아니면 어떤 피치 못할 약속을 지키기 위해 일정 기간 그 라이프 스타일을 따라 살기로 동의한 것인가? 그것도 아니면 어쩌다 보니 그런 라이프 스타일로 살게 된 것인가? 환경에 따라 이리저리 부대끼고 있지는 않은가?

이 부분에서는 아마도 명확하게 해결되지 않는 몇 가지가 나타날 것이다. 예를 들어 당신이 원하는 라이프 스타일을 살아갈 만큼의 충분한 돈이 없다고 가정해보자. 그러면 당신은 지나치게 많은 노력이 필요하지 않는 직업을 택하는 쪽으로 타협하면 된다. 거기서 힘을 저축했다가 당신이 진정으로 원하는 일에 에너지를 쏟으면 그만이다.

다음에 나오는 40가지 목록 중에서 당신이 좋아하는 라이프 스타일 15가지를 골라라. 미안한 이야기지만, 당신의 인생은 그 이상의 라이프 스타일을 추구할 만큼 길지 않다.

1. 조용한 삶

2. 바쁜 삶

3. 단순한 삶

4. 멋진 것을 얻기 위해 일한다.

5. 나와 나의 가족에게 안락함을 보장한다.

6. 부와 미래의 보장을 얻기 위해 노력한다.

7. 지위 또는 품위를 얻기 위해 노력한다.

8. 내가 최선이라고 믿는 그 방식으로 아이들을 키운다.

9. 아이들 중심으로 산다.

10. 가정과 가족을 최우선으로 꼽는다.

11. 가정과 직장의 균형을 맞춘다.

12. 직장을 최우선으로 꼽는다.

13. 다른 사람들의 요구사항을 가장 중요하게 생각한다.

14. 나 자신에게 필요한 것을 최우선으로 생각한다.

15. 사회에 공헌한다.

16. 내가 옳다고 믿는 명분을 위해 일한다.

17. 먼저 일하고, 나중에 즐긴다.

18. 먼저 즐기고 나서 일한다.

19. 일을 잘 처리한다.

20. 조직적인 사람이 된다.

21. 과정을 즐긴다.

22. 집 밖에서 노는 것을 즐긴다.

23. 자발적인 존재가 된다.

24. 자기 계발에 힘쓴다.

25. 다른 사람을 응원하고 지원한다.

26. 아름다운 가정을 꾸린다.

27. 멋진 소유물을 가진다.

28. 여행에 돈을 쓴다.

29. 외출에 돈을 쓴다.

30. 친구를 많이 사귄다.

31. 주변에 가까운 친구 몇 명만 둔다.

32. 한 사람과 헌신적인 관계를 갖는다.

33. 독신으로 지내거나 보다 자유로운 인간관계를 맺는다.

34. 섹스를 자주 한다.

35. 섹스에 지나치게 많은 돈과 에너지를 쏟지 않는다.

36. 돈을 저축한다.

37. 돈을 많이 쓴다.

38. 관심사항이나 취미생활에 투자한다.

39. 교육과 훈련에 투자한다.

40. 라이프 스타일의 변화를 추구한다.

7. 힘을 불어넣는 가치

당신에게 힘을 불어넣는 가치는 당신으로 하여금 보다 효과적이고, 보다 자유롭고, 보다 강하고, 보다 힘 있는 존재로 느끼게 만든다. 다음의 15가지 가치 중에서 5가지를 골라라.

1. 자제

2. 성취

3. 다른 사람을 관리하는 자리

4. 막중한 책임감

5. 책임감에서 해방

6. 건강하고 튼튼한 체력

7. 효과적이거나 유능함

8. 탁월한 재능이나 숙련된 기술

9. 다른 사람에게 좋게 비치는 품성

10. 돈

11. 효과적인 지원망 확보

12. 스스로 결정을 내릴 수 있는 자유

13. 파트너와 밀접하게 얽혀 있다는 느낌

14. 개인적인 한계나 콤플렉스의 극복

15. 어떤 일에서든 자신을 믿는 것

8. 태도와 관련 있는 가치

태도와 관련 있는 이 가치들은 일상생활을 하는데 당신이 선호하는 것이 어떤 모습인지를 보여준다. 그 가치들을 바꾸기란 어렵다. 당신의 개성과 심리구조에 본래부터 갖추어져 있는 것들이기 때문이다. 다음 20가지 목록 중에서 10가지를 골라라.

1. 자신감

2. 긍정적이고 낙천적인 성격

3. 현실적인 성격

4. 유머 감각

5. 관대함

6. 열린 마음

7. 중요한 문제에 자신이 어떤 입장을 취하는지를 정확히 안다.

8. 결정을 내리거나 어떤 프로젝트를 완성하기 전에 많은 양의 정보가 필요하다.

9. 순응

10. 모험심 또는 호기심

11. 친절

12. 조심성

13. 위험을 감수하려는 성향

14. 많은 접촉과 자극을 좋아하는 성향

15. 동시에 여러 가지 일에 집중하기를 더 좋아하는 성격

16. 새로운 경험을 많이 수용한다.

17. 새로운 경험은 대부분 거부한다.

18. 안전을 더 선호한다.

19. 변화를 더 선호한다.

20. 인생의 목표를 달성

가치 연습

이제 당신은 8가지 종류의 가치에서 자신이 높이 평가하는 가치를 골랐다. 그 가치들은 독특한 결합을 이룬다.

만일 목록을 완성시키는 훈련을 별 무리 없이 마쳤다면, 당신은 어떤 사고과정이 작동하고 있으며 그것이 마무리되기까지 어느 정도의 시간이 걸리는지 깨닫게 될 것이다. 당신이 진정으로 준비가 됐다고 느끼기 전까지는 그 다음 훈련으로 넘어갈 필요가 없다. 만일 준비가 끝났다면 가치 연습을 통해 당신은 삶의 특정 부분에 당신의 가치를 적용해볼 수 있다.

이 책의 여백이나 별도의 노트를 이용해 다음의 항목들 아래에 10가지 가치를 각각 적어라. 그렇게 하다 보면 끊임없이 8가지 종류의 가치 목록으로 되돌아가 참고하게 될 것이다. 당신은 그중 50가지의 가치를 선택할 수 있다. 그 수가 제한되어 있기 때문에 당신은 어쩔 수 없이 당신에게 최우선적으로 중요한 가치들만 고를 수밖에 없다. 그리고 그렇게 고른 가치에 당신의 에너지와 관심을 집중하게 되어 있다. 여기에도 당연히 몇 가지 힘든 선택이 따른다.

1. 나의 근본적인 개인적 가치
이 가치는 나에게 필수적이며, 결코 협상의 대상이 될 수 없다.

1. _____

2. _____

3. _____

4. _____

5. _____

6. _____

7. _____

8. _____

9. _____

10._____

2. 그 가치를 반영할 라이프 스타일이 필요하다.

1. _____

2. _____

3. _____

4. _____

5. _____

6. _____

7. _____

8. _____

9. _____

10._____

3. 나의 일상의 모습이 이런 가치들을 반영할 수 있기를 바란다.

1. _____

2. _____

3. _____

4. _____

5. _____

6. _____

7. _____

8. _____

9. _____

10._____

4. 나 자신과의 관계뿐만 아니라 다른 사람과의 관계에서도 이런 가치들을 반영하기를 원한다.

1. _____

2. _____

3. _____

4. _____

5. _____

6. _____

7. _____

8. _____

9. _____

10. _____

5. 나를 대표하는 가치

나와 중요한 인연을 맺고 있는 사람들이 나를 보았을 때, 내가 이런 가치를 갖고 있다고 생각했으면 좋겠다.

1. _____

2. _____

3. _____

4. _____

5. _____

6. _____

7. _____

8. _____

9. _____

10. _____

6. 나의 개인적인 발전과 성공에 필요한 가치

내가 개인적으로 우선순위에 두고 있는 것들을 성취하고 싶고, 나를 즐겁게 만드는 가치를 더 강조하고 싶다.

1. _____

2. _____

3. _____

4. _____

5. _____

6. _____

7. _____

8. _____

9. _____

10. _____

7. 영감을 불어넣는 가치

나에게 노력하려는 동기를 가장 강하게 부여하고, 영감도 가장 많이 불어넣는 가치다. 그리고 살면서 매일매일 되돌아가 참고하고 싶은 가치이기도 하다.

1. _____

2. _____

3. _____

4. _____

5. _____

당신이 소중하게 여기는 가치를 적용한다.

가치에 순위를 매기고 나면, 그 다음 단계는 그 가치들을 보다 직접적으로 실제 생활에 적용하는 방법을 고민하는 것이다.

당신이 선택한 가치들을 일상생활 속으로 보다 확고하게 적용시키기 위해 앞으로 3개월 안에 당신이 추구할 수 있는 실질적인 변화를 생각해보자. 이 변화들을 효과적으로 추구하되 현실적이어야 한다는 사실을 명심해야 한다. 앞으로 다가올 이해의 충돌을 어떻게 다루어야 할지에 대해서도 생각해볼 필요가 있다. 이 것이야말로 가치 연습의 핵심이라 할 수 있다. 바로 "당신에게 진정으로 중요한 것은 무엇인가?"라는 질문이다.

1. _____
   _____
2. _____
   _____
3. _____
   _____
4. _____
   _____
5. _____
   _____
6. _____
   _____
7. _____
   _____
8. _____
   _____
9. _____

10.

가치를 실천하다 - 결정하기

결정하기가 힘든가? 결정이란 소중하게 여기는 가치와 인생의 우선순위, 목적의 힘, 명석함과 판단력의 시금석이다. 결정하는 일은 참으로 어렵다. 결정이란 당신의 진실한 가치와 목적을 명쾌하게 밝히도록 요구할 뿐 아니라 어떤 관점을 고수할지에 대해 분명히 밝히기를 요구하기 때문이다. 당신이 선택한 가치들을 강화하기 위해서 노력하다 보면 어떤 결정이든, 심지어 아주 사소한 결정을 내릴 때에도 큰 도움이 된다.

당신의 가치는 당신 자신의 가치일 뿐이다. 어느 누구도 그 가치를 폄하하거나 나무랄 수 없으며, 당신에게서 그것을 떼어낼 수 없다. 만일 그 가치가 어떤 것인지 정확히 꿰뚫고 있고 그 가치에 따라 산다면, 당신은 갈등과 혼란, 그리고 지리멸렬함을 줄일 수 있으며, 인생의 목표에 더 빨리 도달할 수 있을 것이다. 그러나 말은 이렇게 하지만 사실 이 세상에는 결정하기 힘든 것들이 정말 많다. 어떤 상황에서는 마음을 결정하는 것이 무척 어려운 과제일 수도 있다.

결정을 내리는 모습을 지켜보면 몇 가지 유형이 나타난다. 당신은 결정을 신속히 내리고 그 결정에 따라 사는 사람일 수 있고, 결정을 내려야 할 사안을 놓고 오랫동안 고민하는 사람일 수도 있다. 두 유형 모두 그 나름의 장점이 있지만 당신을 실망시킬 수 있는 요소도 있다.

당신이 옳지 못한 결정을 내렸던 때를 한 번 돌이켜보자.

시간이 흐른 뒤, 원하지 않은 결과를 낳았던 결정은 옳지 못한 결정이다.

지나치게 빨리 결정을 내렸는가, 아니면 질질 끌었는가?

_____

당신의 결정이 다른 사람에게 미칠 영향에 대해 지나치게 고려했는가, 아니면 거의 신경 쓰지 않았는가?

_____

당신의 결정이 장기적인 차원에서 미칠 결과를 생각했는가, 아니면 단기적인 결과만을 생각했는가?

_____

_____

그런 결정을 내리는 동안 당신의 인생에서 중요한 사람들은 당신을 어떤 식으로 경험할 것 같은가?

_____

_____

당신이 그런 결정을 내리게 된 동기는 무엇인가?

_____

_____

당신이 다시는 그런 결정을 하지 않는 이유는 무엇인가?

_____

_____

당신이 그 결정을 내리는 데 영향을 준 가치는 무엇이었나?

_____

_____

_____

뒤늦게 깨달은 지금, 당신이 또다시 그런 입장에 처한다면 어떤 식으로 결정을
내리겠는가?

_____

_____

_____

_____

당신은 그 경험을 통해 무엇을 얻었는가?

_____

_____

_____

_____

_____

_____

당신이 옳은 결정을 내렸던 때를 한 번 돌이켜보자.

옳은 결정이란 지금 그때를 돌이켜봐도 만족을 느낄 수 있는 결정이다.

_____

신속히 결정을 내렸는가 아니면 시간을 두고 고민했는가?

_____

당신이 그 결정을 내리는 데 영향을 준 가치는 무엇이었나?

_____

_____

_____

주변 사람들은 당신의 선택에 대해 어떻게 생각했는가?

_____

_____

_____

그 당시 당신은 그것이 옳은 결정이라는 사실을 어떻게 알았는가?

_____

_____

_____

_____

어느 정도 통찰력을 얻은 지금, 당신이 그런 결정을 내리게 된 요인은 무엇이었
다고 생각하는가?

_____

_____

_____

_____

_____

_____

윤리적 기반

윤리적 기준 없이 삶을 영위하는 것은 엄청난 스트레스를 가져올 수 있다. 당신이 하는 모든 일은 어김없이 어떤 영향력을 미치게 된다. 다른 사람뿐 아니라 당신 자신도 그 대상이 될 수 있다. 당신의 모든 행동은 미래에 당신의 인격을 구축하는 재료가 된다. 물론 그 당시에는 그 사실을 깨닫지 못한다. 보통 젊은 시절에는 자신의 미래는 스스로 다듬어질 것이라고 생각하게 마련이다.

윤리적인 기본 틀 안에서 행동할 경우에 당신은 죄의식에서 자유로울 수 있고, 당신의 행동이 낳을 결과에 대해 걱정하지 않아도 된다. 윤리적인 기본 틀이 마련되어 있으면 결정을 내리는 일 또한 쉬워진다. 당신이 어떤 상황에서 어떤 행동을 해야 하는지 너무나 잘 알고 있기 때문이다. 윤리적인 규범이 없다면 당신은 수동적인 기분과 충동의 바다를 표류할 것이며, 자신의 행동에 대한 모델을 찾기 어려울 것이다.

이 부분에서는 인과응보의 법칙을 설명하는 불교의 개념인 카르마가 유익하다. 이 불교 이론에서는 이 세상 모든 존재의 행위는 어떤 영향력을 갖는 것으로 가르친다. 만일 당신의 그 어떤 행동도 영향력을 미치지 않는 것이 없다는 개념을 받아들인다면 당신이 실제로 원하는 결과가 과연 어떤 것인지에 대해 깊이 생각해볼 수 있다. 날씬한 몸매를 원하는 당신이 초콜릿을 산다면, 그때마다 당신 욕망의 실현 가능성이 조금씩 낮아지는 결과를 가져온다.

이러한 원인과 결과의 철학을 바탕으로 일부 불교 신자들은 당신이 다른 사람에게 행한 행동의 결과를 나중에 당신이 경험하게 된다고 믿는다. 다시 말해, 그 경험이 당신에게 돌아온다는 것이다. 우리 모두는 서로 밀접하게 연결되어 있는 어떤 체계의 일부분을 이루고 있기 때문이다. 이러한 생각은 당신이 다른 사람으로부터 대접받기를 원한다면 당신도 다른 사람을 대접하는 것이 바람직하다는 믿음으로 이어진다.

예전에 당신이 철저히 불행을 느꼈던 일을 생각해보자.

그 일이 주변 사람들에게 미친 영향에 대해 생각해보자.

그 일이 지금도 당신에게 영향을 미치고 있는가? 만일 그렇다면 어떻게 그 일이 지금까지도 당신에게 영향을 미치고 있을까?

당신을 즐겁게 만드는 당신의 행동에 대해 한번 생각해보자.

그 행동이 당신과 주변 사람들에게 미친 영향은 무엇인가? 어떻게 그일이 지금도 당신에게 영향을 미치고 있는가?

윤리적 원칙

이해의 충돌이 생기거나 다른 사람에게 상처를 줄 수도 있는 미묘한 상황에 처할 때, 개괄적인 윤리적 원칙들은 당신 인생의 가치들을 올바른 길로 안내할 것이다. 어떤 문제가 발생하면 윤리적 원칙에 따라 그 문제를 곰곰이 생각하면 된다. 그렇게 문제해결방식을 깊이 파고들다 보면, 이것이 다음에 나오는 목록을 연속적으로 선택하는 과정임이 드러난다. 윤리적 원칙은 보편적으로 적용되지 않는다. 예를 들어, 갖가지 재원은 공평하게 분배되지 않는다. 또한 특정인에게만 윤리적으로 대하고 다른 사람에게는 윤리적으로 대하지 않는 사람도 있다.

우선, 가장 중요한 윤리적 가치 세 가지를 고려해보자.

- 선한 일을 하는 것 무엇이 가장 위대한 선을 창조하는 것일까? 많은 사람들에게 아니면 한 사람에게만 가장 선한 것이 될 수도 있다.
- 자율성의 존중 관계된 모든 사람들에게 그들 스스로 최선의 기회를 선택하게 하려면 어떻게 해야 할까?
- 다른 사람들과 협력하고 그들을 돕는 것

이제 다음에 나오는 도표에 적힌 가치 중에서 선택해보자. 이 가치들은 개인적이거나 일반적인 지침으로 응용할 수 있다.

존경	무례
해를 끼치지 않거나 피해나 상처를 최소한으로 함	피해나 상처를 주는 행위
긍정적으로 말함	부정적인 결과를 낳는 말 또는 사려 깊지 못한 소문
충절 또는 충성을 다하고 합의사항을 준수함	합의사항이나 계약을 파기하기에 정당한 명분이 있다는 느낌
정의	부정 또는 정의의 결여
공평	불공평 또는 관대함의 결여
평등과 다양성의 수용	특정 사람에게 더 잘해주거나 아니면 더 못해줌
진실함	계획적인 왜곡 또는 진실의 회피
필요할 때면 긍정적인 행위를 취함	어떤 행동을 취할 필요가 있는데도 방관하거나 뒤에서 관찰만 함

03

시간, 스트레스, 근심
그리고 기분전환

스트레스와 시간 관리에 대해 알아야 할 모든 것

스트레스와 시간 관리라는 말 자체만으로도 근심을 유발한다. 스트레스와 시간 관리라는 말은 마치 당신이 부적절한 존재인 것처럼, 모든 사람들이 당신을 그렇게 생각하는 것처럼 들린다. 시간 관리와 스트레스, 근심은 완전히 별개의 문제지만 서로 밀접하게 연결되어 있다.

인생에서 우선순위에 올려야 할 가치들이 서로 충돌하고, '할 일은 많은데 시간은 턱없이 부족해'라고 불안을 느끼면서 대부분의 사람들은 스트레스와 시간 관리의 문제에 수시로 부딪히게 된다. 사람들은 시간에 허덕이고 있다고 느끼며, 스트레스는 불가피하다고 생각한다. 삶 자체가 스트레스가 아닌가! 그러나 그것은 당신 잘못이 아니다. 어느 순간 모든 일들이 통제할 수 없는 상황으로 악화될 때가 있다. 그럴 때는 시간 관리에 대한 조언이 유용할 수 있다. 그러나 상황이 지나치게 나빠지기 전에 시간 관리와 스트레스 해소를 생활화하는 게 더 바람직하다. 그래야 인생이 예상 밖으로 빠른 속도로 질주할 때 당신이 의지할 수 있는 무기가 생기게 된다. 시간은 자원이다. 시간에 얽매이거나 스케줄에 쫓기기보다는 가장 적합한 방식으로 시간을 이용할 수 있어야 한다.

시간 관리

시간을 관리하는 기술은 모두 비슷하다. 어느 기술든 당신이 소중히 여기는 가치에 순위를 매기고, 그것을 중요한 순서에 따라 나열하라고 요구한다. 그 가치들을 다 기억하기 위해서는 기록으로 남기는 일이 중요한데, 이를 위해서는 전문가의 도움이나 컴퓨터 프로그램이 필요하다. 그런데 이러한 시간 관리 훈련프로그램이 안고 있는 문제점은 당신이 하루나 일주일, 또는 월 단위 계획을 바탕으로 연습하다가 실패할 경우 자신을 신통찮은 사람으로 느낄 수 있다는 것이다. '해야 할 일'의 목록에 올라와 있는 것을 다 해내지 못하는 진짜 이유는 비록 그 목록에는 없지만, 그에 못지 않게 중요한 일들로 바쁘기 때문이다. 전통적인 시간 관리 기술에서는 우리를 끊임없이 괴롭히는 일을 처리하는 것이 용납되지 않는다. 그리고 커뮤니케이션과 정보를 끊임없이 처리하고, 우리 자신이 필요로 하는 것과 주변 사람들이 필요로 하는 것을 나란히 놓고 견주며 균형을 추구하는 것도 허용되지 않는다. 게다가 이러한 접근방식은 '의무'와 '당연', 그리고 '죄책감'에 크게 좌우한다. 매우 논리적인 접근방식이기는 하지만 인생을 재미있게 창의적으로 헤쳐나가는 방식은 아니기 때문에 많은 사람들에게 두루 적용되지는 않는다.

오늘 할 일을 내일로 미뤄서는 안 된다는 것은 『이상한 나라의 앨리스』에 나오는 화이트 래비트에게나 어울리는 행동지침이다. 화이트 래비트는 언제나 숨 돌릴 틈 없이 쫓기며 지내고, 더 빨리 가려고 애쓰는데도 언제나 일정 범위에서 벗어나지 못한다. 그런 식으로 살다 보면 오늘 해야 할 일의 대부분을 처리하지 못하게 되고, 정말로 중요한 일들이 다음 주나 또는 내년으로 미뤄진다. 자신이 원하는 성과를 얻기 위해서는 반드시 시간을 투자해야 한다. 시간을 마치 꼭 무찔러야만 하는 적군처럼 대한다면, 그 시간 역시 당신에게 언제나 친절하게 다가오지는 않을 것이다. 이 세상에는 다 이루지 못하는 일들이 언제나 있게 마련이다. 시간과 친하게 지내지 않을 이유가 무엇인가? 만일 당신에게 꼭 필요한 것만을 처리할 수 있는 시간이 주어졌다면 어떻게 하겠는가? 영성을 추구하는 철학자 중 많은 이들이 지금 이 순간에 충실한 것 자체가 매우 중요하다고 강조한다.

당신에게 진정으로 중요한 가치와 인생의 우선순위, 인생에서 맺고 싶은 열매가 어떤 것인지를 확고히 파악할 수 있을 때까지 아무 일도 안 하는 것이 때로는 도움이 될 수도 있다. 이런 중요한 것들에 혼란이 일어날 경우, 당신은 제대로 정성도 쏟지 못하고 어설픈 전술로 시간을 낭비할 것이기 때문이다. 오히려 꼭 해야 하는 일에 시간을 쏟지 않고 마음이 동하는 일에 시간을 쏟을 것이다. 그렇다면 결과는 뻔하다. 자신은 조직적이지 못한 실패자라는 생각만 깊어질 뿐이다. 일주일 또는 한 달에 한 번씩 집에서 시간을 보내보자. 그리고 그런 날에는 많은 일을 하겠다는 생각은 아예 하지 말자. 숨을 크게 내쉬고, 깊이 생각하고, 주변을 정리하는 여유를 갖자. 그리고 그 시간 동안 인생의 목표, 꿈, 가치와 일의 중요성에 대해 곰곰이 생각해보자. 비로소 시간 낭비라는 생각이 들기는커녕 순간의 흐름을 온전히 느끼는 그 시간이야말로 새 생명을 불어넣는 시간임을 깨닫게 될 것이다.

아침저녁으로 던지는 질문

매일 아침 자신에게 질문을 던지는 습관을 길러보자. 마이크로소프트 사가 "오늘 당신은 어디로 가기를 원합니까?"라고 묻는 것과 조금은 비슷하다.

가령 이런 질문이 될 수 있다.

- 오늘 진정으로 집중하고 싶은 일은 무엇인가?
- 오늘 하루 일과를 끝냈을 때 어떤 기분을 느끼고 싶은가?
- 오늘 정말로 처리하고 싶은 일은 무엇인가?
- 오늘 하루 즐겁게 보낼 수 있는 최선의 방법은 무엇일까?

적절한 질문찾기

당신에게 적절한 질문이 무엇인지는 당신만이 알 수 있다. 그 질문은 매일 달라질 수도 있고 몇 개월 동안 똑같을 수도 있다. 차분하게 질문에 초점을 모아보자. 그리고 그때 내면에 어떤 느낌이 드는지 유심히 관찰하자. 만일 그 질문이 불안이나 강박관념을 느끼게 한다면 그것은 적절한 질문이 아니라는 신호다. 그 질문은 당신에 관한 것이어야 하고, 당신이 하루를 멋지게 마무리하도록 도움을 주는 것이어야 한다. 그리고 당신으로 하여금 차분한 마음을 가질 수 있도록 도와야 한다. 적절한 질문에 초점을 모으면 마음이 편안해지고, 방심하지 않게 되며, 삶을 스스로 잘 관리하고 있다는 느낌을 받게 될 것이다.

밤에 잠들기 전에 한 가지 질문에 관심을 집중하는 것은 정말로 유익하다. 아마도 그것은 당신이 해결하기를 간절히 원하고 있기 때문에 당신의 마음속에서 끊임없이 떠오르는 질문일 것이다. 예를 들면, 어머니에게 크리스마스 때 찾아뵐 수 없다는 말을 어떻게 전할까? 잠들기 전 그 질문을 한번 던져보면, 당신이 잠든 사이에 잠재의식이 그 문제를 해결하려고 노력하게 된다.

아침에 일어나면 단 몇 분이라도 일기장을 뒤적이며 자신에게 적절한 질문을 찾아보자. 며칠만 이렇게 해보면 문제가 분명하게 드러날 것이다. 문제를 글로 적고, 그 문제의 본질이 무엇인지 탐구하고 묘사하여, 그 문제를 명확하게 파악하는 것만으로도 스트레스가 날아가버리는 경우가 있다.

아침저녁으로 던질 질문을 몇 가지 적어보자. 그러면 당신은 바쁜 와중에서도 마음속으로 그 질문들을 가려내기 시작할 것이다.

아침용 질문

1. _____

2. _____

3. _____

4. _____

5. _____

1. _____
2. _____
3. _____
4. _____
5. _____

스트레스

스트레스는 왜 생기는가?

스트레스의 원인은 수없이 많다. 그것은 사람과 환경에 따라 다를 수 있다. 그러나 몇 가지 명확한 원인은 있다. 사람들은 스트레스를 경험할수록 더 불안해지는 경향을 보인다. 스트레스를 일으키는 사건에는 인생 항로를 심각하게 바꿔놓는 일 모두가 포함된다. 그렇다고 그 사건들이 모두 부정적인 것만은 아니다. 사실 큰 성공을 거두는 것도 엄청난 스트레스의 원천이다. 스트레스를 주는 사건에는 결혼, 별거와 이혼, 출산, 책임감, 건강 문제 등이 포함되며, 이런 요인들은 당신의 스트레스 수치를 높여준다. 한꺼번에 여러 개의 사건이 터지면 그 정도는 더욱 심해진다. 물론 당신은 그런 사건을 당하고도 일을 잘 처리해낼지도 모른다. 그리고 다른 사람들은 당신에 대해 믿기지 않을 정도로 일을 잘 극복해냈다고 생각할 수도 있다. 그러나 그 사건에 대한 대가를 치러야 하는 것은 엄연한 현실이다. 당신의 마음 저 깊은 곳에 깔려 있는 불안이 서서히 커질 수 있다. 그 불안은 당신이 모든 문제를 다 처리하고 이제 막 정상을 되찾아 삶을 돌아보려는 순간 갑자기 나타날지도 모른다.

당신은 스트레스를 얼마나 받는가?

지난 5년 동안 다음에 열거된 스트레스의 요인 중 몇 개나 일어났는지 표시해 보자.

1. 가까운 사람의 죽음 ☐
2. 범죄 피해 ☐
3. 사고 또는 부상 ☐
4. 이혼 ☐
5. 별거 ☐
6. 이사 ☐
8. 주거 이동 ☐
9. 나이가 들어 명예퇴직을 권유받는 등 자신의 힘으로는

　어쩔 수 없는 상실감 또는 변화 ☐
10. 건강상의 문제 ☐
11. 가령 십 대 자녀의 문제처럼 가족에 대한 걱정 ☐
12. 법정 투쟁 ☐
13. 친척들과의 문제 ☐
14. 가족과의 심각한 불화 ☐
15. 괴롭힘을 당하거나 협박당한 경험 ☐
16. 심각한 경제난 또는 재정상의 큰 변화 ☐
17. 심각한 가정 문제 ☐
18. 인간관계에서의 문제 ☐
19. 알코올 또는 마약 중독 ☐
20. 독립성의 상실 ☐
21. 이동성의 상실 ☐
22. 그동안 당연하게 여겼던 것들의 상실 ☐

23. 개인적인 성취(그렇다. 이것도 심각한 스트레스의
    원인이 될 수 있다.) ☐

24. 육체적으로 감당하기 힘들 만큼 과중한 업무 ☐

25. 목표의식을 상실하여 따분하고 의욕이 없음 ☐

26. 직장 문제 ☐

27. 고립감 또는 외로움 ☐

28. 운동과 휴식을 위한 시간이 부족함 ☐

29. 아이들이 집을 떠남 ☐

30. 사랑에 빠짐 ☐

31. 새로운 가족 구성원 ☐

32. 나쁜 기후 또는 자연재해로 비롯된 문제점 ☐

33. 충분한 수면을 취하지 못함 ☐

이중 당신이 겪은 스트레스의 요인은 몇 가지인가? _____

　이 요인들 중 2~3개만 경험해도 삶이 거칠게 느껴질 만하다. 그러나 이것으로 스트레스를 받는다고 말할 자격이 있을까? 스트레스란 이런 사건에 부딪힌다고 저절로 생기는 것이 절대 아니다. 제아무리 힘든 요인일지라도 그 자체가 스트레스를 안겨주지는 않는다. 그 상황에 어떻게 대처하느냐, 그리고 그 사건을 어떤 식으로 받아들이느냐에 따라서, 그러니까 그 요인에 대한 반응에 따라서 스트레스가 발생하는 것이다. 자칫 장기적인 스트레스를 유발하는 문제로까지 이어질 수 있는 상황에서 스스로를 어떻게 다루느냐에 따라 상황은 크게 달라진다. 중요한 것은 스트레스의 요인이 아니라, 그 문제를 어떻게 받아들이고 해석하느냐 하는 점이다. 회사를 운영하고 자녀를 셋이나 키우면서도 손톱을 손질하고 가족의 저녁식사까지 거뜬히 준비하는 사람이 있는가 하면, 고양이를 수의사에게 데려갈 때조차도 스트레스를 받는 사람이 있는 것도 바로 그 때문이다.

그러나 만일 지난 5년 사이에 앞에 나온 스트레스의 요인 중 5개 이상을 경험했다면, 당신은 형편없는 자존심, 우울, 인간관계의 결렬, 질병 등 스트레스와 관련된 모든 위험에 노출되어 있는 것이다. 도움을 받지 않은 채 혼자서 이 문제들을 극복하려 한다면 결국 방향을 잃고 만다. 그런 문제조차 해결하지 못한다는 자괴감에 빠지고, 괴로움을 잊으려고 과음하게 된다. 상처받기 쉬운 당신에게는 도움이 필요하다. 그리고 긴장을 풀고, 정신건강을 회복할 수 있는 충분한 시간, 아무런 죄의식도 느끼지 않고 온전히 당신만이 누릴 수 있는 그런 시간이 필요하다.

스트레스의 요인을 다루다

많은 사람들은 스트레스의 요인들을 현명하게 다룬다. 그러나 그렇게 하려면 온전한 마음의 집중이 필요하다. 당신의 마음 밑바닥에 도사리고 있는 욕구를 해소하려면 당신의 삶 자체를 급진적으로 바꿔야 할지도 모른다. 예를 들면, 심신을 지치게 만드는 일을 감당할 수 없게 되거나 당신에게 호의를 베풀지 않는 사람들을 더 이상 지원하지 못할 수도 있다. 아무것도 아닌 스트레스가 '낙타의 등을 부러뜨리는 지푸라기'가 되지 말란 법은 없다. 그렇게 되면 당신은 긴장이 팽팽해지고, 화를 잘 내고, 눈물을 잘 흘리고, 과민반응을 보이고, 공격적이고, 지칠 대로 지치거나 두통과 여러 정신장애 징후를 안고 살게 된다.

정서적으로 성인이 되지 못하는 사람들이 참으로 많다. 그들은 사회적으로 큰 일을 해낼지는 몰라도 자신의 감정을 다스리는 일에는 서툴다. 뭔가 취약하다고 느끼거나 겁을 먹거나 깊은 수렁에 빠졌다고 느낄 때 그들이 할 수 있는 유일한 일은 그 감정을 감추는 것이다.

찰리는 전혀 훈련받지 않은 채 스트레스에 빠져 지내는 사람의 전형이다. 그는 상황이 위험할 정도로 심각해져야만 도움을 청한다.

그는 대학교 때까지만 해도 촉망받는 럭비 선수였다. 럭비야말로 그의 인생이었다. 그는 인기도 정말 많았고 사교활동도 꽤 잘하는 편이었다. 그는 훈련을 열심히 받았고 최선을 다해 경기에 임했다.

그는 핵심 그룹의 일원이면서도 눈에 띄게 반항적인 기질이 있었다. 그는 밤 늦게까지 술을 마시고 담배를 피웠으나 그런 것이 경기에는 아무런 영향을 미치지 않는다고 생각했다.

그러던 찰리의 인생이 갑자기 뒤바뀌었다. 그의 나이 열아홉 살 때 아버지가 세상을 떠난 것이다. 그는 마음의 문을 닫고, 아버지의 죽음에 대해 다른 사람에게 일절 말하지 않는 것으로 그 문제를 극복하려고 했다. 그는 남들에게 자신의 감정을 들키고 싶지 않았다. 아버지가 없다는 사실 때문에 느낀 상실감과 불안감이 치욕으로 느껴졌지만 그는 그 치욕스러운 감정을 감췄다. 그는 나약한 모습을 보이면 자신이 실패자로 보일 것이라고 생각했다. 그런 생각을 떨치려고 그는 술을 엄청나게 마셨으며 마약에도 손을 댔다. 그러면서 경기 성적은 점점 떨어지기 시작했다.

그는 자신이 정상으로 돌아가야 한다는 사실을 깨달았다. 그리고 몇 주일 동안 일상에서 벗어나 지내보기로 했다. 가족은 그에게 여행 비용을 대줬다. 그 돈으로 그는 세 명의 대학 친구와 함께 남아메리카로 여행을 떠났다. 그런데 거기서 그만 그들은 총을 든 강도를 만나 모든 것을 다 빼앗겨버렸다. 그 총잡이를 쓰러뜨려야 했는데, 그러기는커녕 두 손을 들고 말았으니……. 찰리는 수치심에 견딜 수가 없었다. 자신을 추스르려고 떠났던 여행이 오히려 그에게 해결하지 못할 스트레스만 하나 더 제공한 셈이었다.

찰리는 결국 대학을 자퇴하기로 결정했다. 그는 친구들을 볼 낯이 없었다. 그는 동정을 원하지 않았다. 적어도 자기 몸 하나 보호할 줄 알아야 하는데……. 왠지 그에게 일어난 모든 일들이 그의 탓인 것처럼 느껴졌다. 그는 집으로 돌아갔다. 그의 어머니는 아들의 상심을 잘 이해하고 있었으나 그는 어머니의 조언을 받아들이지 않았고, 결국 어머니와 다투게 되었다. 그는 집을 나와서 공장에 일자리를 얻었고, 술로 밤과 주말을 보냈다. 그는 촉망받던 미래를 잃어버렸다는 사실에 절망했다. 그는 슬픔을 잊기 위해 계속 술을 마셨다.

찰리에게 도움의 손길을 거두지 않고 끈기 있게 지켜봤던 사람은 그의 여자친구였다. 둘은 떨어져 살았지만 그녀는 어떻게든 찰리 곁에 남으려고 애썼다. 그녀는 찰리에게 전문가의 도움을 받도록 설득했다. 만약 찰리가 전문가의 상담을 받지 않으면 당장이라도 그의 곁을 떠나겠다고 겁을 주자 그도 마지막 방법으로 한 번 시도해보겠다고 대답했다.

담당의사는 찰리를 스트레스 관리 프로그램에 보냈다. 처음에 찰리는 그 프로그램이 시간 낭비라고 생각했다. 첫 번째 과정에서 그는 심기가 불편하고 대화가 잘 통하지 않는다고 느끼면서도 계속 괜찮다고 고집을 부렸다. 그러나 끝날 때쯤에는 그도 그 강의 중 일부를 인정했다.

과정 중에 가장 좋았던 것은 이야기를 털어놓을 수 있는 상대가 있었던 것이다. 찰리만큼 힘들었던 일들에 대해 이야기하면서도 그 사람들은 마음이 참으로 편안해 보였다. 그는 그곳에서 힘든 삶을 사는 사람들이 자기 말고도 많다는 사실을 깨달았다. 자기만 힘든 것이 아니었다. 그는 자신에게 실망하는 것이 반드시 나쁘지 않다는 사실을 확인할 수 있었다. 아무도 그 문제로 그를 비판하거나 판단하려고 들지 않았다. 비록 그의 인생은 오랫동안 정상을 회복하지 못했지만, 그는 자신을 대하는 새로운 태도를 배울 수 있었다. 자신이 나약하게 보이고 외로움을 느꼈던 그 현실을 인정하는 것으로부터 배움은 시작되었다. 남자는 이래야 한다는 고정관념, 이를테면 거칠고 냉담해야 하며 감상적이어서는 안 된다는 고정관념이 그에게 닥친 그 상처만큼이나 그의 삶을 망치고 있었던 것이다.

내면의 스트레스 요인으로 괴로워하는가?

찰리에게는 정서적으로 아직 아버지에게 의존해야 하는 어린 시절에 아버지를 잃은 것이 평생 동안 눈에 보이지 않는 스트레스 요인으로 남을 것이다. 그것이 앞으로 찰리가 자신에게 일어나는 모든 일을 인식하는 데 영향을 미치게 될 것이다.

이 세상에는 일어나기만 하면 그날 이후로 당신에게 크게 영향을 미칠 수 있는 일들이 많다. 그중에는 결코 사라지지 않을 경험도 있다. 그런 경험은 당신이 인생을 살다가도 어떤 이유로든 그때 그 경험을 일깨우는 상황에 처하거나 인간관계를 맺을 때 당신에게 더 큰 스트레스를 안겨준다. 이런 내면의 스트레스 요인을 경험하게 되면 당신이 살아가면서 다른 스트레스 요인으로 고통받을 때에도 아픔이 더 강해질 수 있다.

이런 일을 경험한 적이 있는가?

1. 부모의 불화 ☐
2. 부모의 별거와 가족 해체 ☐
3. 당신이 원하지 않은 상황에서 부모와 떨어져 지냄 ☐
4. 부모가 오랫동안 곁에 없었거나 부모에게서 무시당함 ☐
5. 학대 또는 괴롭힘 ☐
6. 사별, 특히 부모의 죽음 ☐
7. 정신적으로 충격이 컸던 사건 ☐
8. 오랫동안 병을 앓았거나 입원 ☐
9. 중 · 고등학교 또는 대학에서 문제 ☐
10. 준비가 되지 않은 상태에서 아기를 가짐 ☐
11. 어떤 면에서 동료들과 달라 외톨이가 됨(예를 들어 인종, 성적 취향, 학업 능력) ☐
12. 어린이 또는 십 대였을 때 고립되거나 외롭게 지냄 ☐

13. 당신도 아직 어린데 친척을 돌봄 ☐

14. 동생들에 대한 책임이 너무 컸거나 지나치게 많은 관심이
    필요한 형제가 있음 ☐

15. 적절하지 않은 시기에 주거지를 바꾸거나 학교와 집을 자주 옮김 ☐

16. 준비가 되지 않은 상태에서 집을 나가야 했거나,
    떠날 준비가 되어 있는데도 집에서 지냄 ☐

점수

16개의 스트레스 요인 중에서 당신에게 해당되는 수 _____

만약 이들 스트레스 요인 중에서 한 가지 이상이 당신에게 일어났다면, 지금 그
것이 당신에게 미치는 영향은 어느 정도인가? 그 경험에서 당신이 배운 것은 무
엇인가? 예를 들어 십 대 때 외로움을 느끼며 지냈다면 그것이 당신의 자녀에게,
친구나 또래 집단이 중요하다는 깨달음을 당신에게 안겨주지 않았는가? 당신은
그런 경험에서 많은 것을 배웠음이 틀림없다. 그리고 다른 사람까지도 당신의 그
경험에서 많은 이득을 챙길 수 있다.

만약 당신에게 이중 두세 가지가 일어났다면, 당신은 불행의 대부분을 극복한
것처럼 느낄 수도 있지만, 그 경험의 강도가 아주 심했다면 그 스트레스 요인들
은 지금도 당신에게 영향을 미치고 있을 수 있다. 이를테면 당신이 부모에게서
버림을 받았는데도 당신을 보호해줄 사람이 달리 없었다면, 그 경험은 정도의 차
이가 있을 뿐이지 언제나 당신에게 영향을 미칠 것이다. 지금 그 경험이 당신에
게 어떤 식으로 영향을 미치는지 알고 있는가? 지금 당신을 사랑하고 이해해주
는 사람들에게 그 이야기를 솔직히 털어놓은 적이 있는가? 그런 대화에는 그 경
험들을 건설적으로 이해하는 데 도움이 될 열쇠가 많이 들어 있다. 만약 그 경험
을 성숙한 지금의 시각에서 되돌아볼 시간을 충분히 갖지 않았다면, 앞으로의 삶
에서 일어날 여러 가지 문제들을 극복하는 방법을 새롭게 가꾼다는 의미에서도

지금이야말로 옛 아픔을 되살려 현재의 눈으로 다시 한 번 볼 때다.

만약 이중 세 가지 이상이 일어났다면, 당신은 장기적으로 스트레스를 일으키는 경험을 하나 가득 쌓아온 셈이다. 당신은 그것들을 잘 처리했을 수도 있고, 아예 그런 것들에 얽힌 모든 것을 전부 잊었을 수도 있다. 하지만 살아가다가 간접적인 방법으로든 어린 시절의 경험을 떠올리게 하는 상황이 벌어지면, 당신이 어렸을 때 느꼈던 해묵은 감정이 다시 자극받을 수 있다. 그럴 경우 당신은 다른 사람으로부터 이해받기 어려운 행동을 저지를 수도 있다.

헤일리는 열댓 살이었을 때 학교에서 괴롭힘을 당했다. 그녀가 집에 돌아와 부모에게 하소연해도 엄마와 아빠는 이 세상은 거칠기 때문에 그녀 스스로 전쟁을 치러야 하며 두 발로 일어서야 한다고 말할 뿐이었다. 결국 헤일리에게는 엄마와 아빠가 다독여주거나 이해해주리라는 기대감으로 집에 달려가봐야 아무 쓸모가 없다는 생각이 들었다. 게다가 선생님들 역시 자신을 감싸주거나 도와주려고 애쓰지 않는다는 사실을 알았다. 규칙만 세울 줄 알았지, 그녀에게 어떤 일이 벌어지고 있는지에 대해서는 진정으로 신경쓰지 않는 권위적인 인물을 믿지 않는 버릇이 그녀에게 생겼다.

지금 헤일리는 자신에게 필요한 것을 얻기 위해 단호해야 하는 상황에 처하면 자신도 모르게 전전긍긍하게 된다. 그럴 때면 그녀는 '이 모든 일을 처리해야 하는데 나를 도와주려는 사람은 아무도 없을 거야' 하며 체념한다. 그녀의 내면 어딘가에는 아직도 그녀가 혼자 힘으로 살아가야 하며, 그녀가 이 세상을 헤쳐나가며 동원할 수 있는 무기도 열댓 살 때의 그것 그대로라는 믿음이 도사리고 있었다. 무엇보다도 지금 그녀는 자기 주위에 그녀를 도와주는 일로 행복을 느낄 수 있는 사람들이 있다는 사실을 깨달을 필요가 있다.

스트레스를 다루는 방법에 대해 무엇을 배웠는가?

우리 모두는 주변 사람으로부터 스트레스를 해소하는 방법에 대해 이런 저런 이야기를 들어왔다. 하지만 그에 대처하는 방법은 의외로 간단치가 않다. 부모가 들려주는 충고의 경우 의식하지 않은 가운데 저절로 우리에게 흡수되기 때문에, 스트레스를 유발하는 상황에 처할 때 자발적으로 대처하는 태도가 어떤 것인지조차 깨닫지 못한다. 또한 성격적으로 스트레스에 예민하게 반응하다가 쉽게 지치는 사람이 있는가 하면, 천성적으로 현실적이어서 스트레스를 받는 일이 일어나도 느긋하게 반응하는 사람도 있다.

스트레스를 심각하게 받게 되면 내면 깊숙이 박혀 있는 어린 시절 또는 무의식의 마음 버릇으로 돌아가는데, 그것들은 생존에 대한 두려움과 관련 있다. 그렇기 때문에 당신이 스트레스로 파김치가 되면 덜 이성적이게 된다. 결국 당신은 걸핏하면 화를 내거나, 변덕스럽거나 집안에만 틀어박히기 일쑤다. 사람들은 그런 당신을 보고 본래 모습이 아니라고 말할 것이며, 당신도 그 말이 옳다는 사실을 알지만 달리 어떻게 할 방법이 없다.

스트레스를 불러일으키는 사건에 직면할 때, 살아남기 위한 전략으로 당신도 모르는 사이에 무의식적으로 터득한 메시지가 있는가? 다음의 메시지와 비슷한가, 아니면 당신만의 독특한 메시지가 있는가?

독립적인 스트레스 유형
- 나는 혼자 힘으로 극복해야 한다.
- 강하다는 것은 감정을 드러내지 않는 것이다.
- 내가 여기 이렇게 존재하는 것은 주위의 모든 사람들을 만족시키기 위해서다.
- 위급한 상황에 닥쳐도 나는 누구에게도 의지할 수 없다.
- 다른 사람들이 여기 있는 것은 나를 도와주기 위해서가 아니다.

- 나를 그냥 내버려둬라.
- 나는 혼자서 일을 더 잘할 수 있다.
- 나는 그 일에 대해 이야기 하고 싶지 않다. 나 혼자서 처리할 수 있다.

의존적인 스트레스 유형

- 나는 혼자서는 아무것도 못해.
- 막 허둥댄다. 그래서 사람들의 관심을 끈다.
- 나는 혼자서는 그 일을 극복하지 못한다.
- 감정이 통제 불가능한 상태다.
- 무력하게 행동하면 누군가가 나를 도와줄 것이다.
- 나를 버리지 말라.
- 나는 사람들을 조종하고 조작해야 해. 그렇지 않으면 아무도 내가 필요로 하는 것을 주지 않을 거야.

만약 위의 내용 중 어느 하나라도 당신에게 해당한다고 느낀다면, 당신은 스트레스를 받는 일에 직면할 경우 그 문제의 본질을 명료하게 파악하기보다는 과거에 당신의 내면에 그려놓은 청사진에 따라 그대로 행동할 가능성이 높다.

지금이야말로 그런 낡아빠진 소신을 버리고 더 현실적이고 유익한 것을 취할 때가 아닐까. 유익한 소신으로는 이런 것이 있다.

- 필요한 지원이나 도움의 손길을 받으면 나는 극복할 수 있다.
- 필요하다면 다른 사람을 의지할 수도 있다.
- 적절한 선에서 도움을 요청할 수도 있다.
- 나는 혼자가 아니다.
- 다른 사람들이 나를 위해 거기 그 자리에 있다고 믿을 수도 있다. 아니면 당신 자신의 신조를 적어라!

"아니오"라고 말하다

"아니오"라고 대답하거나 어떤 식으로든 그런 뜻을 표현하는 것은 매우 중요한 삶의 기술이다. 그 기술이 없다면, 아마 당신의 삶은 다른 사람의 요구사항과 변덕으로 엉망이 되어버릴 것이다. "아니오"라고 말함으로써 당신의 시간을 온전하게 당신의 것으로 만들고 스트레스를 피하도록 하라. 자신 있게 "아니오"라고 말하거나 그런 뜻의 표현을 하는 것은 당신 자신의 인생계획과 설계를 원래의 궤도대로 밀고 나가는 좋은 방식이다. 그러나 "아니오"라고 말하는 것 자체가 스트레스로 작용할 위험도 있다. 그 이유는 타인에 대한 헌신과 자기 인생의 우선순위라는 두 개의 충돌하는 욕구를 다룬다는 의미이기 때문이다. 당신은 어떤 부탁이라도 다 들어주는 스펀지 같은 사람이라서 "아니오"라고 말하면 불안한가, 아니면 "아니오"라고 당차게 말하거나 그런 뜻을 표현할 수 있는 사람인가? 당신은 "아니오"를 어느 정도 성공적으로 이용하고 있는가?

"아니오"라는 단어를 사용하는 기술은 당신의 개인적인 기술뿐만 아니라 당신 자신과 당신 자신의 욕구를 적절히 돌볼 줄 아는 능력이 어느 정도인지를 보여주는 지표가 된다. 가장 오래 살고 가장 행복하게 사는 사람들은 다른 사람들이 자신에 대해 어떻게 생각하는지 그다지 신경쓰지 않고, 다른 사람들이 필요 이상으로 간섭하지 못하게 막는 사람들이라는 주장을 뒷받침하는 증거가 있다. 도리에 어긋나지 않는 한도 안에서, 그들은 자기 방식대로 인생을 살아간다. 그것은 이따금 건설적이고 우정 어린 방식으로 "아니오"라고 말할 줄 안다는 것을 의미한다. "아니오"라는 표현에 아주 능통하다는 말은 당신이 "예"라고 말해야 할 때에는 "예"라고 표현할 수 있다는 사실을 의미한다. "아니오"에 대해 더 많이 생각하면 자연스레 "예"에 대해서도 더 깊이 생각하게 될 것이다.

그러면 "아니오"라는 표현을 사용할 줄 아는 능력은 당신의 어떤 점을 말해주는 걸까? 또한 "아니오"라는 표현에서 배울 수 있는 건 무엇일까?

"아니오"를 말할 줄 아는 능력을 파악하는 질문

A, B, C, D 중에서 당신이 취했을 법한 행동에 가장 가까운 것을 고르고 마지막에 그 점수를 모두 더하라.

1. 당신은 저녁 시간에 집에서 어떤 일을 마무리짓기로 계획하고 있다. 지금까지 미뤄왔던 일이 있었는데 이제야 시간을 낸 것이다. 그런데 가까운 친구가 전화를 걸어 자기 파트너와의 관계가 위기를 맞았다며 누군가에게 그 이야기를 털어놓지 않고는 못 견디겠으니 오늘밤에 와달라고 부탁한다. 이때 당신은 어떻게 하겠는가?

A. 곧장 달려간다.
B. 잠시 그 일로 고민하다가 그녀(그)의 문제가 당신의 일보다 더 급하다고 결정한다. 그리고 조금 더 지체했다가 친구를 방문한다.
C. 친구를 방문하기는 하되 두 시간 동안에 당신의 일을 먼저 끝내놓고 가겠다고 말한다. 그러면서 그 친구에게 둘의 저녁을 준비할 수 있는지 묻는다.
D. 오늘은 너무 바쁘니 다른 때에 이야기하자고 말한다.

2. 저녁 시간에 통신판매회사의 직원이 당신에게 전화를 걸어 필요하지도 않은 물건을 사라고 권유한다. 전화선 너머로 들려오는 여사원의 목소리가 매우 상냥하고, 당신도 그녀의 감정에 상처를 주고 싶지 않다. 그럴 경우 당신은 어떻게 하겠는가?

A. 20분 가량 여사원의 판촉을 들어준다.
B. 몇 분 동안 들어주다가 미안하지만 강아지가 너무 아프기 때문에 이만 끊어야 한다고 말한다.
C. 몇 분 후에 그런 이야기 들어줄 시간이 없으며 다시 전화를 걸 필요도 없다고 말한 뒤 미안하다며 전화를 끊는다.
D. 그냥 전화를 끊어버린다.

3. 우체국에 가서 소포를 부쳐야 하는 일을 포함해 꼭 해야 할 일이 몇 가지 있기 때문에 점심 시간인데도 당신은 무척 바쁘다. 그런데 친구가 전화를 걸어 매우 재미있는 이야기를 들려줄 게 있다며 점심을 같이 하자고 초대한다. 당신이라면 어떻게 할 것인가?

A. 그녀(그)를 만나 점심을 먹으면서도 어떻게든 일들이 잘 풀리기를 바란다.

B. 점심을 먹기 위해 그녀(그)를 만나지만 계속 시계를 보며 신경을 쓴다.

C. 그녀(그)를 만나는 것에는 동의하지만 시간은 단지 30분밖에 없다고 말한다.

D. 오늘은 너무 바쁘니까 다른 날 만나자고 대답한다.

4. 당신의 여동생이나 가까운 친구가 불쑥 남편과 외출하고 싶으니 아기를 좀 봐달라고 부탁한다. 당신은 어떻게 하겠는가?

A. 항상 그렇듯이, 곧바로 허락한다.

B. 조금 피곤하긴 해도 어쨌든 봐주겠다고 말한다.

C. 이번에는 아이를 봐주겠지만 언제나 그럴 수만은 없다고 말한다.

D. 너무 바빠서 오늘은 아기를 봐줄 수 없다고 말한다.

5. 사무실에 같이 근무하는 한 남자가 이런저런 관심사를 나누자면서 점심을 함께 먹자고 줄곧 치근거려왔다. 지금 이 순간 사무실에는 그 남자와 당신밖에 없다. 그런데 이번 주 중 하루를 잡으라고 압박을 가하고 있다. 당신이라면 어떻게 하겠는가?

A. 한순간의 망설임도 없이 점심을 같이 하기로 동의한다.

B. 약간의 오해는 있지만, 그 사람의 감정을 다치게 하고 싶지 않아 동의한다.

C. 점심을 함께 하긴 하되, 대화를 일로 국한시키려고 노력한다.

D. 직장에서도 적절한 거리를 두고 싶고, 사교의 차원에서는 그를 만날 생각이 없음을 분명히 밝힌다.

6. 점심 시간에 예약해둔 식당으로 간다. 당신에게는 식사할 시간이 한 시간밖에 없다. 그런데 식당에 도착하니 웨이터가 예약을 많이 받아서 조금 기다려야 자리가 난다고 말한다. 식당은 번잡해 보인다. 당신은 어떻게 할 것인가?

A. 앉아서 기다리며, 자리가 빨리 나길 바란다.
B. 정확히 얼마나 기다려야 하는지를 묻고 당신도 시간에 쫓기는 입장이라고 설명한다.
C. 기다릴 시간이 없다고 말하고 식당을 나온다.
D. 식당의 실수에 대해 불평한 뒤 식당을 나온다.

7. 당신은 평소에 간절히 원하던 저녁 강의를 듣기 위해 등록을 했다. 그런데 알고 보니 강의를 듣기로 되어 있는 그날 저녁에 당신의 파트너가 자동차를 쓰고 싶다고 한다. 파트너는 자신의 일이 당신의 강의보다 더 중요하다고 생각하고 있다. 이런 경우 당신은 어떻게 하겠는가?

A. 비록 실망스럽더라도 강의에 대한 생각을 포기한다.
B. 강의에 대해 설명하고 타협이 가능하다고 암시한다. 당신 강의가 끝나면 파트너가 당신을 데리러 오는 식으로 말이다.
C. 그(그녀)에게 이번에는 당신이 자동차를 쓸 차례라고 분명하게 말한다.
D. 자동차 문제에 대해서는 이야기조차 꺼내지 않는다. 이미 그 강의에 대해 그(그녀)에게 이야기를 해두었으니까.

8. 당신은 지금 회사에서 가장 비싼 제품 100종을 할인가격으로 파는 흥정을 벌이고 있다. 그래도 그 가격은 아직 당신에게는 괜찮은 편이다. 그런데 마지막 순간에 그 고객이 전화를 걸어 지금 위기에 처했다면서 합의된 가격의 60퍼센트밖에 지불할 능력이 없다고 말한다. 그럴 경우 당신은 어떻게 할 것인가?

A. 그들이 지불할 수 있다고 말한 그 가격에 물건을 팔기로 한다.

B. 그들을 상대로 새로운 가격을 흥정한다. 이를테면 나머지 40퍼센트를 반반 나누는 식으로.

C. 우송료 부담에 대해서는 협상할 용의가 있지만, 그 제품의 가격에서는 더 이상 물러설 수 없다고 말한다.

D. 그들이 합의한 금액의 돈을 보내지 않을 경우에는 거래는 끝이라고 말한다.

9. 친구 여러 명과 함께 휴가를 갈 계획이다. 그래서 날짜를 상의하고 있다. 당신을 제외한 모든 친구들은 당신이 원하는 날보다 며칠 앞당겨서 가기를 원하는 게 분명하다. 당신은 어떻게 할 것인가?

A. 모든 친구가 한가한 날이 그날인지 알아보고 그 일정에 맞춘다. 그렇게 할 경우 중요한 약속 한두 개를 놓치는 한이 있더라도 말이다.

B. 약속을 지키지 못하게 되어 주저하지만 결국 친구들의 계획에 따른다.

C. 친구들에게 어려운 입장을 이해해달라고 부탁한다. 그러면서 약속을 어기지 않아도 좋은 날로 타협점을 찾는다.

D. 만약 약속을 지킬 수 없는 상황이라면 차라리 여행을 포기하겠다고 말한다.

점수

당신의 "아니오" 점수는? A_____ B_____ C_____ D_____

A가 대부분인 사람

혹시 "아니오"에 대해 이해하지 못하는 것은 아닌가? 당신은 아주 외교적이다. 그렇고말고. 하지만 그것은 어디까지나 당신의 희생으로 이뤄진다. 다른 사람들이 당신을 이용할 수도 있고, 또 실제로 그렇게 한다. 때때로 사람들은 자신의 입장을 분명히 밝히지 않는 당신을 존경하지 않는다. 그리고 당신은 다른 사람들에게 깔판처럼 짓밟혀도 잠자코 있는 사람이라는 인상을 줄 수 있다.

"아니오"라고 말하는 게 그토록 두려운 이유가 뭔가? 당신이 현재 "아니오"라고 말하길 꺼려하고 있는 상황을 한두 가지 찾아내 친구들에게 당신이 단호하고도 효과적으로 "아니오"라는 뜻을 전할 수 있는 방식을 찾도록 도와달라고 부탁해보면 어떨까? 그렇게 나온 방식 중에 당신에게 가장 꺼림칙하게 느껴지는 것을 하나 골라 실제로 한 번 시도해보라. 그렇게 할 때 당신의 기분이 어떤지, 그리고 최종 결과는 어떻게 나타나는지 유심히 관찰해보라. 이제 당신이 직접 운전대를 잡을 때가 아닌가!

B가 대부분인 사람

당신은 훌륭한 외교관이며 다른 사람의 감정을 상하게 하길 싫어한다. 당신의 진심은 "아니오"인데도 "예"라고 말할 때가 간혹 있다. 당신은 다른 사람의 요구사항을 당신의 것보다 앞에 두는 경향이 있으며, 당신의 요구사항은 나중에 생각한다. 이용당하고 있다거나 지칠 대로 지쳐 있다는 기분이 들지 않는가? 그리고 당신 자신에게 쏠 시간이 모자란다는 느낌이 들지는 않는가? 그런데도 다른 사람들은 당신의 요구를 잊는 것 같아 서운하지 않은가? 당신은 다른 사람의 호감을 살 필요가 있는가? 다른 사람을 즐겁게 해주려고 애쓰는 이유도 그런 욕구 때문인가? 당신은 혹시 다른 사람에게 끝까지 마무리지어주지 못할 일을 약속하기도 하는가? 당신 자신의 욕구 역시 적어도 다른 사람만큼 중요하다고 생각해본 적이 있는가?

매주 당신 자신만을 위한 시간을 내고, 당신에게도 꼭 처리해야 할 중요한 일이 있다는 사실을 명심하라. 당신 입장에서 중요한 것은 서로 충돌하는 요구사항을 잘 정리하는 일일지도 모른다. 그리고 당신이 인생에서 진정으로 중요한 게 무엇인지를 명쾌하게 따져보는 일도 중요하다.

C가 대부분인 사람

당신은 기술적으로, 하지만 단호하게 "아니오"라고 말할 수 있다. 당신은 또 다른 사람의 요구와 자신의 요구 사이에 균형을 잘 잡는다. "아니오"라고 말해야 할 때에는 두려움 없이 "아니오"라고 말한다. 당신의 인생에서 중요한 것들의 순위를 스스로 정하고 그것에 충실할 줄도 안다. 그렇다고 당신이 완고한 성격이라는 뜻은 아니다. 당신은 중요한 것들의 순위를 정해놓았고 자신의 능력에 대해 현실적인 시각을 갖고 있기 때문에 다른 사람에게 "아니오"라고 말해도 스트레스가 되지 않는다. 때때로 당신은 외부의 압박에 굴복하고, 다시는 "아니오"라고 말하지 않겠다고 다짐하지만, 대체로 당신은 불필요한 죄책감이나 혼란을 느끼지 않고 확실하고 효과적으로 "아니오"라는 뜻을 전할 수 있다.

D가 대부분인 사람

당신은 인생을 자기 방식으로 살고 있다. 당신은 "아니오"라고 말하는 데 전혀 어려움을 느끼지 않는다. 그리고 자신이 받아들이고 받아들일 수 없는 것을 가르는 경계선을 긋는 일에도 전혀 거리낌이 없다. 이것은 오래전에 터득한 것이다. 그리고 이것은 당신이 다른 사람의 관심을 끌 수 있고 일을 성취하도록 돕는 당신만의 독특한 스타일 중 하나다. 다른 한편으로 보면, 이런 스타일의 사람이 "아니오"라는 표현에 지나치게 매달리는 경우가 간혹 있다. 이를테면 여러 사람이 한자리에 어울리는 경우, 그런 사람은 대부분의 시간을 자신이 그 모임을 주도하는 입장에 서고 싶어 하기 때문이다. 그러면 친구들이 당신에게 '사슬톱 Chainsaw'이라는 별명을 붙여줄 수도 있다. 만약 그런 당신이 다른 사람의 작업 방식에 따라 일을 처리해야 하는 상황이 벌어진다면 당신에겐 어떤 일이 벌어지게 될까?

불안, 그게 도대체 뭐지?

약간의 '정상적인' 불안은 유익하고 동기부여의 역할을 할 수도 있다. 예를 들어 마감시간에 맞출 수 있을까 하는 고민은 그 일을 확실히 끝내기 위해 며칠 밤늦게까지 일하게 한다. 그러나 그 이상의 불안은 당신의 건강을 좀먹고, 정신 균형을 깨뜨린다. 이를테면 마감시간을 지키지 못할 것 같다는 고민에 사로잡히는 건 해로운 불안에 속한다. 불안을 느끼는 많은 사람들이 실제로 불안해할 일이 무엇인지도 깨닫지 못한 채 불안의 징후를 경험하고 있다. 당신도 실제보다 불안을 더 강하게 느끼는가?

불안이란 것이 도대체 무엇인지를 이해하는 것도 유용하다. 불안이 지나치면 외출이나 새로운 사람을 만나는 데 대한 두려움인 광장공포증이나 피해망상증의 증상이 나타난다. 불안은 당신의 삶을 크게 제한할 수 있다. 당신은 자신을 불안하게 만드는 것들 앞에 나서질 못하게 된다. 세심한 주의를 기울이지 않으면 당신이 중요한 기회를 많이 놓친다는 뜻이다. 불안의 문제를 안고 있는 많은 사람들은 매우 조용하고 제한된 삶을 살기 때문에 자신의 두려움에 결코 맞서지 못한다. 그러면서 그들은 자신의 불안을 지속적으로 탓한다.

켈리는 비행기 여행을 극도로 두려워한다. 그녀는 모든 사람에게 자신이 비행기 타는 것을 혐오한다고 털어놓는다. 그러면서 그녀는 뉴스에서 항공기 사고나 추락사고가 나왔다 하면 그 기사를 끈질기게 추적한다. 그 기사가 비행기는 절대로 안전하지 못하다는 자신의 믿음을 강화시켜주기 때문이다. 그녀의 남동생 마크는 교통수단에 관심이 많다. 그래서 그는 비행기가 사실은 가장 안전한 교통수단이라는 점을 입증하는 통계를 간혹 인용한다. 게다가 여러 추락 사고의 원인과 그런 사고가 일어날 확률이 얼마나 낮은지에 대해 설명해준다. 그가 누나에게 이런 식으로 이야기할 때면, 그녀는 아예 동생의 주장을 듣지 않는 척한다. 그럴 때마다 마크는 누나가 몹시 흥분하고, 술을 많이 마시고, 정보에 근거한 동생의 주장은 틀렸고 자신의 말이 옳다고 주장한다는 사실을 깨닫는다. 어느 해인가 그가 누나에게 크리스마스를 맞아 그와 그의 가족을 방문하러 독일로 오라고 간곡히 부탁했던 적이 있었다. 그러나 그녀는 그와 그의 가족이 무려 10년 이상 독일에서 살고 있음에도 크리스마스를 보내러 고향으로 와야 한다고 고집을 부렸다. 크리스마스 휴가 이야기가 나올 때마다 그녀는 대서양을 가로지르는 비행기를 탔다가 나쁜 기류를 만나 공포에 질렸던 이야기를 들먹인다. 그때 그녀는 처음으로 혼자 여행을 했다. 그녀에게는 피해망상증이 있었기 때문에 비행기가 흔들리자 정신을 잃고 말았다. 이제 죽는구나 하는 생각밖에 없었다. 진정제를 먹고서야 그 공포에서 풀려날 수 있었다. 그녀는 다른 승객들이 자신을 어떻게 볼까 하는 생각을 하면 미칠 것만 같았다. 그녀는 마침내 어떠한 대가를 치르더라도 그런 경험은 다시는 반복하지 않겠다고 다짐했다. 심지어 가족과 함께 크리스마스를 즐기지 못한다 할지라도 그녀는 전혀 개의치 않았다. 비행기에 오른다는 생각만으로도 그녀는 불안하기 짝이 없었다. 해결책은 아예 비행기 여행을 피하는 수밖에 없다고 그녀는 믿고 있다. 그러면 불쾌한 기분이 영원히 가실 테니까.

사실 켈리가 비행기 여행을 아예 회피한다면 그녀의 문제는 절대로 해결되지 않는다. 그녀가 인생의 다른 영역에서 또다시 불안의 증상을 경험할 것이기 때문이다. 이를테면 그녀는 기차 여행을 싫어하게 될 것이며, 이것 역시 피하게 될 것이다. 이런 일이 일어나는 이유는 그녀가 자신의 불안증상은 외부적 요인 때문이며, 그런 탓에 그 원인을 회피하는 것 외에는 달리 해결책이 없다는 메시지를 자신에게 강력하게 전달하기 때문이다. 비록 이런 식의 접근은 이해되지만 그녀의 불안과 두려움의 수준을 고려하면 결코 현명치 못한 태도다. 불안의 징후는 그녀의 내면에서 일어나며, 비행기 탓이 아니라 그녀 자신의 공포에서 비롯된 것이다.

켈리는 실제로 자신의 공포를 두려워하며 그 공포를 비행의 경험으로 덮어씌운다. 그녀는 다른 나라에 살고 있는 동생에 대해 느끼고 있는 분노와, 아니면 다른 승객들 앞에서 그녀가 왜 그렇게 당혹해했는지 그 이유에 대해서는 절대로 의문을 품지 않았다.

만약 켈리가 그 문제로 치료를 받을 만큼 용기가 있다면 그녀는 불안 때문에 자신의 삶을 제한할 필요가 없게 되고, 불안으로 고통받는 사람은 누구나 그 문제를 해결하기 위해 다른 사람의 도움을 받는다는 사실을 깨닫게 될 것이다. 켈리만큼 심각한 피해망상증은 아니라 하더라도 불안은 매우 흔한 일이다. 불행하게도, 학교에서 불안을 이해하고 다루는 기초를 가르치지 않기 때문에 피해망상증 같은 일반적인 징후도 널리 인식되지 못하고 있다. 불안이란 무엇인지, 그리고 그것을 다루는 요령을 터득하기만 하면 당신은 힘과 통제력을 얻게 되며 비로소 새로운 기회가 열릴 것이다.

불안을 이해하다

불안은 공포의 또 다른 이름이다. 무엇인가로 소스라치게 놀라게 되면 우리는 불안해진다. 만약 당신이 길을 가는데 이웃집 개가 으르렁대면, 당신은 그 집을 지나칠 때마다 약간의 겁을 먹기 시작한다. 이럴 경우 불안의 원인을 찾는 것은 쉽다. 그리고 겁에 질리는 것은 지극히 정상이기 때문에 그 불안에 대해 걱정할 필요가 없다.

그러나 공포의 대상이 명확하게 드러나지 않은 가운데 두려움을 느끼는 일이 벌어졌다면 일부 사람들은 불안을 느끼기 시작한다. 게다가 그 사람들은 긴장을 주는 그 사건이 일어난 한참 뒤까지 스트레스를 느끼고 불안을 풀지 못한다. 불안이 깊어지면 그 사람들은 자신에게 어떤 문제점이 있다고 느낀다.

불안이 사람들에게 영향을 미치는 방식에는 세 가지가 있다. 육체적 징후, 정신적 또는 정서적 징후, 그리고 행동의 변화를 통해서다.

그렇다면 당신이 불안을 느낄 때 육체에서는 어떤 일이 일어날까? 당신이 다음과 같은 상황에 처해 있다고 상상해보자. 쾌적한 어느 여름날이다.

당신이 한껏 편안한 마음으로 행복을 느끼며 길을 걷고 있는데 별안간 바로 뒤에서 차의 경적 소리와 함께 브레이크 밟는 소리가 날카롭게 들린다. 자동차 한 대가 길을 잘못 들어 그 길을 달려오고 있었던 것이다. 그 길은 일방통행이었고, 당신도 그 사실을 잘 알고 있다. 그러면서도 당신은 약간 꿈에 취한 채 길 한가운데를 걷고 있다. 그래서 당신은 무슨 일이 일어났는지를 생각할 겨를도 없이 재빨리 찻길을 벗어난다. 불과 몇 초 사이에 벌어진 일이다.

그 운전자를 욕하고, 목적지에 도착하고 나서야 당신은 육체적 반응을 눈치채기 시작한다. 당신 뇌 속의 불안 반응은 켜진 상태이며, 위험이 발생하면 즉각 반응하도록 당신의 육체는 이미 준비되어 있다. 당신은 어지러움을 느껴 주저앉을지도 모르고, 느닷없이 소변이 마려울지도 모른다.

악어에게 쫓길 때와 같은 위험에 처하게 되면 심장박동이 더욱 빨라진다. 그 위험에서 벗어나려면 팔과 다리를 빨리 움직여야 하기에 당신 몸에서는 팔과 다리로 혈액을 더 힘차게 펌프질할 것이다. 심장이 계속 빠른 속도로 뛰려면 더 많은 산소가 필요하기 때문에 호흡이 가빠지는 것도 바로 그런 이유다. 근육은 긴장하고, 행동할 준비를 갖춘다. 이제 당신은 팽팽해지고, 떨리고, 안절부절못하는 느낌에 사로잡힌다. 손과 발에 더 많은 혈액이 필요한 탓에 혈액은 당신의 가슴에서 먼 곳에서까지 공급된다. 메스꺼움을 느끼거나 현기증을 느끼는 이유도 바로 이 때문이다. 심장이 당신의 몸 곳곳으로 더 많은 혈액을 보냄에 따라 체온이 올라가, 처음에는 더워서 땀을 흘리다가 나중에는 한기를 느낀다.

이 모든 일은 불안 반응이 당신을 위험으로부터 즉각 보호하기 위해 일어난다. 이런 현상에 대한 일반적인 설명은 이렇다. 위험에 처할 때 싸우거나 도망가는 식으로 재빨리 반응하는 능력은 각 개인의 생존을 위해, 즉 진화론에서 말하는 자연 선택의 결과 생기게 되었다고 한다. 이는 우리 모두가 물려받은 능력이다.

비록 라이프 스타일과 인간을 보는 관점은 매우 다르지만, 위험에 반응하는 방식은 현대를 사는 우리나 수천 년 전의 조상이나 다를 바 없다. 만약 이런 식의 반응이 당신에게 일어난다면 이해하기가 그리 어렵지 않을 것이다.

그러나 많은 사람들은 외적인 위험이 없는 상황에서도 맞설 것이냐, 도망칠 것인가에 대한 불안 반응을 경험한다. 당신은 아무런 이유도 없이 자신에게 가하는 공격이 있을 것만 같은 피해망상증을 경험할 수 있다. 아니면 당신은 그다지 중요하지 않은 일에 대해 엄청나게 긴장하거나 불안해할 수도 있다. 당신이 경험하고 있는 것은 육체적 변화와, 정면돌파인가, 도망칠 것인가 하는 반응의 불편함이다. 그러나 당신은 그런 불안을 경험하는 이유에 대해서는 모른다.

당신은 육체적으로 불안의 징후를 보이는가?

이 증상은 사람에 따라 매우 다양하게 나타난다. 그러나 다음에 이야기하는 징후 중 일부는 누구나 갖고 있을 수 있다. 다음에 나열한 징후 중 세 개 이상을 경험하는 일을 간혹 아니면 자주 겪는가?(다른 육체적 병으로 인한 징후는 포함시키지 않는다.) 이런 징후를 갖고 있는 대부분의 사람들은 자신이 불안이나 피해망상증으로 고통받고 있다는 사실을 깨닫지 못하고, 그들은 단지 육체적 병을 앓고 있다고만 생각한다.

1. 현기증 또는 어지럼증 ☐
2. 떨리는 느낌 ☐
3. 뚜렷한 이유도 없이 덥거나 땀이 나고, 그러다가 한기를 느낌 ☐
4. 허약하고 불안정한 느낌 ☐
5. 평소보다 화장실에 자주 감 ☐
6. 근육 긴장 또는 뻣뻣함 ☐
7. 가쁜 호흡 ☐

8. 가슴이 답답함 ☐

9. 입이 바싹바싹 타들어감 ☐

10. 메스꺼움 ☐

11. 불안 초조 ☐

12. 안절부절못함 ☐

13. 빨라진 심장 박동 또는 가슴 두근거림 ☐

점수

육체적인 불안 징후의 수 _____

이 징후 중에서 2개 이상을 보이는 경우가 종종 있는데도 기본적으로 건강에 문제가 없다면, 그 징후들은 당신이 불안으로 고통받고 있다는 사실을 암시한다. 당신에게 익숙한 불안의 수준이 그 정도이기 때문에 당신은 괴로움을 느끼지 않을 수도 있다. 그러나 당신의 삶에서 스트레스를 일으키는 사건들이 일어날 경우, 이 징후들은 당신을 불안의 나선형 소용돌이 속으로 몰아넣을 수도 있다. 그러므로 몸을 편안하게 유지할 수 있도록 훈련하고, 어떤 것이든 부정적인 생각에는 관심을 보이지 않는 것이 중요하다.

불안의 정신적 및 정서적 조짐

당신의 신체가 불안 반응의 징후들을 보일 때 당신은 어떤 생각이 들고 어떤 기분이 드는가? 그 징후들이 나타나는 과정을 이해하지 못한다면 당신은 자신의 감정을 제어할 수 없다고 느낄지도 모른다. 불안 반응을 끊임없이 경험하는 사람들의 경우, 종종 자신에게 뭔가 잘못된 게 있지 않을까 두려워한다. 혹시 심장에 무슨 문제가 있는 것은 아닐까, 죽어가고 있는 것은 아닐까, 아니면 미치지나 않을까 걱정한다. 이런 생각은 그 자체만으로도 너무 두려워서 예기치 않은 신체적 징후들을 일으킬 수 있다. 그러면 당신은 자신에게 정말로 심각한 문제가 있을 것이라고 걱정하게 된다. 그 증상이 심해질수록 불안은 더 커질 것이다. 불안을 충분히 이해하기까지 당신은 불쾌한 피해망상증을 갖고 있다. 따라서 불안한 생각과 공포가 신체적 징후를 촉발하는 것은 당연하다.

게다가 어떤 사람은 구토에 대한 공포, 날아다니는 벌레에 대한 공포, 또는 사교 공포증과 같은 별난 공포증을 가지고 있다. 이런 고질적인 공포는 온갖 형태의 불쾌한 불안 징후를 유발한다. 공포증으로 고통받는 사람들은 자신의 감정이 통제 불능이라는 생각을 품게 되어 자신을 제어하지 못하게 된다. 그들은 자신을 미치게 만드는 것들에 노출되면 곧 죽을지도 모른다는 부정적인 생각을 버리지 못한다. 그러다 보니 어떤 조언이나 현실적인 제안에 막무가내로 거부의 반응을 보인다. 그들 스스로가 그런 공포증에도 이로운 측면이 있다는 사실을 이해할 때까지는 그 공포증에서 헤어나오지 못할 것이다.

팸은 공연 첫날밤 또는 혼잡한 모임 등과 같이 사람이 많이 모여드는 공간에 있기를 싫어한다. 한 친구가 그녀를 미술관 개관식에 초대했다. 그녀는 불안했지만 이 문제를 어떻게든 처리해야 한다는 사실을 알고 있었고, 또 친구의 기분을 상하게 하고 싶지 않아 개관식장으로 갔다. 하지만 그녀는 개관식장

주차장에 차를 세우다가 이런 생각이 문득 들었다. '내가 공포증에 제대로 대처하지 못한다고 가정해보자. 그래서 모든 사람이 내가 공황에 빠진 모습을 본다면?' 이런 생각이 떠오르는 순간, 가슴이 갑자기 고동치기 시작했다. 그녀는 그 사실을 즉각 감지했고, 그러자 호흡이 가빠졌다. 이제는 더 두려운 생각이 밀려왔다. '아니 세상에, 내가 다시 공황 상태에 빠졌구나.' 그녀는 불안 그 자체에 겁을 먹고 있었다. 그녀는 지금 불안의 나선형 소용돌이 속에 빨려들고 있었다.

마지막으로 극단적인 불안 징후 또는
피해망상증의 절정이 나타난다.

자신의 감정을 제어하지
못하고 있다고 느낀다.

정말로 기분이 나빠진다.

고통스러운 기분을 느낀다.

부정적인 생각이 더 많아진다.

더 불안해진다.

신체적 징후들이 더 많이 나타난다.

기분이 언짢아진다.

부정적인 생각들이 떠오른다.

불쾌해진다.

신체적인 징후

여기서 (매우) 하찮은 부정적인
생각으로 시작한다.

불안의 나선형 소용돌이 : 불안과 피해망상증은 어떻게 일어나는가?

당신에겐 정서적 및 정신적 불안 징후가 있는가?

우리 모두는 어느 정도의 정신적 불안을 느낀다. 그게 정상이다. 단지 부정적이고 해로우며 불안을 야기하는 생각들이 규칙적으로 당신의 삶의 질을 떨어뜨리기 시작하고, 당신도 그런 현상을 통제할 수 없다고 느낄 때에만 문제가 된다.

다음 징후 중에서 당신이 경험하는 징후의 수를 더하라.

1. 다스릴 수 없는 걱정이 불쑥불쑥 떠올라 고통받는다.

2. 강박관념에 사로잡혀 끊임없이 뭔가를 점검하는 성격이다. 이를테면 뒷문이 잠겨 있는지 늘 걱정이어서 잠자리에 들기 전에 여러 차례 확인한다.

3. 세탁이나 청소에 도가 지나칠 정도로 매달린다.

4. 주변 환경을 완벽하게 통제할 수 있어야 마음이 편하다. 예를 들어 다른 사람이 부엌을 어지럽히게 내버려두는 일은 절대로 없다.

5. '최악의 시나리오'를 자주 생각한다. 예를 들어, 대재앙이나 정말로 나쁜 일이 당신에게 일어날 것이라는 공상에 빠진다.

6. 정기적으로 악몽을 꾼다.

7. 사람들이 당신에게 염세주의자라고 하거나 항상 사물의 부정적인 모습을 본다고 말한다.

8. 당신을 정말로 괴롭히는 무엇인가가 당신의 마음속에 자리 잡고 있다.

9. 당신은 총체적으로 부정적인 생각에 사로잡혀 있다. 한 가지 경험을 일반화한다는 뜻이다. 예를 들어, 며칠 동안 비가 내리면 당신은 여름 내내 비가 오겠다고 짐작하고 바깥으로 절대 나가지 않는다. 그 결과 살이 찌고 컨디션이 좋지 않다.

10. 외출이 두렵고, 혹시 외출했을 때에는 가급적 빨리 집으로 돌아가고 싶은 마음이 간절해진다.

11. 폐쇄된 공간에 대한 두려움 또는 오염에 대한 두려움처럼 특별한 공포증이나 두려움에 시달리고 있다. 그래서 삶의 질이 크게 떨어지고 많은 제약을

감수하고 있다.

12. 도전에 직면하기보다는 근심을 안겨주는 일을 피하는 데 더 많은 힘을 쏟는다. 예를 들어 집단의 구성원이 되는 게 싫어서 아예 대학진학을 포기한다.

13. '나는 뚱뚱하고/쓸모없고/바보 같아서 좋지 않은 평가를 받아도 당연하다'와 같은 자학적인 생각이 수시로 떠오른다.

14. 판매원이 무례하거나 도움이 되지 않으면 몇날 며칠 그 문제에 집착한다.

15. 누군가와 말다툼을 하면 며칠 동안 기분이 언짢다.

16. 약점이 많은 존재라는 느낌이 들거나 당신 혼자 힘으로 일을 감당하지 못할까 두렵다.

17. 주위 사람이 당신을 어떻게 생각할지에 대해 지나치게 걱정을 많이 한다.

18. 감정을 다스리지 못할까 종종 걱정이 된다.

19. 안전한 곳으로 달아나고 싶거나 집으로 가고 싶을 때가 자주 있다.

20. 스스로 어리석다는 생각을 자주 한다.

21. 당신의 기분을 다른 사람 탓으로 돌리려고 애쓴다.

22. 당신의 좋지 못한 기분이 다른 사람 때문이라는 생각이 들면 그 사람에게 화가 치민다.

23. 심장마비나 심장발작이 일어나는 게 아닌가 걱정될 때가 간혹 있다.

24. 미칠 것 같다는 생각이 든다.

25. 마음이 거칠고 혼란스럽다는 느낌이 든다.

점수

당신이 경험하고 있는 정신적 불안 징후의 수는 몇 개인가? _____

    이 징후들 중에서 네 가지에서 여섯 가지 정도 겪고 있다면, 당신은 일단 안심해도 좋다. 감정의 자극을 받는 상황에서도 대체로 정신적으로 차분할 수 있다. 당신은 인생이라는 것이 원래 불안하고 힘이 들 때가 간혹 있다는 사실을 잘 알고 있다. 또한 그 비결은 자신을 어떻게 다루는가에 달려 있다는 진실도 알고 있다. 아마도 다른 사람들은 그런 당신을 보고 너무 느긋하다고 생각할지 모른다. 그 사람들을 긴장하게 만드는 일에 당신은 그들만큼 성가셔하지 않기 때문이다. 마음의 틀 자체를 느슨하게 유지하는 것이 건강에 좋다는 사실을 인정하는 것이 매우 중요하다. 그러면 다른 사람들은 당신의 예를 통해서 많은 것을 배울 수 있을 것이다.

만약 당신이 평상시에 겪는 징후가 여섯 개에서 열두 개라면, 정신 상태와 정서 상태에 주의를 기울일 필요가 있다. 때때로 자신도 모르는 사이에 매우 부정적인 생각에 빠져들지는 않는가? 당신은 유쾌하고, 긍정적이며, 정중한 태도를 유지해야 한다는 점을 명심하라. 부정적인 생각과 불안이 일어날 때에는 당신 자신에게 도전장을 던지고 그런 사소한 것들이 당신의 삶을 짓밟아버리지 못하도록 적극적으로 신경써야 한다는 점을 잊지 말라.

만약 열다섯 가지 이상의 징후를 갖고 있다면, 당신의 삶은 그런 불쾌한 징후들 때문에 심각하게 훼손되고 있다. 자신에게 도전장을 던지고 공포에 맞설 필요가 있다. 그리고 그런 징후들이 당신의 삶을 가로막지 않게 하라. 작은 것에서 시작하여 그것을 바탕으로 체계적으로 강해지도록 하라. 상담이나 불안 관리 프로그램과 같은 전문적인 도움을 받는 것이 좋다. 이런 징후들을 받아들이거나 참아서는 절대로 안 된다.

당신은 불안과 관련 있는 행동을 보이는가?

당신은 불안을 느끼게 될 때 특별히 달라지는 행동이 있는가? 당신을 불안하게 만드는 상황과 당신이 그 상황에 대처하는 방법을 한 번 생각해보라.

불안에 대처하는 방법 중에서 가장 해로운 방법은 바로 자신의 불안을 일으키는 그 요인에 자신을 노출시키지 않는 것이다. 이것은 오히려 불안이 계속 생명을 이어가게 만들 뿐이다. 당신은 자신을 불안하게 만드는 상황을 회피한다. 당신의 불안이 너무나 크기 때문에 불안이 특정 상황에서 비롯되는 것이 분명하다고 생각하게 된다. 사실 이런 대처법은 당신이 두려움에 굴복하는 것에 지나지 않는다. 그 두려움이 당신을 틀에 가둬 당신의 삶을 조종하도록 내버려두는 꼴이다. 두려움은 우리를 겁쟁이로 만드는 것을 즐기는 못된 녀석이다. 공포가 우리 삶을 지배하도록 내버려두면 둘수록 그 두려움은 더욱 커져만 간다. 하지만 그 공포에 맞서고, 대적하고, 심지어는 무시하기로 결심하면 그때마다 용기가 쑥쑥 자란다.

만약 번잡한 슈퍼마켓으로 들어가는 것을 혐오한다면, 정기적으로 슈퍼마켓에 장을 보러가는 것을 정해둘 필요가 있다. 슈퍼마켓을 회피하고 작은 동네 가게에서 식료품을 사거나 배달을 시킨다면, 당신은 슈퍼마켓 상황에서 일어날 수 있는 불안의 감정을 다스리는 법을 절대로 배우지 못한다. 그럴 경우 당신은 결코 그 문제에 대처할 수 없다는 메시지를 더 강하게 만드는 결과가 된다. 당신은 친구나 가족의 도움을 받아 장을 볼 수도 있을 것이다. 그러나 그 사람들이 당신을 대신하여 쇼핑을 해주면, 진정한 의미에서 당신을 돕는 게 아니다. 오히려 당신이 삶의 뒷전으로 물러나도록 만드는 꼴이 되고 만다. 요컨대 그 사람들은 당신의 그 두려움이 당신에게는 감당하기 어려울 정도로 크다는 점에 동의하는 셈이다. 아마도 그들은 당신이 자신들에게 더 의존하기를 바랄지도 모른다.

불안은 또한 이보다 더 미묘한 문제가 될 수 있으며, 자존심과 결부되어 있을 수도 있다.

클레어는 유쾌하고, 일도 열심히 하는, 매력적인 29세의 여성이다. 그녀는 투자와 연금 컨설턴트로 금융 분야에서 일하고 있다. 고객들이 그녀의 따뜻하고 상냥한 스타일을 좋아하고, 그녀 또한 고객들에게 자문을 빈틈없이 해주기 때문에 그녀는 자신의 일에 뛰어나다. 그녀는 고객을 위해 열심히 일하며, 새 상품이나 개발품에 대한 최신 정보를 놓치지 않으려고 노력한다. 그녀는 주식 시장에 대해 많은 것을 알고 있으며, 부유한 사람과 마주칠 기회가 더 많은 대기업에서 일하기를 원한다. 한 동료가 아주 멋진 자리가 곧 나올 것 같다고 그녀에게 귀띔한다. 하지만 구인광고가 실리게 되면 그 자리를 원하는 경쟁자가 많을 것이다. 그 동료는 클레어에게 누구누구가 그 자리에 지원할 것이라고 말한다. 비록 그 사람이 그녀보다 젊고, 경험은 부족하지만 그는 역동적이고 자신감에 넘친다. 그리고 그 사람은 자신이 그 자리를 차지할 것이라고 확신하고 있다. 실제로 그 사람은 이미 다른 사람들에게 그 자리로 옮길 것이라고 큰소리치며 다닌다.

클레어는 아무 말도 하지 않는다. 그녀는 집으로 돌아가 그 문제를 곰곰 생각한다. 그녀가 그 자리에 지원할 수 있을지 걱정이 앞선다. 그녀는 취업 면접을 정말로 싫어한다. 생각만 해도 불안해진다. 자신을 다른 사람에게 좋게 포장해서 내놓는 일에 서툴기 때문이다. 그녀는 사람들이 그녀의 과거 업무 실적을 바탕으로 능력을 평가해야 한다고 생각한다. 그러면 자신이 구태여 일을 잘한다고 입증할 필요가 없을 테니까. 면접관들 앞에 앉아야 한다는 생각만으로도 그녀는 마음이 초조해진다. 갑자기 부끄러워지고, 머릿속이 텅 비고, 무슨 말을 해야 할지 몰라 쩔쩔매면 어떡한담?

남자친구와 이 일에 대해 의논한 뒤 클레어는 예전에도 이런 느낌 때문에 주눅들었고, 그 자리에 지원한다 해도 잃을 게 아무것도 없다는 사실을 깨닫는다. 그 면접에 대해 불안을 느낀다 하더라도 그녀는 그것을 핑계로 내세우고 싶지 않다. 그녀는 자신을 주눅들게 하는 주범이 바로 자신이라는 점을 깨닫는다. 하지만 새 일자리로 옮기면 성과급에 따른 보너스가 있는데다가 연봉이 더 높다는 사실에 동기부여를 받는다.

클레어는 미리 마음의 준비를 단단히 하여 가능한 한 차분함을 유지하려고 노력했다. 그녀는 요가 강습을 듣고, 그 전날에는 마사지를 받았다. 그리고 많은 시간을 들여 면접을 준비했다. 그녀는 면접장에서 보여주고 싶은 것들을 모조리 다 메모했다. 드디어 면접을 보는 날, 일부 고객과의 거래 내용 자료를 바탕으로 자신의 능력을 설득력 있게 설명했다. 그녀는 면접관들에게 자신은 긴장해 있고 면접에 그리 강한 편은 아니지만 자신이 그 자리에 적격자라는 사실만큼은 잘 알고 있다고 말했다. 그녀는 자신의 훌륭한 대인 기술을 적절하게 활용하려고 최선을 다했다. 자신의 불안보다는 면접관이 무엇을 원하는지에 관심을 집중했다. 자신의 불안을 떨쳐내고야 말겠다는 다짐으로 기꺼이 노력한 끝에 클레어는 마침내 그 자리를 얻는다. 그녀가 기울인 노력은 그만한 가치가 충분히 있다. 그 자리는 따놓은 당상이라고 자신만만해하던 그 남자는 자신감 때문에 준비를 게을리 했을 것이다. 클레어의 사례는 불안에 직면하는 것이 얼마나 중요한지를 잘 보여준다.

긴장을 푸는 방법을 진정으로 아는가?

몸과 마음을 괴롭히는 불안에서 자유로운 삶의 가장 중요한 핵심은 긴장을 푸는 것이다. 만약 시간을 들여 긴장을 푸는 방법을 배우게 되면, 스트레스를 일으키는 사건들이 닥쳐도 불안의 수준은 매우 낮고, 불안의 나선형 소용돌이 속으로 빨려 들어가지 않게 된다. 만약 기본적으로 느끼고 있는 불안의 수준이 매우 높아 도전적인 사태가 벌어지면 당신은, 차분하게 냉정을 지키고 관심을 집중하는 요령을 배운 사람보다 대처 방법을 찾는 데 어려움을 많이 겪을 것이다. 클레어가 불안에도 불구하고 그 일자리를 차지할 수 있었던 이유 중 하나는 면접장으로 가기 전에 마음을 편안하게 유지할 수 있도록 많은 노력을 기울였다는 사실이다. 요가 훈련은 그녀가 기본적으로 긴장이 풀린 편안한 상태에 이를 수 있도록 도와주었다. 클레어가 가장 먼저 요가를 택한 이유는, 그녀는 물론이고 그녀의 어머니와 언니까지도 불안해하는 성향이 강해 항상 신경질적으로 살아왔다는 사실을 깨달았기 때문이다. 집에서 사소한 일이 일어나도 마치 그것이 중대한 재난이나 되는 듯이 모두가 불안해했던 것이다. 클레어는 그런 마음 상태가 자신을 지치게 한다는 사실을 깨달았다. 그녀는 마음의 평화와 조화를 진심으로 중요하게 생각하고, 긴장에 휩싸이지 않도록 버텨보기로 작정했다. 그녀의 어머니와 언니는 그녀가 그들로부터 조금씩 멀어지고 있다고 서운해했다. 또한 요가에 심취한 그녀를 보면서, 그저 가만히 앉아 '아무 것도 안 하며' 시간을 낭비한다고 나무랐다. 하지만 클레어는 점점 기분이 나아지기 시작했다.

간혹 사람들은 자신이 긴장을 푸는 방법을 안다고 생각한다. 예를 들면, 술을 마시거나 운동을 하거나 정원손질을 하거나 잠을 충분히 자면 긴장이 풀린다고 생각한다. 그렇기 때문에 자신들이 긴장을 푸는 방법 그 자체가 문제를 안고 있다고는 생각하지 않는다. 그들은 한자리에 계속 앉아 있을 수 없으며, 정신을 집중하는 일에 어려움을 겪거나 언제나 바삐 움직인다. 그들은 이런 움직임이 바로 긴장을 푸는 방법을 모르고 있다는 점을 보여주는 징후라는 사실을 깨닫지 못한다.

긴장을 푸는 방법에 관한 질문

이중에서 당신이 "예"라고 대답할 수 있는 질문은 몇 개인가?

1. 특별히 긴장이 풀리도록 도와주는 활동을 하고 있는가?(중요한 목표가 있는 활동이 아니어도 된다. 단지 긴장 해소에 도움이 되는 활동이면 좋다.)
2. 긴장을 푸는 운동이나 의료적인 기술을 배운 적이 있는가?
3. 의식적으로 자신을 편안한 마음 상태가 되도록 규칙적으로 노력하는가?
4. 삶이 고달플 때면 차분하고 정신을 집중한 상태를 유지하려고 노력하는가?
5. 때때로 방해받지 않고 긴장을 풀 수 있는 시간과 공간이 마련되어 있는가?
6. 아무 하는 일 없이, 어느 일도 성취하지 않거나 즐길 거리가 없어도 그저 긴장을 푸는 것만으로도 행복한 시간을 보낼 수 있는가?(예를 들면 텔레비전을 시청할 때에는 긴장이완의 상태가 아니다. 그냥 쉬는 것도 긴장을 푸는 상태가 아니다. 어린이들이 텔레비전을 너무 많이 볼 경우 심신기능부조화 현상을 보인다는 연구보고에서 TV 시청은 긴장이완의 상태가 아니라는 점이 확인된다.)

점수
당신이 "예"라고 대답한 질문은 몇 개인가? _____

2개 미만인 사람
당신은 긴장을 푼다는 생각 자체를 진심으로 이해하지 못하고 있다. 아마 핵심을 파악하지 못하고 있을지도 모른다. 하지만 조만간에 스트레스가 당신에게 영향을 미칠 것이다. 그런 상황에 처하면 전혀 준비되지 않은 상태라는 점을 깨닫게 된다. 스트레스가 심각한 문제로 작용하기 전에 지금 당장 긴장을 푸는 방법을 배워라.

2개에서 4개인 사람

당신은 긴장을 푸는 일의 중요성을 대체로 이해하고 있다. 실제로 긴장을 풀기 위해 시간을 들이기도 한다. 하지만 때로는 삶이란 것이 너무나 야속해서 당신에게 필요한 시간을 충분히 할애할 수 없다. 만약 최고의 상태를 느끼고 싶다면 긴장을 해소하는 일을 우선순위에 둘 필요가 있다는 점을 기억하라. 그리고 아무리 긴급한 일이 생긴다 하더라도 긴장을 풀 시간을 포기해서는 안 된다는 점을 명심하자.

4개 이상인 사람

당신은 의식적으로라도 긴장을 푸는 일이 정말 중요하다는 사실을 잘 알고 있다. 이 부분에서는 자신을 돌보는 일에 뛰어난 사람이다. 그런 좋은 습관을 계속 유지하는 것이 상당히 중요하다. 인생에 쫓기듯 언제나 허둥대며 사는 사람들이 당신의 마음의 평화를 갉아먹도록 내버려둬서는 안 된다. 당신의 마음의 평화는 소중하며, 또 그것에는 공간과 보호가 필요하다.

압박이 멈추다

모든 형태의 어려움 또는 스트레스의 정신적·정서적 징후가 풀리도록 도와주는 기술은 다음과 같다.

1. 지금 당신의 마음속에 도사리고 앉아 당신을 괴롭히는 게 무엇인지 주목하라. 당신의 호흡을 조절하라. 부드럽고, 차분하게 배로 숨을 들이쉬어라. 가슴으로 숨을 빠르게 들이쉬지 말라.

2. 그 문제에 대해 어떻게 느끼는지 자신에게 물어보라. 당신이 어떻게 느끼는지 편안하게 관찰해보자. 가능하다면 그 느낌이 당신의 몸 어

디에 자리 잡고 있는지 주의해서 살펴보라. 그것이 어떤 느낌인지, 그리고 그것이 형태, 색깔 또는 이름을 가지고 있는지 살펴보자. 그 느낌이 무엇이든 상관없이 그것을 온전히 느끼도록 그 느낌에 당신을 맡겨라.

3. 당신이 무슨 생각을 하고 있는지 자신에게 물어보라. 당신이 어떤 식으로 그런 생각을 하는지 그저 관찰하라. 그런 다음 건설적이고, 긍정적인 생각에 집중함으로써 부정적이고 도움이 되지 않는 생각들을 버리도록 하자. 예를 들어, 그 생각이 '나는 죽을까 봐 무서워' 같은 것이라면, '나는 내가 죽을 운명이라는 사실을 안다'라고 스스로에게 말하라.

4. 어떤 행동을 하기에 앞서 생각하는 시간을 약간씩 가지겠다고 다짐해보라. 그리고 배로 호흡을 계속하라.

5. 처리해야 할 일을 처리하라. 그 과정에서도 당신에게 필요한 것들에 주의를 기울여라. 어떤 결실을 맺으려고 노력하는 동안에도 당신이 어떻게 느끼고 생각하는지를 계속 관찰하라. 안팎으로 쏟는 관심이 균형을 잘 잡도록 노력하라. 일부 관심은 문제에 쏟고, 일부 관심은 당신 자신에게 쏟으라는 뜻이다. 당신의 관심을 모두 문제 그 자체에 쏟아서는 곤란하다. 그러나 언제나 당신 자신과 당신이 스스로를 다루는 그 방식에 어느 정도의 관심을 모으도록 하자.

마음 다함

마음 다함도 심리적 · 정서적 스트레스를 날려버리고 삶의 질을 개선하는 방법으로 좋다. 이 기술은 자기 인식, 순간순간마다 정성을 다하는 마음 상태, 그리고 주의 집중이 결합된 것이다. 이 기술은 명상이나 긴장 해소를 위한 다양한 강의에서 배울 수 있다. 마음을 다하는 상태에 놓이면, 당신은 긴장이 풀리고 정신이 맑아지며 지금 이 순간을 온전하게 온몸으로 느끼게 된다. 마음 다함이란 어떤 일을 할 때 그것이 요구하는 만큼 적절한 관심을, 그리고 당신의 마음이 맑은 상태에서 매사에 집중한다는 것을 말한다. 이때 긴장은 충분히 풀려 있어야 한다. 그래야 당신이 차분해져 정신을 집중하면서도 그 순간에 벌어지고 있는 일에 완전히 함몰하지 않을 수 있다. 당신의 관심은 균형을 유지할 필요가 있다. 당신이 하고 있는 일에 주의를 기울이는 한편으로 당신 자신에게도 어느 정도의 관심을 갖는다. 당신은 자신의 마음 상태와 감정, 육체를 자각한다.(예를 들면 당신이 매우 격한 감정이나 고통, 충격을 겪을 때에는 마음을 온전히 쏟기가 거의 불가능하다. 당신이 충격에 휩싸이거나 얼어붙어 있을 때, 아니면 맞설 것인가 도망가야 할 것인가의 기로에 놓여 있을 때에는 당신의 몸과 마음은 오직 생존을 위해 투쟁하게 된다.)

마음 다함이라는 단어의 또 다른 쓰임은 사려 깊음 또는 돌봄이다. 예를 들면 다수의 관점에 맹목적으로 동의하지 않고 개인적으로 판단하겠다는 결정을 내릴 경우에는 생각에 생각을 거듭해야 하는데 이때도 마음 다함이라는 표현이 가능하다. 그리고 자신과 인간관계를 이루고 사는 존재들을 따뜻하게 보살핀다는 뜻도 담겨 있다.

마음 다함을 익히는 훈련을 보면, 몸과 마음을 깨어 있도록 하기 위한 닻으로 대부분 호흡법을 활용한다. 셋을 세는 동안에 숨을 들이쉬었다가 잠시 호흡을 멎은 뒤 다시 셋을 세며 숨을 내쉬는 훈련처럼 간단한 요가 호흡법도 매우 유익하다. 코로 들이쉬고, 입으로 내뱉는다. 가슴 부위가 아닌 배꼽 부위로 부드럽고 깊이 숨을 쉰다. 너무 거칠게 숨을 쉬지 말라. 만약 평소에 익숙한 호흡법이 없을 경우에는 편안한 자세로 앉거나 누워서 호흡법을 연습하는 것이 가장 바람직하다. 신참자도 머리가 맑아지는 것을 느낄 수 있다. 이 단계에 이르면, 당신이 신경써야 할 것이라고는 호흡을 약간 덜 깊이 하는 것밖에 없다. 당신은 언제든지 이 훈련을 활용할 수 있다. 하루 내내 이 호흡법을 잊지 않고 생활화하면 매우 효과적이다.

당신은 마음 다함을 어느 정도 실천하고 있는가?

마음 다함 테스트를 해보자.

1. 집중력이 흐트러지거나 정신을 모으는 데 어려움을 겪는가?

2. 막연히 당신 자신이 언짢아지거나 당신이 다른 곳에 있었으면 좋겠다고 바라는가?

3. 때때로 스스로의 요구사항에 무신경하거나, 아니면 그것들을 무시하거나 짓밟아버리는가?

4. 지금 이 순간 여기서 어떤 일이 벌어지고 있는지 모를 때가 간혹 있는가?

5. 현재의 경험이나 당신이 하고 있는 일의 과정에 관심을 충분히 기울이기보다는 성취나 결과를 내놓는 일에 지나치게 주의를 기울이는 편인가?

6. 살아가면서 대부분의 시간을 서두르고 있는가? 자신을 어떤 식으로 활용할 것인가 하는 문제에는 신경쓰이지 않고 오로지 일만 처리할 수 있기를 원한다. 그래서 지치거나 배가 고파도 휴식을 취하지 않는다.

7. 긴장을 푸는 운동, 명상 또는 요가가 시간 낭비거나 여자들이 하는 것으로 생각되는가? 마음 다함을 향상할 수 있는 훈련이나 원칙을 규칙적으로 실천하는 것은 하나도 없다.

점수

당신이 "예"라고 대답한 마음 다함 질문은 몇 개인가? _____

만약 "예"라고 대답한 질문이 두 개 이상이라면, 당신은 간단한 마음 다함의 훈련으로도 효과를 볼 수 있을 것이다. 당신이 긴장을 일으키는 상황에 처하기 전에 먼저 심호흡을 하고 관심의 균형을 취해야 한다는 사실을 잊지 않는다면 반정도 성공을 거둔 것이나 마찬가지다.

마음 다함의 상태를 인지하다

이런 경우에 당신은 자신이 마음을 온전히 다 쏟고 있다고 보아도 좋다.

- 자연스런 흐름 속에 있고 율동적으로 호흡하고 있다는 느낌이 든다.
- 균형감각을 느끼고, 효율적이며, 무엇인가에 깊이 얽혀 있는 것처럼 느껴지는데도 차분하다.
- 감정과 생각을 억누르지 않고 의식 속으로 들어가도록 하면서도 그것들이 당신을 흐트러뜨리도록 내버려두지 않는다.
- 무엇인가에 정신을 집중하면서도 동시에 당신 자신을 돌볼 수 있다.
- 필요할 때면 주의를 기울이고 정신을 집중할 수 있으며, 그러고도 쉽게 방해받지 않을 수 있다.

매순간 마음을 다 쏟을 수 있는 능력은 살아가면서 당신에게 일어나는 문제들을 처리할 수 있는 튼튼한 바탕이 될 수 있다. 이 말은 당신이 불안이나 두려움에 굴복하지 않아도 된다는 의미이며, 당신의 인생에서 오랫동안 스트레스를 일으킬 수 있는 원천을 뚫고 헤쳐나갈 수 있다는 뜻이다. 마음 다함이란 일상의 걱정으로부터 한 발 옆으로 비켜서서 지낸다는 뜻이기도 하다. 당신은 당신의 내면에 삶의 표면에서 일어나는 그 모든 일에 전혀 위협을 받지 않는 고요의 바다가 있다는 사실을 잘 알고 있다. 이것은 마치 바람에 일렁이는 깊은 물과 같다. 수면에는 물살이 일어도, 깊은 곳의 물은 움직이지 않고 청정함을 유지한다.

심상心像 훈련

자신이 기쁘고, 편안한 상태에 있는 모습을 그리거나 상상하는 것만으로도 긴장이 크게 풀린다는 사실을 깨닫는 사람이 많다. 이 사실이 당신에게도 통한다면 당신의 상상은 멋진 수단이 될 수 있다. 다음에 제시한 심상을 활용하거나 아니면 당신만의 심상을 만들 수도 있다. 그것을 미리 테이프에 녹음해서 활용하면 도움이 된다는 사람도 있다. 이때 심상을 어떤 식으로 할지 세부적인 사항에 대해 걱정할 필요가 없어서 좋다고 한다. 그 테이프에 당신의 감정을 부드럽게 다스릴 음악을 곁들여도 좋다.

이 훈련은 불교의 전통적인 마음 수행법과 현대에 이르러 고안된 긴장 완화 훈련과 심상 기술을 결합한 것이다.

심상

우선 신체적으로 편안한 상태여야 한다. 그리고 각자 형편에 따라 20분에서 한 시간 가량 방해받지 않는 시간적인 여유가 있어야 한다. 잠자리에 들기 전에 하는 것도 좋다. 몸에 꽉 끼는 옷은 입지 말라. 그리고 등과 다리를 쭉 뻗거나 세운 상태에서 편안하게 앉거나 누워라. 조명이 어둡고 조용한 방이면 더욱 좋다.

눈을 감고, 호흡에 관심을 집중하기 시작하라. 호흡이 코를 통해 들어왔다가 입을 통해 다시 나가는 흐름을 주의 깊게 인지하라. 몇 분 동안 당신의 호흡만 관찰해보자. 이것은 관심을 집중하고 그 관심이 다른 곳으로 옮겨 다니지 못하게 하는 훈련이다. 이 훈련 도중에 당신 자신의 생각이나 아니면 문밖에서 일어나고 있는 일에 의해 마음이 흐트러지면, 다시 관심을 부드럽게 당신의 호흡으로 당겨오라. 그 다음 머릿속에 떠오르는 잡다한 생각들을 그냥 흘러가게 내버려두는 훈련을 한다. 그 생각들이 마치 역을 떠나는 기차처럼 그냥 흘러가는 모습을 지켜보라. 그러나 당신은 그 어느 기차에도 올라타서는 안 된다. 그냥 지나가는 것을 바라보라. 당신의 마음이 흐트러질 때마다 당신을 잡아놓는 닻으로 호흡을 활용하라. 훈련 중에서 이 부분은 아주 중요하다. 마음과 신체의 긴장 완화에 필요한 기초이기 때문이다. 따라서 이 단계의 훈련에서 마음이 편안하고 익숙해질 때까지 다음 단계로 넘어가지 말라.

배로 꾸준히 부드럽게 숨을 들이쉬는 것이 중요하다. 손가락들을 배꼽 위에 대고 숨을 들이쉴 때마다 그 손가락들이 호흡에 따라 약간 움직이는 것을 느껴보자. 이때 몸은 편안한 상태여야 하며, 호흡을 거칠게 해서는 안 된다.

이제 몸 안에서 당신이 어떤 것을 느끼고 있는지를 몇 분 동안 찬찬히 조사하고 관찰하라. 관심을 발끝에서 머리끝까지 차근차근 몸 전체로 이동시켜라. 당신의 몸이 어떻게 느끼고 있는지 주목하라. 만약 팽팽하게 긴장한 느낌이 들면 각 근육을 조였다가 풀어주는 과정을 거듭한다. 근육을 조일 때는 숨을 들이쉬고, 근육을 풀어줄 때에는 숨을 내쉬어라. 불편하거나 따끔거리거나 지나치게 팽팽하다는 느낌이 드는 부위가 있으면, 그 부위를 조였다가 풀어주면서 조금 더 시간을 들이도록 하라. 평화로움과 평안의 느낌을 들이마시고, 해묵은 긴장과 걱정, 불안을 내쉬어라. 당신은 따스하고, 힘을 불어넣는 벌건 불을 들이쉬는 모습을 머릿속에 그려볼 수 있다. 숨을 들이쉬고 내쉴 때마다 당신의 속을 채우고 따뜻하게 데우기 시작하는 그런 불 말이다. 이 따뜻하고 벌건 에너지의 불이 당신으로 하여금 확신과 편안, 평화를 느끼도록 만들게 내버려둬라.

이제 주의를 당신의 생각과 감정으로 옮겨라. 호흡 훈련을 계속하면서, 오늘 당신이 어떤 생각을 떠올리고 어떤 감정을 느꼈는지 그저 주목해보자. 마음 상태가 어떠하든 거기에 지나치게 사로잡혀서는 안 된다. 그것이 어떤 상태든 그저 주목할 뿐이다. 기분이 언짢든 혼란스럽든 심란하든 열중하고 있든 횅하게 비어 있든 관계없다. 우리가 습관적으로 빠져들게 되는 그 모든 심리 상태라면 다 좋다. 그것을 너무 심각하게 받아들이지 말라. 그저 주목하고, 오늘은 이런 식으로 하루를 보냈구나 하고 인정하고, 호흡 훈련에 관심을 집중하라. 만약 어떤 생각이나 감정이 특별히 남아 그 뒤에도 마음에 걸린다면 나중에 생각하면 된다. 하지만 그 순간에는 그것에 절대로 사로잡히지 말라.

이제 숨을 쉬면서 당신의 이마로, 두 눈 사이로 집중하라. 그리고 마음의 눈으로 당신이 정말로 좋아하고 당신을 기분 좋고 편안하고 행복하게 만드는 장소에 와 있다고 상상하기 시작하자. 지금 당장 당신이 가고 싶은 곳이면 어디든 좋다.

호흡을 계속하고, 그곳에 있을 법한 것들을 하나하나 세세하게 살펴보라. 온도와 소리, 당신의 피부에 와닿는 공기나 물의 느낌, 색깔 그리고 당신 주위의 모든 것에 주목하라. 옆에 누군가가 있다면 당신과 함께 있는 그 사람이 누구인지를 차근차근 파악해보라. 지금 당신이 무엇을 입고 있는지, 그게 어떤 느낌으로 다가오는지 관심을 쏟아라. 당신 자신이 여기에 있는 것을 진정으로 즐기도록 내버려두라. 그곳이야말로 특별히 활력을 주고 기분을 좋게 만드는 곳이다. 더없이 안전하고, 당신이 원할 때마다 언제든지 다시 올 수 있는 그런 장소다.

아마 당신은 지금 있는 그곳에 머물 수도 있고, 아니면 조금 더 나아갈 수도 있다. 이 수행을 계속 하고 싶다면, 당신은 자신이 작은 언덕이나 비탈을 지나 이동하고 있다는 것을 깨닫는다. 거기에는 당신의 마음을 사로잡는 아름다운 건물이 하나 있다. 만약 걷고 있다면 그 언덕을 따라 걸으면서 발밑의 땅을 느껴보라. 그리고 호흡 훈련을 잊지 말라.

그 건물에 점점 더 가까이 다가감에 따라, 그곳에 당신을 만나려고 기다리고 있는 특별한 존재가 있다는 사실을 알게 된다. 당신은 그 사람 또는 존재를 발견할 수 있는 장소로 간다. 그들의 모습을 처음 보는 순간, 당신은 그들이 당신에게 줄 메시지를 가지고 있다는 것을 알게 된다. 시간을 내어 그 사람을 관찰하며 호흡 훈련을 계속하라. 당신 자신이 그 사람들에게 조금 더 가까이 다가갈 수 있도록 내버려두라. 당신이 어떤 식으로 인사를 하고 어떤 인사말을 나누는지를 유심히 관찰하라. 그 사람은 당신이 메시지를 받으러 왔다는 사실을 알고 있다. 그러니까 당신이 할 일이라고는 묻고 기다리는 것뿐이다. 어떤 메시지라도 괜찮으니 받도록 하라.

언제라도 당신은 작별을 고하고 출발점으로 돌아갈 수 있다.

돌아오는 여정에는 그 사람이 당신에게 한 말이나 준 것에 대해 곰곰 생각할 수 있다. 당신은 필요할 때면 언제나 그 여행으로 다시 돌아갈 수 있다는 사실을 알고 있다.

이제 당신은 여행을 출발한 지점으로 돌아와 있다. 평화롭고 활기가 넘치는 모습이다. 발 쪽으로 당신의 관심이 내려가기 전에 거기서 필요한 만큼 시간을 보내라. 아주 부드럽게, 방으로 다시 들어오기 시작할 때 당신은 발가락을 움직일 수 있다. 이마로 갔다가 아래로 내려갈 때 그 이동을 부드럽게 하고, 평화로움과 느긋함을 놓치지 않는 것이 매우 중요하다. '기분이 너무 좋고 행복하다'는 생각을 들이마시도록 하라. 여기 방 안에 들어와 앉은 당신의 몸을 자각하면서 호흡 훈련을 계속하자. 주위의 소리에 귀를 기울이고, 다시 돌아오는 기분이 어떤지에 주목하라. 준비가 다 되었다고 느껴질 때 눈만 뜨라. 지금 여기 이곳에 당신의 모든 것이 집중되고 있다는 느낌이 들 때까지 당신 자신만을 돌봐야 한다. 금방 바쁘게 움직이거나 스트레스를 안겨줄 일에 손을 대지 말라. 편안하게 긴장을 풀 수 있도록 시간을 가져라.

이 훈련을 처음 하다 보면 당신이 잠에 빠져들고 있다는 사실을 발견할지도 모른다. 그 잠도 당신에게 필요하다면 문제가 없다. 하지만 다시 잠에서 깨어날 때면 자신에게 부드럽게 대하도록 노력하라. 일상에서 호흡수행과 긴장 완화의 느낌을 놓지 않도록 노력하라. 해야 할 일이 산더미 같다는 생각에 쫓긴 나머지 편안함을 느껴서는 곤란하다는 생각을 버리고 호흡 수행과 긴장 완화에도 공간을 내주라. 평화와 행복감에 더 많은 공간을 내주고 더 많은 관심을 쏟아라. 그러면 평화와 행복감은 점점 더 커져 갈 것이다.

04

과거를 다루다

과거는 절대로 죽지 않는다. 그리고 절대로 사라지지도 않는다.

_ 윌리엄 포크너

당신의 일부는 지금도 과거 속에 살고 있는가? 당신은 지금 벌어지고 있는 상황에서도 별 생각 없이 옛날 방식 그대로 대응하고 있지는 않은가? 불행하게도 과거는 당신이 잊고 싶어도 절대로 사라지는 법이 없다. 인간은 과거에 일어난 일을 절대로 잊지 않는 법이다. 심지어 그런 과거의 경험과 기억에 더 이상 직접적으로 접근하지 않는다 해도, 그것들은 그대로 우리 안에 간직된 채 남는다.

이 장은 그다지 유쾌하게 보이지 않을 수 있다. 과거에 얽매여 있는 것 같고, 억눌려 사는 것 같고, 아직도 해소되지 않은 슬픔을 끌어안고 있는 것 같다. 하지만 나는 심리학자로서, 사람들이 과거에서 풀려날 수 있는 도구를 확보하기만 하면 엄청난 위안을 경험한다는 사실을 목격했다.

과거에 얽매여 있다는 사실을 부인하거나 또는 그런 사실을 깨닫지 못할 경우에 우리는 언제나 그 자리에 그대로 머물게 된다. 과거를 똑바로 직시하면 변화와 모험, 낙천주의의 새로운 가능성이 열린다. 어떤 사람들은 과거에 얽매여 지내는 사람들을 보고 '방종하다'고 말한다. 그런 사람들은 안 좋은 일이 생겼을 경우 다른 사람이 사과를 하고 마음을 바꾸기 전까지는 뾰로통하게 지내기 때문이다. 나는 이런 종류의 방종을 대하면 그 사람이 무슨 일을 해야 할지 몰라서 상처받고, 화를 내고, 앙심을 품고 있다고 풀이한다. 이와 같은 격한 감정이 앞길을 가로막고 있는 한 그 누구도 앞으로 나아가지 못한다.

당신은 과거 속에서 살고 있는가?

더 앞으로 나아가기 전에, 먼저 다음의 질문들에 답을 해보자.

1. 어린 시절에 일어난 일에 대해 얼마나 자주 되풀이해서 이야기하는가?

A. 사람들이 흐릿한 눈빛으로 공손하게 듣는 척하지만 당신은 아랑곳하지 않고
   그 이야기를 계속한다.

B. 그 이야기가 당신이 말하려는 무엇인가를 잘 보여줄 수 있을 때에만 간혹 풀
   어놓는다.

C. 때때로 사람들이 당신의 과거에 대해 묻지만 당신은 과거에 관한 이야기를
   피한다.

D. 과거의 이야기가 그때의 상황과 관련 있어 보일 때에는 과거에 대해 이야기
   할 때가 가끔 있다.

2. 당신은 예전보다 물가가 많이 올랐다고 불평하는가?

A. 자주 한다.

B. 간혹 한다.

C. 그 시절 물가가 어느 정도였는지 잘 기억하지 못한다.

D. 거의 하지 않는다.

3. 오래전에 사랑하던 애완동물을 잃어버렸다면?

A. 그 고통을 또다시 겪지 않으려고 그 이후로 애완동물을 전혀 키우지 않았다.

B. 또다시 애완동물을 키웠지만, 그 사랑이 결코 예전 같지 않다.

C. 애완동물에 대한 관심이 싹 가셨기 때문에 그후로 애완동물을 한 번도 키우

지 않았다.

D. 그 이후로도 애완동물을 여럿 키웠으며, 그 사랑도 예전과 똑같다.

4. 새로운 음식이나 패션, 여행 또는 경험 등을 좋아하는가?

A. 이미 잘 알고 있고 좋아하는 것을 고수하는 편이다.

B. 때때로 새로운 것을 시도한다.

C. 특별한 음식이나 제품 또는 경험에 집착하지 않는다. 그때그때 상황에 따라 주어지는 것을 그대로 수용한다.

D. 취미의 폭이 넓고, 호기심이 강하며, 모험적이다.

5. 수학 선생님이 당신에게 수학에는 영 재능이 없다면서 수학을 계속 가르칠 이유가 없다고 말한다. 이럴 경우에 당신은 어떻게 대응하겠는가?

A. 그 수학 선생님의 말을 믿고 그 문제에 대해 더 이상 고민하지 않는다.

B. 수학 실력을 충분히 높이기 위해 머리를 싸매고 분투한다.

C. 설령 장래에 선택의 폭이 좁아질지라도 가능한 한 수학을 피하려고 애쓴다.

D. 수치를 다루는 능력이 떨어져 인생에 걸림돌이 되지 않도록 하기 위해 다른 사람에게 적정한 수준에서 수학을 가르쳐 달라고 부탁한다.

6. 다른 사람이 당신에 대해 한 말 중에서 당신에게 상처를 안겨주고, 해를 끼치고, 부정적인 영향을 미친 말에 집착하는 편인가?

A. 기억력이 대단하여 절대로 잊지 않는다.

B. 잊으려고 무지 애를 쓰지만, 간혹 머릿속에 저절로 떠오른다.

C. 그들의 생각에 내가 신경써야 할 이유가 무엇인가?

D. 마음에서 그 말이 지워질 때까지 그 말을 되새긴다.

7. 새로운 정보와 지식의 영역을 공부하고 발견하거나 기존의 기술과 지식의 수준을 높이려는 노력을 어느 정도 하는가?

A. 책을 거의 읽지 않으며, 강의를 듣거나 교육적인 내용의 프로그램을 시청하는 일도 거의 없다. 그보다는 실용적인 삶이 더 중요하다고 생각한다.

B. 책 읽기와 텔레비전 시청을 좋아한다.

C. 형식적인 학습은 적절하지 않으며, 시간 낭비라는 생각이 든다.

D. 배우고 공부하는 일에 적극적으로 나선다. 가능하다면 강의도 듣고, 언제나 책을 끼고 산다.

8. 새로운 정보를 쉽게 받아들이는 편인가?

A. 당신에게 분명히 말해줬는데도 그 내용을 기억하지 못한다는 말을 사람들에게서 종종 듣는다. 아니면 사람들은 당신에게 뭔가를 말해주려고 애쓰는데도 당신이 제대로 귀담아듣지 않는다고 말한다.

B. 때로는 새로운 정보를 받아들이는 것이 힘겹게 느껴질 때가 있다.

C. 새로운 정보를 받아들이는 수고를 감수할 정도로 정보에 관심이 많지 않다.

D. 새로운 생각을 받아들이고 새로운 정보를 처리하는 도전을 즐긴다.

9. 당신은 지금 이 순간 어느 정도 충실한가?

A. 과거의 일이나 미래의 계획에 대해 공상에 잠길 때가 종종 있다.

B. 지금 이 순간에 충실한 편이지만 옛날 일을 자주 떠올린다.

C. 언제나 순간에 충실하다. 흘러간 과거는 과거일 뿐이다.

D. 지금 이 순간에 충실하려고 노력하지만 과거에서도 특별한 교훈을 배우려고 노력한다.

10. 당신의 기억력은 어느 정도인가?

A. 장기적인 기억력이 단기적인 기억력보다 훨씬 좋은 편이다. 그래서 일상의 세세한 사항이나 정보를 쉽게 잊어버리는 경향이 있다.

B. 어떤 것은 기억하고 어떤 것은 쉽게 잊는다.

C. 글로 남기지 않거나 조직적으로 관리하지 않으면 정보를 추적하는 일에 어려움을 겪는다.

D. 중요한 일은 잘 기억하는 것 같다.

11. 삶을 살다 보면 똑같은 상황이나 똑같은 문제에 직면하고 있다는 생각이 들 때가 가끔 있는가?

A. 분명히 그렇다.

B. 그렇다. 나의 뜻과는 상관없이 일어나는 일이 더러 있다.

C. 아니다. 앞으로 나아가려고 노력하며, 과거는 잊고 다시 반복하지 않으려고 애쓴다.

D. 그런 일이 생기면, 거듭되는 그 패턴의 실체가 무엇인지 밝혀내고 이해하려고 노력한다.

12. 어떤 사람과 새롭게 인간관계를 맺고 난 후, 시간이 조금밖에 흐르지 않았는데도 그 사람을 보면 문득 옛날 파트너가 떠오르는가?

A. 지금까지 심각한 관계를 맺은 사람이 한 사람뿐이었거나, 아니면 지금까지 만났던 파트너들이 서로 비슷한 점을 보인다.

B. 예전 파트너와는 다른 사람을 선택하려고 노력하지만 내가 생각하는 것 이상으로 비슷할 때가 간혹 있다.

C. 모든 파트너가 다 다르다.

D. 어떤 점은 다르고, 어떤 점은 거의 똑같다. 그래서 그런 선택을 하는 원인이 무엇인지를 이해하려고 노력한다.

점수

각 범주별로 "예"라고 대답한 수를 더하라.

A＿＿＿＿＿＿　　B＿＿＿＿＿＿　　C＿＿＿＿＿＿　　D＿＿＿＿＿＿

당신은 어느 정도 과거 속에 살고 있는가? 단 하나의 범주에만 대답이 몰리는 사람은 거의 없을 것이다. 두 개 이상 선택한 범주를 읽도록 하라.

A를 2개 이상 선택한 사람

A에서 높은 점수를 얻은 사람들은 초기의 삶에서 중요한 경험을 했거나 어떤 이유에서인지는 모르지만 그 경험을 완전히 소화해내지 못한 것 같다. 예를 들면 익숙한 분위기를 버리고 낯선 곳으로 옮겨 살아야 했을 수도 있고, 상실감이나 곤경에 처한 적이 있었음에도 당신의 아픔을 보듬어줄 사람이 아무도 없었기 때문에 그 당시에 그 문제를 제대로 처리하지 못했을 수도 있다. 아니면 당신이 어린 몸으로 세상 풍파를 혼자 다 감당해야 했을 수도 있다. 당신의 관점은 보수적일 수 있으며, 변화와 새로운 정보에 저항할 수도 있다. 그 이유는 그런 것들이 불편하거나 위협적으로 보이기 때문이다. 당신은 자신의 신념이 도전받는 것을 원하지 않을 수 있다. 당신은 자신이 안전함을 느낄 때에는 변화를 수용할 수 있지만 당신에게 어떤 일이 강제로 부과되는 것을 좋아하지는 않는다.

B를 2개 이상 선택한 사람

당신은 아마도 당신이 알고 있는 것보다 훨씬 더 자주 과거 속에서 살고 있을 것이다. 과거는 언제든지 당신 곁에 몰래 다가와서 당신을 산만하게 만들 수 있다. 아마 그 과거 중에는 당신의 관심과 이해가 필요한 부분이 있을 것이다. 오랜 세월 동안 당신은 그런 과거를 멀리하려고 하고, 과거 때문에 망연자실했거나 과거를 피하려고 했던 적이 있는가? 아니면 그렇게 바보처럼 굴지 말라고 자신을 나무라며 과거와 친숙해지려고 한 적이 있는가? 당신은 자신이 원하는 만큼 논리적이지 못하며, 당신의 통제 밖인 감정의 영향을 받고 있다. 당신에게 자신의 진짜 생각과 감정을 탐험할 수 있는 공간을 더 많이 줘라. 그러면 당신은 일이 지금과는 달리 진행될 수 있다는 사실을 깨달을 수 있을 것이다.

C를 2개 이상 선택한 사람

당신은 과거에 대해 상당히 확고한 태도를 가지고 있다. 흘러간 것은 흘러간 것일 뿐이며, 당신은 그런 과거에 빠져들고 싶지 않다. 그러나 당신은 그 과거가 당신의 마음속에 떠오르지 않도록 꽁꽁 묶어두는 일에 많은 에너지를 쏟고 있다. 그것은 당신이 새로운 정보를 받아들이고 변화에 적응하는 데 방해가 된다. 당신은 매우 조심스럽게 균형을 잡아가고 있는 지금의 상태를 유지하는 일에 위협이 되는 것이면 무엇이든 참지 못한다. 과거가 당신을 물고 늘어지더라도 당신을 죽이지는 않는다. 오히려 당신은 과거에 대해 유연해질 수 있다.

D를 2개 이상 선택한 사람

당신은 통찰력을 갖고 있으며, 과거가 인생에 미치는 영향을 잘 인식하고 있다. 과거의 경험에서 무엇인가를 배우려고 노력하고 있으며, 당신의 삶에서 되풀이되는 패턴이 보이면 그것이 무엇이든 관심을 보인다. 당신이 살아온 역사를 잘 알고 있고, 그것이 어떤 식으로 지금 당신의 모습을 만들었는지도 알고 있다. '전기적인 능력biographical competence'으로 알려진 개념이 바로 이것이다. 당신은 자신이 어디에서 왔는지를 분명히 알고 있으며, 그 사실은 당신이 어디로 갈 것인지 방향을 잡는 일까지 도와준다. 당신은 자신이 과거에 한 선택과 그런 선택이 나온 배경을 충분히 알고 있기 때문에 새로운 선택을 잘할 수 있다.

연표

당신의 '전기적인 능력'을 개발하라. 그리고 다음 페이지에 나와 있는 당신의 인생의 연표를 채워넣어라. 이것은 이력서와 비슷하지만 당신의 경력보다는 당신 삶의 모든 국면에 초점을 맞춰야 한다.

연표에 중요한 사건과 인간관계, 장소, 성취, 상실, 추억, 데이트 등 머릿속에 떠오르는 것이면 무엇이든 적어넣자. 특별히 인생의 전환기에 초점을 맞추도록 하자. 가령 초등학교 졸업과 집을 떠나 독립했을 때, 대학 입학, 대학 졸업, 처음으로 진지하게 사귀었던 남녀 관계 등이다. 각각의 사건을 수직선상에 적고, 그 옆에 거기에서 파생된 여러 가지 일들을 기록하라. 지금 이 순간까지 당신이 살아온 인생의 이야기를 완성하도록 하자. 그 그림을 완성하는 과정에서 미래에 생겨날지도 모르는 가지들까지도 바라볼 수 있을 것이다.

나의 연표

과거를 극복하다

당신은 "역경을 극복하는 길은 더욱 열심히 노력하는 것이다"라는 속담에 대해 어떻게 생각하는가? 아니면 철학자 니체가 남긴 "죽지 않을 정도의 고난이 나를 더 강하게 만든다"라는 명언은 어떤가?

이것은 고통스러운 변화와 혼란을 처리하는 한 방식이다. 인생은 큰 혼란으로 점철되어 있으며, 그 혼란으로 더 성숙해간다. 이 혼란은 인생의 자연스러운 부분을 이룬다. 예를 들어 성장하여 집을 떠나 독립하고, 아이를 갖고, 중년에 이르는 등 인간이면 누구나 다 겪는 커다란 도전에 대처하는 일이 그런 혼란에 속한다. 그런 혼란이 일어날 때마다 낡은 것들을 깨뜨리고 새로운 것을 받아들인다. 이때 사람들은 기존의 모습을 완전히 깨뜨린 뒤 그 파편들을 다시 모아 확장하면서 새로운 현실에 적응한다.

그 과정에서 간혹 일시적으로 긴장에 짓눌려 비틀거리거나 병에 걸리기도 한다. 이런 변화의 과정은 본질적으로 고통스럽다. 그 결과 우리는 시간이 흐르지 않고 멈추기를 원하며, 아무것도 변하지 않기를 원하고, 그리하여 잘못되는 일이 일어나지 않기를 바란다. 하지만 이 변화에는 잘못된 것이 하나도 없다. 우리가 변화를 좋아하지 않아 변화에 저항하는 것이 문제일 뿐이다. 우리는 지금까지 살아남았다. 아니, 생존을 넘어 인간으로서 성장하고 변화하고 발전해왔다. 우리는 더 복잡해졌고, 더 많은 기술과 능력, 감수성과 이해력을 개발했다. 그리고 인내심과 통찰력도 더 커졌다. 당신이 어린 시절을 벗어난 이후 지금까지 극복해온 격변의 사건들을 모두 생각해보자. 이 모든 것에서 당신은 무엇을 배웠나?

우리의 지속적인 성장과 발전은 삶에서 일어난 모든 일을 충실히 수용할 줄 아는 능력에 달려 있다. 수많은 일들에 좌절을 느끼거나 회피한다면 성장은 불가능하다. 인간은 자신에게 닥친 일에 당당하게 맞서고 그것을 내적으로 잘 소화하여 그 일의 본질을 파악할 때만이 성장하게 된다. 그리고 그때에 바로 자신감이 생긴다. 살아가면서 겪게 되는 그 모든 일을 잘 처리할 수 있다는 믿음 또한 생긴다. 우리에게는 희망과 유머 감각, 훌륭한 우정 그리고 앞을 향한 여정을 떠받쳐줄 수양이 필요하다.

과거에 얻은 특별한 능력, 통찰력과 기술은 무엇인가?
1
2
3
4
5
6
7
8
9
10

전이轉移의 덫

전이는 모든 인간관계에서 나타나는 현상이다. 그것은 지금 이 순간에 관계를 맺고 있는 어떤 사람에게 자신의 과거 경험이라는 렌즈를 들이댈 때 일어난다. 삶의 대부분은 그런 사실을 알아차리지 못한 채 넘어간다. 그러나 몹시 가까운 인간관계에서는 전이가 훨씬 더 치열해진다. 이는 곧 당신은 다른 사람의 말을 곧이곧대로 듣지 않고, 그 사람의 말에 당신 자신의 판단을 보태서 듣는다는 뜻이다. 여기에는 미묘한 차이가 있다. 그들이 말했을 것이라고 당신이 생각하는 그 내용은 당신 삶의 역사, 기대와 깊은 관계가 있다. 인간은 아주 민감한 관계에 있는 어떤 사람을 대할 경우 그 사람이 과거의 어느 누군가와 똑같은 방식으로 행동했으리라고 추측할 수 있다. 그 사람의 행동이 절대로 그렇지 않은데도 우리 눈에는 그 사람의 행동과 과거 다른 누군가의 행동이 똑같아 보인다. 관계에서 이런 식으로 오해가 생겨나면 논쟁과 불행이 따르게 된다.

과거에서 비롯된 기대는 당신의 삶 전반에 걸쳐 부정적으로 작용하는 요인이 될 수 있다. 과거에 당신이 낙심하고 외로웠다면, 늘 그랬듯이 미래도 외로우리라는 생각이 앞설 수 있다. 그러면 당신은 당신 곁에 남고 싶다고 말하는 사람까지도 진정으로 믿지 못한다. 바로 여기서 '예언대로 성취되는 예언'이라는 개념이 나온 것이 아닐까?

조앤의 남자친구인 스티브가 그녀에게 쓰레기를 밖에다 버려줄 수 있는지를 묻는다. 그는 지금 텔레비전 리모컨을 만지작거리느라 바쁘다. 조앤의 첫 반응은 당연히 화가 나는 것이었다. 남자친구라는 존재가, 자기는 소파에 앉아 있으면서 어떻게 그런 식으로 그녀를 이용할 수 있을까 하는 생각에 그녀는 울화통이 치밀었다. 순간 그녀는 넌덜머리가 난다. 쓰레기를 버리는 사람은 왜 항상 그녀여야 하는가? 왜 그는 손가락 하나 까딱하지 않는가? 그녀는 하루 종일 일하고 지금 또 대학 강의를 듣고 있지 않은가? 그런데도 남자친구는 그녀에게 저녁 시간은 그의 심부름을 하는 시간이라는 식으로 나온다.

33세인 조앤은 그녀의 부모님에게서 배운 방식 그대로 살아가고 있다. 부모님은 비록 넉넉하지는 않았지만 그녀와 그녀의 여동생 로라에게 필요한 것들을 사주고 훌륭한 교육을 시키기 위해 열심히 일했다. 조앤과 로라는 음악 교육을 받았으며, 둘 다 원하는 것을 가질 수 있었다. 로라는 음악대학으로 진학했으나 조앤은 부모의 기대를 저버렸다. 조앤은 고등학교를 졸업하면서 음악의 길을 걷지 않고 인도로 여행을 떠났으며, 그 후로 몇 년 동안 다양한 직장을 경험하고 많은 남자친구를 사귀었다. 조앤은 부모의 결혼생활 초기를 잘 기억하고 있었다. 어머니는 언제나 가족들을 위해서 열심히 일했고 희생만 했다는 느낌이 그녀에게 강하게 남아 있었다. 반면에 그녀의 아버지는 집에만 돌아오면 TV 앞에 앉아 저녁식사가 차려지기를 기다렸다. 그리고 누군가가 언제나 아버지에게 음료수까지도 갖다 드려야 했다. 그리고 아버지는 절대로 집안일을 도우려 하지 않았다. 아버지는 그저 가만히 앉아 조앤이 어머니를 돕지 않는다고 잔소리를 해대기만 했다. 그녀는 어머니가 그토록 힘들게 일하도록 내버려두는 아버지가 미웠다. 그리고 그녀는 페미니즘에 눈떴을 때 너무나 쌀쌀맞고 수동적인 아버지를 비판하고 부정적으로 보았다.

스티브가 그녀에게 쓰레기를 버려달라고 말했을 때 그녀가 들은 것은 부탁이 아니라, 언제나 게으르고 식구들을 착취했으며 여자들의 희생을 너무나 당연하게 여겼던 그녀의 아버지와 그녀의 삶에 등장했던 모든 남자들의 권위였다. 스티브는 새 배터리를 리모컨에 끼우다 말고 그녀를 올려다본다. 그녀가 방금 한 말을 이해할 수 없었기 때문이다. 그녀가 갑자기 냉담하게 변한 이유를 몰라 다시 한 번 말해보라고 하자 그녀가 대답한다.

"당신, 내 말 들었잖아. 당신이 나한테 이래라저래라 시키는 것에 진저리가 나. 내가 매주 쓰레기를 버리는데도 당신은 절대로 도와주지 않아. 쓰레기를 언제 치우든 나한테 명령할 필요는 없다고! 당신은 매일 저녁 그저 거기에 앉아서 미식축구나 보고 있는데, 나는 장도 보고 요리도 하고 청소도 해야 하잖아. 그런데도 당신은 내가 도움이 필요한지 물어보지도 않잖아!"

"이봐. 진정하라고. 나는 단지 당신에게 쓰레기를 버려야 한다는 사실을 상기시켜준 것뿐이야. 당신이 나한테 알려달라고 부탁했잖아. 나는 리모컨을 고치고 있었어. 새 배터리로 갈아끼우고 있던 중이야. 그게 다야. 그러고 나서 당신이 원하는 영화를 볼 생각이었다고."

말을 끝낸 스티브의 얼굴이 창백해졌다. 그녀가 이런 식으로 공격할 때면 그는 언제나 두려움을 느낀다. 지금 그는 뭐가 잘못되었는지 알 수가 없다. 이 모든 것이 그를 정말 힘들게 한다. 그의 부모도 그가 어렸을 때 자주 싸우다가 결국에는 갈라서고 말았다.

만일 스티브와 조앤에게 충분한 통찰력이 있었다면 그들은 아마 그 시점에서 도움을 요청했을 것이다. 그 갈등은 두 사람 모두가 확인할 수 있을 정도로 심각하기 때문이다. 스티브는 어린 시절 그의 어머니가 아버지에게 집을 나가달라고 고집을 부렸을 때 파멸에 가까운 느낌을 경험했다. 반면 조앤은 십 대 때 어머니를 못살게 굴던 아버지에게 느꼈던 그 분노를 경험했다. 만일 이 시점에서 한 발짝씩 물러서지 않고 서로를 향한 적대적인 감정이 현재와는 아무런 관계가 없다는 사실을 이해하지 못한다면, 그들의 반응은 둘의 관계에 최악의 종말을 가져올 수 있다. 두 사람 모두 과거의 덫에 갇혀 있으면서도 그 사실조차 깨닫지 못하고 있다. 그들은 서로 상대방의 '잘못'이라고 생각한다.

과거를 잊어버리고 사물을 새로운 시각으로 보는 일은 그렇게 쉬운 것만은 아니다. 우리 모두에게는 인간관계와 경험, 상호작용의 역사가 있으며, 그것이 우리의 성격 형성에 영향을 미친다. 그러나 과거는 현재를 평가하는 일을 방해하고, 우리가 지금 가지고 있는 것들을 즐기는 일에 걸림돌이 될 수 있다. 과거에 얽매이는 것은 정말로 버리기 힘든 버릇이다. 과거를 흘려보내고 앞으로 나아가는 방법을 제시하는 자기 계발 프로그램은 많다. 하지만 당신은 어떤 식으로 과거를 영원히 흘려보낼 것인가? 말처럼 쉽지 않다. 인간은 자의식에 집요하게 매달리기 때문이다. 심지어 삶이

보다 나아질 수 있다 하더라도 우리가 항상 살아온 방식 그대로가 안전하고 친근하다. 그리고 우리는 달라지는 방법을 알지 못한다.

해묵은 상처를 떨쳐버리고 앞으로 나아가는 것은 자신의 인생에 일어난 일들을 잊는 것과는 다르다. 망각 또는 '그 일에 대해서는 생각조차 하고 싶지 않아'라는 마음 자세는 스트레스나 고통을 일으키는 어떤 것을 회피하는 방법이다. 이런 현실도피적인 방법은 그 상처를 영원히 씻어내지 못한다. 우리는 자신에게 얽힌 특별한 사연의 영향력을 억누르거나 무시할 수 있으며, 다른 사람이 그 사연을 건드릴 때에는 흥분하거나 과민해진다. 하지만 그 아픈 사연들은 스트레스의 원인으로 숨어 있을 뿐이다.

조앤과 스티브는 자신에게 일어나고 있는 일들을 겨우 파악할 수 있었다. 둘 다 가까운 친구들에게 이 문제를 상의했고, 스티브의 오랜 친구 중 하나가 스티브가 인간관계에서 이상하게도 거의 예외 없이 두려움을 느끼고 자신감이 떨어지는 것 같다고 충고했기 때문이다. 스티브는 막내아들이었으며, 가족 중에서도 부모의 다툼에 두려움을 가장 많이 느꼈다. 그는 조앤에게, 그녀가 소리를 꽥 지를 때마다 불공평한 느낌을 받는다고 말했다. 그는 가정을 이루는 책임을 함께 나누고 있었지만 요리나 청소는 자신의 일이 아니라고 생각하고 있었던 것이다. 어릴 적 그의 가정에서는 어머니가 대부분 그런 일을 맡았는데다 그는 부엌일에 자신이 없었다. 그렇기 때문에 조앤이 공격적인 태도로 나올 때마다 사태 해결에 아무런 도움이 되지 않고 갈등의 골만 점점 깊어졌다.

이런 이야기를 나누는 동안 조앤은 많이 울었다. 그 이야기가 자신에게 정말로 중요하고 고통스러운 문제들을 건드렸기 때문이다. 두 사람은 이제 이 드라마를 계속 재연할 필요가 없다는 사실을 깨달았다. 조앤은 그녀의 어머니가 퇴근해 돌아온 아버지를 그토록 정성으로 보살폈던 이유도 아버지가 몇 해 동안 '나'를 뒷바라지하느라 육체적으로 피곤해 있었기 때문이라는 것을 처음으로 알게 되었다. 그 전에는 그녀의 부모가 한 번도 그 문제에 대해 언급한 적이 없었으니 그럴 만도 했다. 그녀의 아버지는 아내가 하고 있는 모든 힘든 일에 미안함을 느꼈다. 딸에게 엄마를 좀 도와주라고 잔소리한 것도 그 때문이었다. 조앤은 스티브가 그녀의 기분에 아주 민감하게 반응하며, 전투적으로 나오는 그녀의 태도를 쉽게 받아들이지 못한다는 것도 알게 되었다. 조앤은 스티브가 그녀에게 보이는 행동에 대해 예민해지지 않으려고 무척 노력했다. 한편 스티브는 부엌에서 실수를 하더라도 그녀가 거세게 비난하지 않는다면 부엌일을 기꺼이 돕겠다고 동의했다. 이제 두 사람의 관계는 대화를 통해 서로를 더 잘 이해할 수 있게 되어 훨씬 더 가까워졌다.

괴롭거나 불편한 기억

당신이 과거에 얽매여 사는지를 어떻게 알 수 있는가? 당신은 자신의 인생 경험을 잘 소화시켜 세월이 지나면 그것을 자연스럽게 흘려보내는 스타일인가? 아니면 '망각하려'는 스타일이어서 그 경험을 제대로 평가하고 소화할 기회를 갖지 못하는 쪽인가? 인생을 살다 보면 언젠가는 다른 관점에서 과거를 보게 된다. 만약 과거의 삶을 보는 관점이 변치 않는다면 그것은 과거의 삶이 검토되지 않은 그대로 남아 있기 때문이다. 만약 과거의 지식과 이해를 완전히 소화하여 자신의 것으로 만든다면 우리는 자신의 뜻대로 변화하고 새로운 선택을 할 수 있게 된다.

당신의 인생에서 긴장을 안겨줬거나 고통스러웠거나 아니면 뚜렷한 상처로 남아 있는 기억들은 지금 어떻게 되었는가? 그런 아픈 기억들은 어린 시절의 상실과 낙담, 불행, 또는 삶의 뿌리를 내리는 과정에서 겪는 어려움과 같은 일상적인 것일 수도 있고, 아픔의 상처가 너무 큰 사연이나 가족의 죽음, 또는 무시당하거나 학대받거나 배반당한 기억처럼 정말로 심각한 것일 수도 있다.

고통스런 기억을 테스트하는 질문

당신이 지금까지 경험한 기억 중에서 가장 괴로웠던 것 다섯 가지는 무엇인가? 당신 삶의 어느 시기에서 일어났든 상관없다. 이 문제에 대해 너무 오래 생각하지 말고, 마음속에 떠오르는 것을 그냥 적도록 한다.

1. _____

_____

_____

2. _____

_____

_____

3. _____

_____

_____

4. _____

_____

_____

5. _____

_____

_____

이 기억들에 대해 지금은 어떻게 느끼는가? 다음에서 하나를 골라라.

A. 내가 그 일을 극복했다면 더 이상 과거 속에 살지 않는다.
B. 어쨌든 그 일은 일어났고, 나는 지금도 가끔 그 일을 생각한다. 하지만 그 일은 더 이상 나에게 영향을 미치지 않는다.

C. 지금도 때때로 그 일을 생각한다. 나는 그 일이 내가 살아가는 방식과 나의 결정에 영향을 미쳐왔다는 사실을 알고 있다.

D. 그 일은 결코 잊을 수 없다. 그리고 나는 거의 매일 그 일을 떠올린다.

E. 아직도 악몽을 꾸거나 과거의 장면이 떠오를 때가 있다. 어떤 장소에 가거나 어떤 일을 할 때 공포나 심각한 어려움을 겪는다. 나는 끈덕지게 물고 늘어지는 두려움을 안고 사는 셈이다.

결과

만약 당신이 A나 B를 선택했다면, 과거의 경험이나 인간관계가 당신에게 해결되지 않은 문제를 남겨놓았다는 뜻이다. 심지어 당신이 정말 잘 대처할 때에도 그 문제들은 당신의 행동과 태도를 어느 정도 조종할 수 있다. 이것은 매우 미묘하여 원래의 사건과는 아무 관련이 없는 것처럼 보일 수도 있다. 그러나 특정한 사연이 떠오르면 당신은 방어적으로 변할 수 있다. 당신과 아주 가까운 사람들이 당신의 태도나 행동을 보면서 약간 변덕스럽거나 어색하다고 느끼는 때가 바로 그런 때다. 이 아픈 기억에 집착하고 있는 당신의 일부분이 제대로 성장하지 못한 것이다.

만약 C를 선택했다면 당신은 사려 깊은 사람이며, 자신에 대해 매우 잘 알고 있다. 이런 식의 접근은 당신에게 매우 유익하다. 당신의 삶에서 일어난 일들을 잘 정리하여 마음속 어딘가에 적절한 곳을 찾아 놓아둘 수 있기 때문이다. 이런 통찰력은 당신이라는 존재를 다른 사람에게 유익한 인물로 만들어줄 것이다.

D를 선택했다면 당신의 기억 중 일부는 아직까지 부분적으로만 해결되었을 뿐이다. 그리고 당신은 기억들을 소화하는 과정을 서두르는 것이 유익하다는 사실을 깨달을 것이다. 그래야만 불편하기 짝이 없는 경험들을 머릿속에 담고 다닐 필요가 없어지기 때문이다. 이 일을 끝내고 나면 당신의 인생은 크게 개선될 수 있다.

E를 선택했다면, 이는 아직 완전히 끝나지 않은 과거의 문제 몇 가지를 해결하려면 외부의 도움이 필요하다는 점을 확실하게 암시한다. 당신에게 가장 유익하다고 판단되는 선택사항에는 어떤 것이 있는지 한 번 살펴보자. 당신에게 도움을 거부하고 문제를 회피하도록 하는 특별한 원인이 있는가? 당신이 자신을 도와줄 적절한 인물을 현명하게 고르는 한, 과거의 상처와 두려움을 직면하는 데 따르는 불편함은 생각하는 것만큼 고통스럽지 않다. 누가 뭐라든 최악의 일들은 이미 벌어지지 않았던가? 그 일들을 벽장 속에서 꺼내어 적절한 순서로 깨끗하게 정리하면 더 이상 그것들은 당신을 괴롭히지 못할 것이다.

전진의 신화

과거의 기억과 상실, 그리고 변화를 다루는 일은 마치 아무 일도 일어나지 않은 양 과거를 잊고 그저 앞으로 나아가는 것과는 다르다. 깊은 상처는 과거에서 현재로 흘러든다. 그것을 치유하고 초월하는 일은 인생에서 너무나 힘든 과제다. 때때로 사람들은 그런 문제와 관련해 인생의 다음 단계로 넘어가면서 불편한 기억이나 반향을 떠올리게 하는 것이면 무엇이든 피하는 것이 상책이라고 생각한다. 앞으로 나아가는 것이야말로 가장 현명한 일처럼 보인다. 예를 들어 부모가 살았던 집과 비슷한 모양의 집에서 살면 어린 시절의 감정에 빠져들지도 모른다고 걱정할 수 있다. 아니면 어린 시절에 레모네이드를 싫어했는데 누군가가 그걸 자꾸 준다고 생각해보자. 그럴 경우 그 사람은 지금도 마찬가지로 레몬 향기를 싫어할 것이며, 레몬이 들어간 음식을 먹지 않으려고 극도로 신경쓰게 될 것이다. 레몬을 피하는 것은 진짜 문제의 핵심을 피하는 것이다. 즉, 그 기억이 지금도 당신에게 그렇게 강력한 영향을 미치도록 내버려두는 이유를 풀지 않고 회피하는 것이다.

이 같은 기억들은 심리치료학자들에게 '배경 기억screen memories'으로 알려져 있다. 이것은 아직도 충분히 처리되지 않고 이해되지 않은 채 남아 있어 당신의 감정과 정서적 울림, 다른 기억 등 당신의 거의 모든 경험에 두루 영향을 미친다. 그것들은 '그저 일어났을 뿐' 어떤 의미나 해석이 부여되지 않았다. 그것들은 소화되지 않은 채로 우리의 몸속을 돌고 있는 셈이다. 그 기억들은 우리가 관심과 이해를 지속적으로 베풀어주기를 기다리고 있다. 우리가 그 문제들을 깊이 반성하고 우리에게 어떤 식으로 영향을 미치는지 생각하기를 바라는 것이다. 우리가 이런 과정을 잘 완수할 경우 그 경험은 힘의 원천이 된다.

과거를 다시 생각하다

누구에게나 오래전부터 내려오는 핵심적인 믿음이 있게 마련이다. 그런 믿음은 어떤 상황에 처하게 되면 우리의 자존심과 자신감에 영향을 미친다. 이 믿음은 평소에 우리가 의식적으로 생각하는 것이 아니다. 그 믿음들은 우리가 지금까지 살아온 경험을 바탕으로 자신에게 강조하거나 어린 시절에 어른들이 우리에게 들려준 것일 뿐이다. 우리 내면에 은밀하게 숨어 있는 이런 핵심적인 믿음이 우리에게 안겨주는 문제는, 그런 믿음이 거기에 그렇게 자리 잡고 있다는 사실을 제대로 깨닫지 못하고 있다는 것이다. 오직 당신을 아주 잘 아는 사람만이 그런 믿음이 당신의 내면 어딘가에 자리 잡고 있다고 짐작할 수 있을 뿐이다. 그리고 당신은 사물을 보는 그 낡은 방식에 자신이 얼마나 충실하게 매달리고 있는지 결코 깨닫지 못할 것이다.

이 핵심적인 믿음이 안겨주는 또 한 가지 문제는 그 믿음들이 낡아빠진 골동품이라는 사실이다. 그 믿음들은 유물이다. 그것들은 당신이 어릴 때, 아니면 지금보다 훨씬 젊었을 때, 또 세상을 보는 안목이 극히 좁았을 때 당신 스스로 창조한 것일 뿐이다. 그 믿음들은 삶의 방식에 대한 결정이었다. 그것들은 당신이 참신한 시각으로 새로운 상황을 보지 못하도록 막아왔다. 지금도 그 믿음들은 당신이 문제해결 방법을 배우지 못하도록 적극적으로 막고 있다. 또한 어른이 된 당신이 복잡하고 다층적인 현실을 헤쳐나가는 데에도 전혀 도움이 되지 못한다.

당신에게도 아주 오랜 옛날부터 절대로 변하지 않을 거라고 생각해온 핵심적인 믿음이 있는가? 어린 시절에 당신은 훌륭하지 못하고, 버릇이 나쁘고, 못생겼고, 뚱뚱하고, 영리하지 못하고, 귀엽지 않고, 인기가 없거나 원하지 않은 존재라는 암시를 들은 적이 있는가?

인생을 살면서 듣게 되는 부정적 표현

당신은 너무도 힘든 순간에 처하면 조용히 혼자 앉아 은밀하게 자신에 대해 다음과 같은 생각을 하는가?

- 아무도 나를 사랑하지 않아.
- 나는 언제나 착해야 해.
- 노력해봐야 소용없어.
- 나는 항상 외톨이야.
- 내가 하는 일은 절대로 성공하지 못해.
- 나는 내가 진정으로 원하는 것을 누릴 자격이 없어.
- 나에게는 가까운 친구가 하나도 없어.
- 아무도 나를 사랑하지 않아.
- 나에게는 나를 내세울 자격이 없어.
- 나는 다른 사람의 관심을 절대로 끌지 못할 거야.
- 나는 항상 다른 사람이 나를 좋아하도록 하기 위해 친절해야 하고 그들을 돌봐야 해.
- 나는 바보라서 노력해봐야 소용없어.
- 다른 사람들은 항상 나보다 더 잘하거나 돈이 많아.
- 나는 내가 원하는 것을 절대로 갖지 못할 거야.
- 나는 아무도 믿지 못해.
- 나는 모든 일을 나 혼자 처리해야 해.
- 나는 다른 사람의 관심을 끌기 위해 항상 괜찮게 보여야 하고 매력적이어야 해.
- 모든 일이 결국에는 어긋나고 말 거야.
- 나는 ○○에 맹탕이야.
- 노력은 해보겠지만 아마 실패할 거야.

- 나에게는 절대로 많은 돈이 생기지 않을 거야.
- 나는 버텨내지 못할 거야.
- 나는 쓸모없는 존재야.

이것들은 인생을 살면서 누구나 느낄 수 있는 기분이다. 만약 이런 기분이 우리의 인생 드라마를 망치려고 애쓰고 있다는 사실을 깨닫지 못한 채 살게 되면 우리의 행동과 태도는 그런 기분에 좌지우지된다. 그런 기분은 우리로 하여금 많은 위기와 흥분 또는 잠재적인 실패나 실망에 정면으로 맞서지 못하도록 엄청나게 애를 쓰고 있다. 또한 우리가 우리의 잠재적인 기술과 재능을 개발할 수 있고, 재미도 느낄 수 있는 새로운 프로젝트와 인간관계에 투자하지 못하도록 막는다. 그뿐만 아니라 우리가 행복과 성취, 성공에 이르지 못하도록 막는다.

당신에게 부정적으로 작용하는 이런 기분들을 찾아보라. 비록 조금 불편할지도 모르지만, 당신이 자신에 대한 부정적인 믿음 때문에 지나치게 소심하게 행동하는 것을 눈치채지 못했는지 가까운 사람에게 묻는 것도 좋은 방법이다. 그 사람들은 아마 당신이 자주 쓰는 말투를 알고 있을지도 모른다. 이를테면 당신은 입버릇처럼 "정말 피곤해"라든가 "이겨낼 수 없어"라든가 어떤 일을 "할 수 없을 거야"라고 말할 수도 있을 것이다. 당신의 인생에 부정적으로 작용하는 그런 느낌들을 찾아내는 것이야말로 큰 힘이 된다. 그것들이 무엇인지를 깨닫기만 하면 그 기분들은 당신을 쥐고 있던 손아귀의 힘을 서서히 풀 것이다. 이제 당신이 습관적으로 말하는 부정적인 표현들을 찾아보도록 하자.

당신의 인생에서 부정적으로 작용하는 표현을 찾아내어 긍정적인 표현으로 바꿔라!

여기에 당신이 입버릇처럼 내뱉는 말들을 적어라.

_____

_____

_____

_____

_____

_____

_____

_____

_____

_____

_____

_____

인생에 부정적인 영향을 미치는 표현을 긍정적인 표현으로 바꾸고, 당신의 마음 상태를 그보다 더 유익한 무엇인가를 믿도록 다시 입력하는 작업은 매우 중요하다. 당신이 자신에게 품고 있는 믿음이라면 어떤 것이든 반드시,

- 유익해야 한다.
- 실용적이어야 한다.
- 현실적이어야 한다.
- 건설적이어야 한다.

• 긍정적이어야 한다.

당신이 자신을 믿지 못한다면 과연 누가 당신을 믿겠는가? 당신은 자신의 삶에 긍정적인 영향을 미치는 표현 몇 가지를 연습하지 않고는 멀리 나아갈 수 없다. 자신의 능력을 믿지 않는 사람과는 함께하기 어려울 때가 종종 있다. 자신을 믿는 것이야말로 성공적인 인간관계와 사랑과 행복에 없어서는 안 될 조건이다.

자신의 성장을 제한하는 믿음을 긍정적인 것으로 바꿔라!
당신의 삶에 부정적인 영향을 미치는 말버릇 한두 개를 고른 뒤 그것을 긍정적인 표현으로 바꿔보라. 예컨대 당신의 말버릇 중 하나가 "어려운 문제는 왜 항상 나 혼자서 해결해야 하나"식이라면, "이 세상에는 내가 필요할 때마다 도움이나 응원을 청할 수 있는 사람들이 참으로 많아"라고 고쳐 쓸 수 있을 것이다. 부정적인 믿음이 '나는 멋진 집을 가질 수 없을 거야'라는 것이라면, 당신은 '아름다운 집을 갖는 것이 내 인생 최대의 목표이며 그 꿈을 현실로 일궈내기 위해서는 열심히 일해야 해'라고 고쳐 쓸 수 있다.

긍정적인 표현은 정말로 중요하다. 그러니 시간을 내서라도 정말로 멋지고 건설적이고 유익한 표현을 고안해내도록 노력하자.

당신의 삶에 긍정적으로 작용하는 말버릇
1. _____
_____
_____
_____

2. _____
_____
_____
_____

3. _____

   _____

   _____

   _____

4. _____

   _____

   _____

   _____

5. _____

   _____

   _____

   _____

옴짝달싹 못하다

우리는 간혹 과거에 갇혀 옴짝달싹 못할 때가 있다. 눈에 보이지 않는 어떤 힘에 의해 뒤로 한껏 밀리는 것처럼 당신이 앞으로 나아가지 못할 때가 바로 그런 때다. 앞으로 나아가려고 무진 애를 쓸 때마다 무엇인가가 당신을 잡아당기는 것 같다. 그럴 때에는 바로 그 무엇인가의 등에 올라타는 게 상책이다. 강물을 거꾸로 흐르게 할 수는 없는 노릇이기 때문이다. 가끔은 아무 일도 하지 않는 것이 매우 현명할 때가 있다. 그 이유는 그런 무위無爲가 사태를 더 나쁘게 만들지 않기 때문이다. 그러나 그 상투적인 방법에서 벗어나 앞으로 나아가기 위해서는 힘든 무엇인가를 할 필요가 있다. 상투적인 방법을 고수하는 것이 힘든가, 아니면 그 방법에서 벗어나는 것이 더 힘든가? 모든 것은 당신이 처한 환경에 달려 있다.

지난날 당신이 옴짝달싹 못하다가 이런저런 노력 끝에 궁지에서 벗어나 앞으로 나아갔던 때를 생각해보라.

당신이 그렇게 앞으로 나아가는 데 도움이 되었던 것은 무엇인가?

지금은 무엇이 당신의 결정을 도울 것 같은가?

모든 출구는 어디론가 향하는 입구다.

_ 톰 스토퍼드(극작가)

상투적인 버릇을 깨뜨리는 방법

상투적인 버릇을 깨뜨리는 방법은 당신이 종종 난관에 봉착하여 꼼짝 못하고 있을 때 앞으로 나아가게 도와주는 간단한 도구다. 사람들에게는 저마다 특별히 좋아하는 것이 있다. 여기에 도움이 되는 몇 가지 방법이 있다.

• 사는 곳을 바꿔보라. 어딘가 다른 곳으로 가라. 지금까지 한 번도 가보지 않은 곳도 좋고, 당신이 언제나 기분좋게 느꼈다고 믿는 곳으로 가도 좋다. 만약 이사를 할 수 없는 처지라면 휴가라도 떠나라. 휴가도 갈 수 없다면 주말 동안만이라도 집을 떠나보라. 주말을 이용한 짧은 여행마저도 불가능하다면 색다른 무엇인가를 하도록 하라. 예를 들면 도전적이거나 새로운 기술을 배우는 것도 좋다. 당신은 그런 걸 좋아하지 않는다고? 바로 그것이 문제다.

• 주변을 청소하고 정리하라. 집안 전체를 다 가꿀 필요는 없다. 일정 부분, 아니면 아주 작은 공간이라도 신선하고 밝게 꾸미고 조직적으로 정리하라. 거기다가 좋아하는 것들을 가지런히 정리하든지 새로운 것들을 갖다둬라. 그러고 나서 그 공간은 당신이 새롭고 재미있는 활동을 하는 곳으로 사용하라. 꿈을 꾸거나 계획을 짜는 곳으로 활용해

도 좋다. 마음을 위한 안식처라고 생각하라.

- 해묵은 옷가지들을 버려라.
- 지금까지 미뤄온 일 중에서 어렵거나 지루한 것들을 두세 가지 해보자. 하루에 한두 가지가 적당하다. 그냥 그 일을 해봐라. 하지만 한꺼번에 너무 많이 하려고 들지는 말라. 편지를 한 통 써서 부치는 것도 좋은 생각이다.
- 어떤 행위든 좋으니 친절을 베풀라. 누군가에게 무엇인가를 줘도 좋고, 어떤 사람이 역경에서 벗어나도록 도움의 손길을 펴는 것도 좋다. 그것은 순전히 이기적인 목적에서 하는 행위다. 다시 말해 당신 스스로 좋은 기분을 느끼기 위해서다.
- 웃어라. 많이 웃는 사람이 내면적으로 더 좋은 기분을 느낀다는 사실을 보여주는 연구보고서가 있다.
- 배꼽쥘 정도로 우스운 영화를 보는 등의 웃음 치유법을 한 번 시도해보라. 만약 당신이 처한 사정이 코믹 영화의 대본이라면 어떤 식으로 전개될 것 같은가?
- 과거에 매달려 옴짝달싹 못하는 상황에 처하지 않은 것이 분명하다고 생각되는 사람과 당신의 처지에 대해 이야기해보라. 당신의 기분에 동조하면서 그 기분을 계속 간직하라고 충고할 사람은 절대로 대화상대로 선택해서는 안 된다. 그 문제에 대해 여러 사람에게 이야기해보라. 그러면 해결책이 나올 가능성이 더 높아지는 반면, 당신이 옴짝달싹 못하는 상황을 계속 유지하면서 내놓는 핑계에 동조할 가능성이 낮아지기 때문이다.
- 당신에게 힘을 불어넣고 기분을 고조시키는 음악과 향기, 아니면 너무도 좋아하는 냄새를 하나 가득 풀어놓자. 음악과 향기도 치료 효과를 발휘한다. 지금 당장 자리에서 벌떡 일어나 커피 향기를 맡는 것도 좋다.
- 헬스클럽에서 매일 적정량의 운동을 할 처지가 아니라면 더욱 의도적

으로 실외에서 걷기라도 하라.

- 위험을 즐겨라. 어려운 일을 해보라. 더 많은 일을 떠맡아라. 스스로에게 더 많이 도전해라. 주위 사람들이 놀랄 무엇인가를 성취하라. 그러면 힘든 일의 고통도 약간 덜 수 있을 것이다. 아울러 능력이 있다는 자신감이 좀더 커지게 된다.

- 패러다임을 바꿔라. 이는 곧 창의성을 확보하고, 문제에 대한 정의를 다시 내린다는 의미다. 그것은 문제를 달리 볼 수 있는 신선한 관점을 얻는 것과도 관련이 있다. 당신의 문제를 1인칭으로, 이를테면 '나'의 관점에서 글로 적어라. 그리고 나서 그것을 '그' 또는 '그녀'로 바꿔서 완전히 다른 관점으로 다시 적어보자. 가령 당신이 도시에서 홀로 사는 32세의 여성이라면, 그 이야기를 결혼해서 시골에서 사는 55세의 남자 소방수의 이야기로 바꿔봐라. 그러고 보니 조금 우스꽝스럽게 들리지 않는가? 그 소방수는 당신의 인생과 문제를 전혀 다르게 볼 것이다.

- 어쩌다가 인생의 막다른 골목에 와 있다고 생각해보자. 다시 제 궤도에 오르려면 어떻게 해야 할 것 같은가? 그 느낌은 어떨까? 어떤 식으로 방향감각을 다시 찾을 것인가?

- 정말로 하고 싶은데도 아직 손을 대지 못하고 있는 일은 무엇인가?

- 어린 시절에 당신을 좌절시킨 일들을 한 번 생각해보라. 당신은 그 문제들을 어떤 식으로 처리했는가? 요즘 당신이 좌절을 극복하는 방식과 비슷한 점은 무엇인가? 어린 시절로 돌아간다면 그 좌절을 다른 방법으로 처리할 수 있을까?

- 당신은 어떤 환경에서 최고의 기분을 느끼는가?

- 상투적인 방식을 깨뜨릴 수 있는 방식을 당신만의 것으로, 그리고 창조적인 것으로 멋지게 한 번 고안해보자.

우울증

지금 당신은 우울한가?

우울은 사람들이 과거에 얽매이도록 만드는 요인 중 하나다. 많은 사람들이 자신도 모르는 사이에 잠깐씩 우울증을 겪는다. 어른 4~5명 중 한 명꼴로 인생의 어느 시점에서 반드시 우울증으로 고통받는다. 이런 현상은 나라와 문화에 관계없이 두루 나타난다. 그 수치는 도시 지역이 좀더 높다. 많은 사람들이 우울증을 겪으면서도 그 사실을 깨닫지 못한다. 진퇴양난의 기분을 느끼며 앞으로 한 발짝도 나아가지 못하는 이유도 바로 그 때문이다. 우울증은 심각한 질병으로 인식되고 있다. 어느 나라에나 우울증 환자가 많다. 그런데도 제대로 인식되지 못하고, 진단조차 내려지지 않아 치료를 하지 않는 경우가 많다. 우울증은 아직도 인정하기 껄끄러운 병으로 치부되고 있다. 우울증에 걸리면 마치 인생의 실패자가 된 것처럼 생각한다. 우울증은 25세에서 44세 사이에 가장 빈번히 발생하며, 심한 경우에는 자기 무시와 자학으로 이어지고, 최악의 경우에는 자살로 끝나기도 한다. 우울증 진단을 받은 사람은 여자가 남자보다 약간 더 많다.

우울증은 과거의 잔재에 빠져 허우적거리며 그 늪에서 자신을 해방시키지 못하는 것과 관계있다. 우울증에 걸리면 무엇을 하든 암울한 추억이 끈질기게 따라다닌다. 우울증이 위험한 이유는 당신의 낙천성과 희망을 갉아먹기 때문이다. 뿐만 아니라 수동적이고 무력하게 느끼도록 만들고, 사태를 개선하는 데 필요한 효율적인 행동을 불가능하게 만든다. 침실에 처박혀서 도움을 거부하며 절망을 느끼는 것만이 유일한 선택으로 보일 수 있다.

우울증은 당신의 내면에 있는 동기부여와 힘을 갉아먹는다. 당신은 무감각하게 보이고, 마치 자신을 최대의 적으로 여기는 것처럼 보인다. 가족마저도 당신을 대하면서 인내심을 잃을 때가 종종 있다. 야망과 욕망의 끈을 놓아버리고, 당신이 할 수 있는 일이라고는 그저 하루하루를 보내는 것

뿐이다. 당신은 자신에 대해 부적절한 존재라고 느끼며, 자신의 능력을 과소평가한다. 자신이 우둔하다는 생각에 움직이기 싫어하고 운동을 하려 들지 않는다. 사람들은 당신에게 인생과 적당히 타협하고 쾌활하게 움직이라고 격려한다. 그 말에는 우울한 태도로 자기들을 귀찮게 하지 말라는 부탁이 담겨 있다.

사실 우울증도 정상이다. 인생을 살다 보면 어쩔 수 없이 겪게 되는 어려운 상황에 대한 반응으로 보면, 논리적으로 완벽하다. 또한 당신이 열려고 애쓰는 문이 모두 닫힌 것으로 보일 때 포기는 어쩌면 당연한지도 모른다. 우울함을 느낀다는 것은 당신이 막다른 골목에 다다랐음을 알려주는 신호다. 당신은 더 이상 앞으로 움직일 수 없다. 당신이 가려던 그 길이 끊어졌기 때문이다. 우울은 어려움에 대한 반응이다. 그리고 우울은 내면에서 올 수도 있고 외부의 영향을 받아 생길 수도 있다. 많은 사람들이 좋지 못한 일로 우울해진다. 예를 들면 직장을 잃는다든지 심각한 병에 걸리면 우울증에 빠진다. 그러나 눈에 보이는 외부적인 이유가 없는데도 우울증에 걸릴 때가 종종 있다. 그것은 침울해하고, 매우 내성적이고, 고립감을 느끼거나 자기비판적인 경향이 오랫동안 이어져온 탓이다.

사람들은 정말로 다양한 이유로 우울증에 빠진다. 상실과 변화, 질병이나 무능에 직면할 때, 아니면 당신이 어떤 식으로든 사람들과 다르다고 생각할 때에도 우울함을 느끼게 된다. 목표가 성취되지 않았음을 확인할 때, 그리고 새로운 방향으로 길을 개척할 가능성이 보이지 않을 때에도 우울증이 찾아올 수 있다. 책임감과 언약 때문에 당신이 저버릴 수 없는 인간관계나 상황에 옴짝달싹 못한 채 빠져 지낼 때에도 우울증에 노출될 위험이 있다. 당신 자신이 아니라 다른 사람을 위해서 살아가거나 당신 자신의 규칙이 아니라 다른 사람의 규칙에 따라 살아갈 때도 그렇다. 멋진 상호작용과 피드백의 기회를 안겨주는 공동체에 속하지 못하고, 고립되어 지낼 때에도 우울증의 위험이 있다. 심지어 멋진 뉴스까지도 일시적으로 우울증에 빠지게 할 수 있다. 그 까닭은 그것이 오래되고 익숙한 삶의 방식과의 결별을 의미하기 때문이다.

이 세상에는 정말로 다양한 종류의 우울증이 있다. 간혹 아이들도 자신이 처리할 수 없는 일이 이 세상에 있다는 이유로 의기소침해진다. 이런 경험은 나중에 어른이 되어서까지 우울증을 일으키는 원인이 될 수 있다. 어린 시절에 부모의 사망이나 가족해체 등 심각한 스트레스 요인을 경험한 사람들은 어른이 되어서도 우울증에 쉽게 노출된다. 우울증을 겪고 있음에도 뚜렷한 이유가 없는 것처럼 보일 때도 간혹 있다. 그 사람의 내면에는 아무도 이해하지 못하는 어려운 문제들이 복잡하게 뒤얽혀 있기 때문이다.

결국 당신만이 우울증에서 빠져나올 수 있는 길을 발견할 수 있다. 다른 사람들이 할 수 있는 일이라고는 기껏 당신을 이해한다는 말을 건네고, 당신을 응원하고, 당신에 대해 이러쿵저러쿵 판단을 내리지 않는 것뿐이다. 그러나 당신이 준비를 갖추기도 전에 사람들이 당신을 부추겨 거기서 빠져나오게 한다면 도움보다는 오히려 피해를 입힐 수도 있다. 그런 식으로 우울증을 극복하는 것은 눈속임에 지나지 않으며, 당신 내면에 깊이 자리 잡고 있는 그 문제를 드러내지 못하게 하기 때문이다. 우울증의 근본적인 원인은 당신에게 일어난 힘든 그 무엇인가와 당신이 타협하려고 고투를 벌이고 있거나, 아니면 당신의 정체성에 핵심적인 무엇인가가 당신의 삶에서 제대로 작동하지 않는다는 데에 있다.

피터는 자동차 세일즈맨이다. 그는 가족의 생계를 책임져왔으며, 그에게는 단골손님이 많다. 그는 행복하며, 비교적 성공을 거둔 셈이다. 그와 아내 사이에는 사랑스러운 딸이 셋이 있다. 그러나 그에게는 친구나 동료들이 모르는 꿈이 하나 있다. 여섯 살 이후로 그는 시인이 되고 싶었다. 어릴 적 어느 날 그의 아버지가 시를 쓰면 입에 풀칠도 못한다면서 어리석은 생각일랑 집어치우라는 식으로 말했던 장면을 지금도 생생하게 기억하고 있다. 그는 사람들이 자신에게 바라는 일을 모두 다 잘 처리했으며, 직장생활에서도 성공을 거두어 훌륭한 남편이 되고 아버지가 되었다. 피터와 그의 아내는 물질적으로 안락한 생활을 누리고 있다. 그리고 가족 모두 행복하다. 그래도 마음 한구석에는 시를 쓰고 싶은 욕망이 끈질기게 꿈틀거리고 있었다. 그는 시란 유치하고 우스꽝스러운 것이라고 자신을 타이른다. 그는 때때로 시를 써보기도 하지만 너무나 창피해서 아무에게도 내놓지 못한다. 심지어 아내에게도 비밀로 하고 있다. 그런데 그가 신인 시응모에 몰래 작품을 보낸 것이 2등상을 수상하면서 일이 틀어지기 시작했다. 그의 아내마저도 그가 시를 쓰고 응모까지 했다는 사실을 몰랐으니 말이다. 그는 창의성이 뛰어난 사람들이 부럽다. 그에게는 그런 사람들이 언어나 음악 또는 물감으로 어떻게 눈부신 성공을 이루는지 도무지 이해가 되지 않았다. 뭔가 물건을 파는 것도 아닌데 말이다. 사실 그는 제대로 된 직장에서 일하지 않고 창작활동을 한답시고 집에 머무는 사람들에게 약간 비판적인 시각을 갖고 있었다. 그의 아버지처럼 그도 딸이 기술과 관련 없는 활동에 시간을 낭비하지 못하게 말렸다. 그리고 그의 가족은 점점 성취 지향적으로 변해갔다.

만약 피터가 너무 오랫동안 시를 쓰고 싶은 욕망을 억눌러왔다면 그것은 병적 징후가 됐을 것이다. 이룰 수 없는 그 욕망은 그를 가만히 내버려두지 않을 것이고, 그를 병들게 했을 것이다. 그리고 그는 우울증에 빠질 것이다. 우울의 징후가 그에게 나타나는 것은 그로 하여금 그때까지 억눌려온 자신의 일부분을 표현하는 데 꼭 필요한 변화를 추구하라고 강요하기 위해서다.

피터의 경우에는 억압되어온 부분이 바로 '내면의 시인'이다. 지금 피터에게 벌어지고 있는 일은 그가 인생에서 내리막길을 막 미끄러져 내려가기 시작했음을 보여준다. 이제 그는 아침에 일어나는 일조차 힘들다는 사실을 깨닫는다. 판매 목표를 달성하기도 싫어진다. 고객들이 메모를 남겼는데도 전화를 걸지 않는다. 심술을 자주 내고 집에 틀어박히려 한다. 그는 직장을 포기하고 대학에 진학하여 시 창작을 공부하고 싶다. 그러나 이것은 누구에게나 털어놓을 수 있는 희망이 아니다. 아내와 딸은 점점 숨으려고 하는 그에게 적응하면서 그 없이도 바쁜 삶을 계속 꾸려나간다. 가족은 그가 단지 기분이 좀 나쁜 상태라고만 생각하며 스스로 거기서 벗어나도록 내버려둔다. 피터가 빠른 속도로 내리막길을 미끄러져 내려가고 있음을 아무도 깨닫지 못한다. 그 언덕길에는 붙잡을 거라곤 아무것도 없다. 그는 술을 더 많이 마시기 시작한다.

당신도 몇 년 동안 심리적으로 막다른 골목길에 갇혀 지내면서 사람들의 욕망을 대신 채워줄 수 있다. 예를 들면 자신의 관심사에는 전혀 시간을 내지 않으면서도 모범적인 남편과 아버지로서의 역할을 잘 수행할 수 있을 것이다. 당신이 거기 그렇게 머물러주는 상황이 가족의 마음에만 든다면 당신 가족은 행복할 수 있다. 그러나 그것은 곧 당신이 점점 죽어가고 있다는 것을 의미한다. 당신은 두통이나 소화기 장애를 보이고, 술을 많이 마시고, 온갖 종류의 오락에 맹목적으로 빠져들고, 치명적인 결과를 낳을 수 있는 연애사건에 휘말리고, 신경질을 자주 내고, 불안해하거나 틀어박히게 된다. 결국 당신은 혼란을 느끼고 자신감을 상실한다. 굳이 침대를 벗어나야 할 이유를 뚜렷하게 느끼지 못한다.

우울증은 위험 요소가 높은 기회 하나를 동반한다. 그것은 지금 당신이 하고 있는 일이나 삶의 방식이 당신에게 전혀 어울리지 않는다고 속삭이는 것이다. 그리고 결코 채워지지 못한 욕망이나 이해가 당신의 내면에서 충돌을 빚고 있다고 지적한다. 그러면서 이런 것들을 바꿀 수 있는 무엇인가를 할 기회를 당신에게 제시한다. 이렇듯 우울증에도 어떤 지혜가 담겨 있다. 당신이 잘 파악하지 못하는 문제점이 하나 있는데, 어느 순간 그 문제점에 대해 당신이 관심을 보인다면 우울증은 한 발짝 뒤로 물러나 당신이 앞으로 나아갈 수 있도록 길을 열어줄 것이다.

피터의 우울증은 좋은 결실을 맺을 수 있었다. 우울증을 달래는 방법을 발견했기 때문이다. 그의 아내 린다는 피터가 직장 일로 중압감에 시달리고 있음이 틀림없다고 생각하고, 며칠 동안 집에서 쉬라고 권유했다. 그러려면 의사의 소견서가 필요했다. 그의 주치의는 즉각 그의 기분이 몹시 울적하고 평소의 그가 아니라는 사실을 눈치채고는 항우울제 처방을 제안했다. 피터는 의사가 자신의 마음 상태를 심각하게 받아들여 치료하고 있다는 사실에 위안을 느끼면서도 한편으로는 처방 제안이 왠지 찜찜했다. 그는 두통이 있을 때에도 약을 먹는 것을 꺼리는 편이다. 그리고 자신의 마음 상태를 약물로 치료한다는 것이 아무래도 마음에 걸렸다. 의사도 그의 뜻을 받아들여 대신 상담을 권했다. 상담을 받는다는 것도 그에겐 껄끄러운 일이었다. 상담은 '나에게는 맞지 않는다'라고 생각했던 것이다. 계속 치료를 거부하는 그를 보며 의사는 '가슴을 활짝 열고 그 안에 들어 있는 것을 죄다 꺼낼' 필요가 있다고 강력하게 제안했다. 그런데 누구에게 털어놓을 수 있단 말인가? 그는 그 문제에 대해 생각해봤지만 아무에게도 말하고 싶지 않았다. 그러나 그는 마음속의 것을 글로 적을 수는 있을 것 같았다. 의사는 「치유로서의 글쓰기」라는 제목의 잡지 기사를 읽고 있던 터였다. 그래서 그 의사는 피터에게 한 달 후에 다시 병원에 올 때에는 그가 그동안 썼던 글을 다 보여달라고 요청했다. 그리고 그 기사의 끝부분에 적혀 있던 두 권의 책을 권했다.

그 결과, 피터는 자신이 글쓰기 훈련을 매우 즐긴다는 사실을 발견하게 되었다. 사실 그는 멈출 수 없을 정도로 글쓰기가 좋았고, 글쓰기에 중독되지 않았나 싶을 정도로 많은 양의 글을 썼다. '치유'라는 이름으로 정당화될 수 있고, 또 한동안 고통받은 가족을 위해 쓰는 것이기에 그는 글을 쓰면서도 예전처럼 시간 낭비라는 느낌을 갖지 않았다. 그의 글쓰기는 우울증으로부터의 탈출이나 마찬가지였다. 글쓰기야말로 그가 진정으로 하고 싶었던 일이고, 그 전에는 그가 자신에게 한 번도 허용하지 않았던 일이었기 때문이다. 마침내 그는 시를 쓰는 일로 돌아가는 길을 발견하게 되어, 인터넷으로 시 창작 수업을 듣기로 결정했다. 피터의 아내와 딸들도 신들린 듯한 작가로 변신한 그를 보면서 어리둥절했지만 그가 행복해한다는 사실을 받아들였다. 그의 딸 루시는 그의 새로운 태도에 고무되어 그에게 자신이 써놓은 이야기 몇 가지를 보여주기도 했다. 마침내 피터는 자신이 발표한 시로 눈부신 성공을 거두기 시작했다. 시를 쓸 시간이 있는 한 그는 자신의 삶을 보다 긍정적으로 바라보게 되었다.

우울증 테스트

여기 26가지 우울증 징후가 있다. 우리는 때때로 그런 징후의 일부분을 보인다. 우리는 언제나 유동적인 상태에 놓여 있다. 지난 3개월 동안 다음의 징후 중에서 다섯 가지 이상을 경험했다면 아마 당신은 우울증에 빠져 있다고 볼 수 있다. 이 징후 중에서 한 가지 또는 두 가지만으로는 우울증을 암시하지 않는다.

1. 지난 3년 동안 사별, 좋지 못한 소식, 이혼 또는 별거, 이사, 불편한 변화와 건강 악화 등 힘든 경험을 헤쳐나와야 했다.

2. 당신이 즐길 수 있는 일이 많지 않은 것 같은 느낌이 든다. 그리고 평소에 즐겨왔던 일에서 느끼는 기쁨도 왠지 예전만 못하다.

3. 하루 중 기분이 나쁘거나 음울하거나 비참하다는 느낌에 빠질 때가 있다.

4. 아침에 기분이 더 좋지 않다.

5. 아무리 휴식을 취해도 피곤하고 몸이 무겁거나 노곤하다.

6. 운동이라면 뭐든지 피한다.

7. 몸무게가 표준 이상이거나 이하이지만 그 문제에 대해서는 어떻게 할 수 없다는 느낌이 든다. 그리고 식욕도 좋지 않고, 탄수화물이나 초콜릿처럼 기분을 좋게 하는 음식물에 집착한다.

8. 적정량 이상으로 음료수나 술을 마신다.

9. 당신의 문제에 사로잡혀 걱정하고 생각하는 데 너무 많은 시간을 보낸다. 그리고 그 고민이 반복된다.

10. 사람들이 당신에게 조언이나 건설적인 제안 또는 피드백을 제시할 때 당신은 반박하거나 저항한다.

11. 자주 운다.

12. TV를 보거나 우울한 기분을 순간적으로 해소시키는 데에 하루 한 시간 이상 쏟는다.

13. 자신을 제대로 돌보지 않는다. 예를 들면 건강관리나 외모 가꾸기다.

14. 문제를 일으킬 정도로 일을 질질 끈다.

15. 당신은 바꿔야 할 중요한 무엇인가를 알고 있다. 마음속으로라도 말이다. 그러나 지속적으로 노력해도 바꿀 수 있을 것 같지가 않다.

16. 당신에게는 성취되지 않은 욕망과 꿈이 있다. 아니면 이뤄야 할 것 같은 무엇인가가 마음을 끊임없이 짓누르고 있다.

17. 당신은 자신이 열정적인 관심을 갖지 않도록 스스로 억누르거나 당신이 좋아할 활동을 애써 외면한다.

18. 은밀하게 하고 싶었던 일이 있지만 추진하기를 꺼린다.

19. 당신은 언제나 타협해야 한다는 부담감을 느끼고 있다. 예를 들면 당신이 열정을 쏟을 수 있는 취미생활을 하는 대신 정말로 좋아하지 않는 일을 대신하는 식으로 말이다.

20. 당신을 사랑하지 않거나 좋아하지 않는 누군가와 아니면 당신을 존중하지 않는 사람과 함께 살거나 일을 하고 있다.

21. 주위 사람들이 당신에게 냉소적이라거나 비판적이라거나 부정적이라고 말한다.

22. 당신 혼자서 보내는 시간이 너무 많다. 아니면 친한 친구가 별로 없다.

23. 오해를 받고 있거나 보통사람들과 다르다는 느낌이 자주 든다.

24. 정말로 밖으로 나가야 할 일이 아니면 좀처럼 외출하지 않는다.

25. 삶의 굴레에 갇혀 지낸다는 느낌이 든다. 그리고 당신 자신을 해방시키기 위해서 특별히 할 수 있는 일이 거의 없거나 아예 없다.

26. 자신감이 부족하다. 그러다 보니 일을 처리하는 것도 힘들다.

당신 주치의가 당신에게 우울증 진단을 내리고 항우울제 처방을 해줬다면, 당신은 비록 인식하지 못할지라도 임상적으로 관찰 가능한 징후들은 이보다 더 많을 것이다.

점수

당신이 "예"라고 대답한 질문의 수는 몇 개인가? _____

5~7개

당신은 미약하거나 보통 수준의 우울증을 앓고 있다. 그래도 계속 이어지지 않는다는 것을 분명히 해두기 위해 먼저 그 원인을 이해하고 평가하는 작업이 중요하다. 또한 당신은 거기서 빠져나올 수 있도록 자신에게 끊임없이 격려해줄 필요가있다. 그 격려는 먼 곳으로의 여행, 환경이나 상황의 변화, 아니면 당신이 계속매달리고 싶지 않은 무엇인가를 흘려보내는 것 등이 될 수 있다. 만약 그 원인을이해했다고 느껴지면 그 문제들을 제때 처리할 수 있는 자신감을 얻게 된다. 따라서 이 정도의 우울증은 그리 심각한 문제가 되지 않는다.

7~12개

비록 스스로 깨닫지 못하고 있을지 몰라도 당신은 보통 수준의 우울증을 앓고 있을 가능성이 높다(때때로 사람들은 그 정도의 우울증에는 너무나 익숙해져 있기 때문에 뭔가 잘못되어가고 있다는 사실조차 깨닫지 못한다). 따라서 도움을 청하는일이 매우 중요하다. 예를 들면 당신의 주치의도 좋고, 훌륭한 친구 또는 유능한치료사도 좋다. 그래야 당신이 우울증에 맞서는 행동을 취할 수 있다. 만약 그것을 무시한다면 그 우울증은 절대로 사라지지 않을 것이다.

12개 이상

보통 수준에서부터 심각한 수준까지의 우울증을 암시한다. 당신이 성취감을 갖지 못하도록 막고 있는 문제들을 직시해야 한다. 심각한 우울증 상태에 빠졌을가능성이 있다. 당신 삶의 일부에서는 이미 사태가 개선될 수 있다는 희망을 포기했을지도 모른다. 이미 희망을 놓아버렸다면 이 글을 읽지 않을 수도 있다. 그렇기 때문에 당신이 사물을 보는 새로운 시선을 확보할 수 있도록 도와줄 수 있는 사람을 찾는 것이 무엇보다 중요하다.

우울증을 하나하나 부숴라!

만약 우울증에 빠져 있다면, 가장 먼저 해야 할 일들이 있다. 자신에게 오늘, 내일, 모레, 그리고 다음 주까지 기분을 조금이라도 좋게 만들기 위해 할 수 있는 일 다섯 가지가 무엇인지 물어보자. 그 일들은 사소한 것이어야 한다. 스스로 맛있는 음식을 만들거나 마사지를 예약하거나 진실한 친구와 만날 약속을 정하는 것 등이 적절하다. 비록 작은 시작이지만 그것이야말로 새로운 여정의 시작이 아닐까?

중요한 것은 당신 스스로 우울증에서 빠져나오려고 노력하는 것이다. 자신에게 친절하고, 인내심 있고, 이해하려는 태도를 보일 필요가 있다. 자신을 가혹하게 다스리거나 자기 비판적이거나 무시하려 해선 안 된다. 이런 태도는 절대로 도움이 되지 않는다.

1. _____
   _____

2. _____
   _____

3. _____
   _____

4. _____
   _____
   _____

5. _____
   _____

이제 자기 파괴적인 행위의 가능성을 점검해보자. 앞으로 며칠 동안 이 제안들을 실천에 옮기지 못할 거라고 생각하는 이유 5개를 적어라. 그 이유를 다 적은 뒤에는 그것들을 곰곰이 살펴보자. 이 난관을 잘 극복하도록 돕는 일은 무엇이며, 돕는 사람은 누구인가?

1. _____
   _____
   _____

2. _____
   _____
   _____

3. _____
   _____
   _____

4. _____
   _____
   _____

5. _____
   _____
   _____

잠시 휴식 시간을 가져라. 당신에게는 보다 멋지고 성취도가 높은 삶을 누릴 자격이 있다. 그러나 그런 일이 일어나도록 하기 위해 첫걸음을 떼는 사람은 바로 당신이다.

당신의 우울증이 던지는 메시지는 무엇인가?

심리요법에서는 종종 징후가 치료의 씨앗을 보듬고 있는 것으로 이해된다. 그럴듯한 이유 없이 우울증을 느끼는 경우란 절대 없다. 뱀이 허물을 벗을 때, 그놈들도 움츠러들고 민감해진다고 한다. 우울의 징후는 당신으로 하여금 억지로 낡은 허물을 벗고 그 아래 숨어 있던 신선하고 새로운 생명을 드러내려는 하나의 방법이다. 우울증은 당신에게 일을 처리하는 새로운 길을 찾아야 한다고 속삭인다. 그런 속삭임을 은밀히 들을 때가 간혹 있다. 하지만 새로운 길을 찾는 작업에 따르는 변화와 긴장, 혼란 때문에 앞으로 나아가기를 두려워한다.

이런 일이 당신에게 일어났다면 그것은 무슨 의미일까? 당신이 저버린 꿈과 욕망, 야망은 어떤 것이었나? 당신이 우울증을 느낀 이유는 무엇일까? 당신은 자신의 삶의 일부분을 절멸시키려고 노력해왔는가? 당신이 자신에게 진솔하지 못하고, 다른 사람이 당신을 대신하여 결정을 내리도록 내버려두거나 당신에게 영향을 미치도록 내버려둘 경우 당신에게 어떤 일이 벌어질 것 같은가? 그 사람들은 당신이 살아온 인생의 내력을 알지도 못하는 상황인데 말이다.

상실과 비탄

우울증은 겉으로 드러나는 징후를 보면 비탄과 닮은 점이 많다. 우울증과 비탄의 공통적인 징후들은 다음과 같다. 슬프고, 무미건조하고, 비참하고, 절망적이고, 무기력한 느낌 등이다. 그러나 비탄과 우울증의 중요한 차이는, 우울증의 경우 그때까지 처리되지 않았던 만성적인 자존심의 문제가 따른다는 것이다. 우울증에 빠진 사람은 자신을 탓한다. 자기주장이 약하고, 자신의 능력을 끊임없이 낮게 평가한다. 최근에 누군가와 사별한 사람일 경우에는 자신을 탓하면서 죄의식을 느낄 수 있다. 예를 들면 세상을 떠난 사람에게 좀더 잘 해줬어야 하는데 하고 후회하거나, 다른 방식으로 일을 처리했다면 그 사람의 죽음을 막을 수도 있었는데 하고 죄책감을 느낄 수 있다. 그러나 사별의 경우 이런 후회는 비탄을 해소하는 과정에서 일시적으로 거치는 단계다. 그리고 세상에 남은 사람은 세월이 흐르면 보다 현실적인 관점을 개발하게 되어 있다.

사랑하는 사람을 잃는 것에서 오는 상실감은 우리가 감수해야 할 경험에서 가장 도전적인 것 중의 하나다. 비탄을 다루는 일부 전문가들은 사람들이 비탄을 경험할 때 거부, 분노, 죄의식, 수용, 회복과 같이 인식 가능한 단계를 거친다고 말하지만, 사별의 아픔을 극복하는 방법은 사람에 따라 다르며, 비탄을 다스리는 방법도 저마다 독특하다. 슬퍼하거나 슬픔에서 회복하는 일에는 결코 정석이 없다. 이 문제와 관련해서 당신에게 정말로 유익한 조언을 해줄 준비가 되어 있는 사람은 극히 드물다. 만약 그런 경험을 직접 겪어보지 않은 사람이라면 조언이 불가능하다고 봐도 좋다. 그리고 그들이 직접 경험했다고 하더라도 그들의 방식이 곧 당신의 방식이 될 수는 없다. '세월이 약'이라는 식의 위로는 만일 당신이 비탄의 극점에 놓여 있을 때라면 차라리 안 하니만 못하다. 그러나 비슷한 상실을 경험한 사람들과 이야기를 나누면 당신에게 큰 위안이 될 수 있다. 그들이 합리적인 방법으로 그 슬픔을 현명하게 극복했다면 말이다.

　대부분의 사람들은 가깝거나 중요한 누군가의 죽음을 '극복해야' 한다고 느낀다. 그리고 몇 년이 지난 뒤에도 여전히 그 죽음으로 화가 치밀거나 휘청거리게 되면 나약함을 드러내는 것이라고 생각한다. 죽은 사람은 가도록 내버려둬야 한다는 말을 들을 때가 간혹 있다. 그런 방식은 도움이 되지도 않고 현실적이지도 않다. 죽었든 살았든 그 사람과 당신의 인간관계는 당신의 중요한 일부분이다. 그렇기 때문에 당신이 그 사람을 더 이상 볼 수 없다고 해서 그 관계를, 아니 그 사람을 당신의 삶에서 싹둑 잘라낼 수는 없다. 당신은 죽은 그 사람과 당신의 관계를 고이 간직할 필요가 있다. 사람은 죽었을지 몰라도 그 관계는 더 생생해진다. 그러므로 당신 자신의 삶을 포기함으로써 당신까지 절멸시킬 필요는 전혀 없다. 당신은 나름대로 그 사람과의 관계를 계속 유지할 필요가 있다. 그래야만 당신도 완전한 삶을 살 수 있게 된다. 특별한 누군가를 잃었다는 이유로 반쪽 삶을 사는 것이야말로 반드시 극복해야 할 문제다.

해결되지 않은 채 숨겨진 비탄

제대로 해결되지 않은 채 흘러간 비탄의 징후로 고통받는 사람이 너무나 많다. 곧장 앞으로 나아가고, 나약한 느낌이나 감정의 노출을 피하고, 비탄을 잘 극복하는 것을 높이 평가하는 문화권에서 살다 보면 한 가지 문제가 생긴다. 바로 비탄과 슬픔, 상실이 쉽게 이해받지 못하는 것이다. 가슴에 사무치는 경험을 겪은 사람들 외에는 그 아픔의 본질을 정확히 이해하지 못한다. 이는 곧 많은 사람들의 비탄이 충분히 인식되지 않은 채 흘러가버려 결코 충분히 다뤄지지 않는다는 뜻이다. 말하자면 비탄이 지하로 숨어버리는 셈이다. 그것은 온갖 종류의 징후로 나타난다. 그런데 그 징후들은 직접적인 원인이 되었던 그 상황과는 아무런 관계가 없는 것처럼 보인다.

충분히 인식되지 않은 비탄에는 충분히 슬퍼하지 못한 상실과, 그 상실이 너무나 커서 오랫동안 이어지는 비탄이 포함된다. 그리고 중요한 상실은 그것이 어떤 것이든 남은 자의 본성과 정체성에 눈에 보이지 않는 영향을 미친다. 그 결과 남은 사람의 본성과 정체성은 인간관계와 가능성의 상실로 인해 영원히 바뀌어버린다.

숨겨진 비탄 역시 적절히 확인되지 않거나 인식되지 않은 상실에 대한 비탄을 포함한다. 여기에는 자식들이 대학 진학 등을 이유로 집을 떠날 때 부모가 느끼게 되는 비탄인 '빈 둥지 신드롬' 같은 상실이 포함된다. 청년이 가정을 떠나는 이유는 긍정적이다. 그리고 그들은 자신의 인생에서 앞으로 나아가고 있다. 그러나 그들의 부모는 자식을 잃는 느낌을 받는다. 이제 더 이상 집에 아이들의 왁자지껄함이 없어서 외로움을 느끼기 때문만은 아니다. 그것은 부모들이 독립한 자식들로 인해 받는 상실감, 그러니까 내면적으로 강렬한 상실감을 직면해야 하기 때문이다. 부모라는 정체성의 일부분은 분명히 부모가 된다는 사실을 바탕으로 형성된다. 그렇기 때문에 부모들은 한동안 자신이 진정 어떤 존재인지, 돌볼 자식들 없이 이제는 무엇을 위해 살아야 하는지 몰라 당황해할 수도 있다. 따라서 기존과는 다른 활동과 정체성에 대한 새로운 인식이 뿌리를 내릴 수 있는 공간을 새로 만들려면 이 단계의 인생을 새롭게 인식하고 슬퍼하는 시간을 가질 필요가 있다.

숨겨진 비탄의 또 다른 원천은 어린 시절을 다시는 못 볼 곳으로 흘려보내는 데에 있다. 진정으로 행복하고 건강한 어린 시절을 보냈을지라도 어린 시절을 벗어나 십 대가 될 때에는 많은 것을 잃게 마련이다. 부모 역시 그 아이들과는 이제 두 번 다시 옛날과 같은 관계를 가질 수 없다. 십 대의 아이들도 어린 시절처럼 보호를 원하는지 아니면 자유와 독립을 원하는지 혼돈을 느끼면서 똑같은 기분에 빠진다.

서른 살인 딸 재키가 낙태수술을 받았을 때 모이라는 비탄을 감추느라 마음고생이 이만저만 아니었다. 비록 그녀도 딸의 결정을 존중하고 수술 후에 딸을 돌봐주었지만, 모이라는 딸의 낙태에 대해 지극히 사사로우면서도 남모르게 서운해했다. 딸의 낙태로 그녀가 은밀히 품고 있던 환상 하나가 산산조각이 났기 때문이다. 그녀는 할머니가 되는 꿈을 꾸며 손주들과 함께 보낼 시간을 그리던 중이었다. 거기에는 자기 자식을 정성을 다해 돌보지 못한 후회도 들어 있었다. 재키의 애인은 아기를 갖는 데 영 관심이 없었다. 그리고 두 사람은 숨가쁘게 돌아가는 일상생활에 푹 빠져 지내고 있었다. 재키는 임신 사실을 알자마자 공포에 휩싸였고, 그 모습을 보며 모이라는 화가 치밀었다. 그러나 모이라는 자신의 개인적인 관점을 내세우는 것이 현명하지 못하다고 판단했다. 결국 모이라는 겉으로 표현할 수 없는 비탄을 안으로 꼭꼭 숨기며 살아야 했다. 이제 다시는 할머니가 될 수 없을지도 모른다는 슬픔 말이다.

아무도 이해할 수 없거나 눈에 보이지 않는 비탄의 본질은 그 슬픔을 함께 나눌 수 있는 사람이 곁에 없다는 뜻이다. 엄밀히 따지자면 그것은 이미 잃어버리거나 아니면 영원히 바뀌고 마는 당신 자신의 미래에 대한 비탄이다.

당신은 지금 해소되지 않거나 숨겨진 비탄으로 고통받고 있는가?

당신이 "예"라고 대답한 질문은 총 몇 개인가?

1. 당신은 사소하거나 중요하지 않은 일로 쉽게 화를 내거나 상처받는가? 예를 들어 길을 가는데 누군가가 맞은편에서 당신을 향해 당당하게 걸어오면 냉정을 잃고 마는가?

2. 당신은 곧잘 우는가? 이를테면 당신과 전혀 관계가 없는 사람에 대한 이야기를 읽거나 TV를 시청하다가 우는 경우가 자주 있는가?

3. '아무런 이유도 없이' 솟아오르는 격한 감정에 휩싸일 때가 종종 있는가?

4. 쉽게 눈물을 흘리는 감성 또는 상처받기 쉬운 마음 등 당신이 숨겨야 한다고 느끼는 감정이 있는가?

5. 본의 아니게 당신은, 떠나버린 누군가를 떠올리게 하는 사람과 가까이 있으면 슬픔을 느끼거나 불편함을 느끼는가? 당신은 이런 상황을 피하는가?

6. 당신은 과거에 대한 이야기를 많이 들려주거나 추억하는가? 그리고 같은 사람에게 똑같은 이야기를 여러 번 반복하는 경우가 종종 있는가?

7. 당신을 끈질기게 물고 늘어지는 후회나 죄의식이 있는가?

8. 당신은 거의 매일 자신만의 세계로 침잠하든지 아니면 환상의 세계로 도피하는가?

9. 미래에 대하여 건설적이고 낙천적인 계획을 짜고 그것을 실천하는 것이 어려운가?

점수
당신이 "예"라고 대답한 질문은 모두 몇 개인가? ＿＿＿＿＿＿

1~3개
사람은 누구나 현재 진행 중인 상실과 변화를 잘 다스려야 한다. 비록 상실이 당신에게 영향을 미쳤지만 당신은 그 상실을 잘 파악하고 있고, 최선을 다해 그것을 다루고 있다. 그러나 자신에게 특별한 주의와 보살핌을 베풀어야 한다는 사실을 잊지 말라. 감수성을 무시하려 들지 말고, 자신에게 바보처럼 굴지 말고, 그 아픔과 좀 타협하라는 식으로 말하지는 말자. 이 상황에서는 당신의 감정이 당신에게 속삭이는 말에 귀를 기울여야 한다. 당신이 진정으로 필요로 하거나 갈망하는 것이 있는가? 당신의 감정에 관심을 기울이고 그 감정들을 잘 분류할 시간이 필요한가?

3개 이상

당신은 상실과 퇴보를 경험했다. 그리고 그중 일부와 아직 타협이 이뤄지지 않았을 수도 있다. 당신은 용감하게 그런 일들에 정면으로 맞설 수도 있다. 하지만 내면 깊숙이 자리 잡고 있는 감정의 일부를 무시하고 있지는 않은가? 당신에게 일어난 일에 죄의식을 느끼거나 화를 내고 있는가? 그런 일들이 더 이상 개선되지 않을 것이라고 믿는가? 아니면 새로운 출발을 하는 데 필요한 노력을 당신이 아직 충분히 기울이지 않았다고 생각하는가? 오래된 상실 또는 문제들이 당신을 여전히 물고 늘어지고 있어 당신이 앞으로 나아가지 못하는 것은 아닌가?

큰 슬픔을 극복하는 데 도움이 되는 조언

오랫동안 계속되는 큰 슬픔을 극복한다는 것은 참으로 어렵다. 자신에게 응원을 보내고, 가능한 한 자주 주위 사람에게 도움의 손길을 뻗는 것이 무엇보다도 중요하다.

- 상실에서도 이점을 발견하고, 거기서 얻는 것이 무엇인지를 깨닫는 일이 매우 중요하다. 이 과정을 거치는 사람들은 보다 큰 행복을 느낄 수 있다. 그들은 그런 상실에 직면할 때 자신을 희생자로 느끼거나 부정적으로 생각하는 사람보다 고난을 더 잘 극복할 수 있다.

- 당신의 상실을 글로 써라. 힘겨운 감정들과 직면하여 단어로 표현하라. 그 상실의 이야기를 모두 글로 담아내고, 그것에 해석까지 달아서 하나의 이야기로 엮어라. 그 과정에서 부정적인 감정이 모습을 드러낼 것이고, 이 때문에 처음에는 당신의 감정이 더 격해질 수 있다. 그러나 시간이 조금 흐르면 그 자체가 아주 중요한 이점을 당신에게 안겨준다는 사실을 깨달을 것이다. 스스로에게 그 상실의 아픔에 대해 일관된 이야기를 꾸미도록 기회를 줌으로써 당신은 그 아픔과 더 긍정적인 방향으로 타협을 이룰 수 있다.

- 상실의 아픔에 대해 털어놓아라. 그리고 사교적 접촉을 가져야 하며, 사회적으로 고립되어서는 절대로 안 된다는 점을 명심하라. 당신의 마음을 잘 헤아려주고 대화하기 편한 친구나 파트너를 선택하라.

- 지금 이 순간 그 상실에 대해 당신이 어떻게 느끼고 있는지를 놓치지 않기 위해 정기적으로 아픔을 되새기도록 하라.

- 고통을 느낄 여유를 가져라. 그러면 그 상처의 아픔이 불쑥 당신을 공격하는 일은 없을 것이다.

- 추억과 꿈, 그리고 이런 것들에 대한 감상을 쓸 일기장을 마련하라. 그리고 새로운 기억이 떠오를 때마다 그 기억에 시간적인 여유와 공간을 제공하라.

- 당신의 삶에서 특별하고 의미 있는 무엇인가를 하라. 당신에게 일어난 그 일에 대한 직접적인 반응 또는 태도를 정리한다는 차원에서 말이다.
- 당신의 가정과 당신의 삶에 그 기억을 경험하고 축하할 수 있는 공간을 하나 만들라. 예를 들면 아주 값진 소유물을 보관할 수 있는 특별한 장소도 좋다.
- 죽은 사람에 대한 추억을 반드시 이야기함으로써 그 사람이 망각 속에 묻히지 않도록 하라.
- 세상을 떠난 사람들의 특별한 점과 그들에 대한 감정과 생각을 표현하는 창의적인 무엇인가를 만들라.
- 세상을 떠난 사람에게 글을 쓰거나 가상 대화를 하라.
- 인내심을 발휘하라. 이 상실의 아픔은 누구나 평생토록 겪어야 하는 과정일 뿐이다. 상실에는 결코 끝이 없는 법이다.
- 지금도 죄의식을 느끼고 있다면, 그 죄의식이 몇 년 동안 당신을 꼼짝 못하게 묶어둘 수 있기 때문에 도움을 청하는 것이 더 바람직하다.
- 새로운 인간관계와 활동에 투자하라. 그 기회를 이용하여 긍정적인 변화를 추구하고 다시 시작하라.
- 당신과 비슷한 아픔을 잘 극복했고, 당신에게 도움이 될 만한 사람들에게 도움을 청하라.

깊은 정신적 충격 뒤에 오는 스트레스

강간이나 폭행, 태풍이나 사고 등등 정신적으로 매우 아픈 경험을 겪은 사람들은 육체적 충격에서는 상당히 빨리 회복할 수 있지만, 정서적·심리적 충격에서 회복하는 것이 무척 어렵다. 심지어 심리적 충격은 몇 달 또는 몇 년 동안 이어질 수도 있다. '정신적 충격 후 스트레스 장애(PTSD: Post Traumatic Stress Disorder)'로 알려진 증후군을 일으키는 사람도 있다. 많은 사람들이 이 증후군을 약하게 경험하면서도 자신이 그런 정신적 장애로 고통받고 있다는 사실조차 깨닫지 못한다. PTSD의 징후를 다루는 일은 상실의 영향을 다루는 것과 매우 비슷하다. 어떤 일로 정신적 충격을 받게 되면 누구나 자신에게 일어난 그 일을 충분히 이해하고 넘어갈 필요가 있다. 그들은 슬픔과 절망, 죄의식, 수치, 분노, 굴욕, 속수무책, 또는 두려움 등의 힘겨운 감정들과 솔직하게 직면할 필요가 있다. 자신에게 일어난 일의 본질은 무엇이고, 자신이 그 일을 어떻게 처리했으며, 지금 그 일에 대해 어떻게 느끼고 있는지 등을 재구성해야 한다는 것은 매우 중요하다. 그들은 자신의 삶을 통제하고 있다는 느낌을 다시 확보할 필요가 있다. 또한 그 힘겨운 감정을 솔직하게 털어놓아 주위 사람들과 함께 나눌 필요가 있다.

만약 정신적 충격이 큰 사건에 앞서서 어린 시절에 부모를 여의었다든지 하는 파괴적인 경험을 겪었을 때에는 PTSD가 더 심각하게 나타난다는 증거가 있다. 그렇다면 어린 시절에 겪은 경험까지도 다시 들춰내어 지금 일어난 일의 이야기에 포함시킬 필요가 있다. 만약 그 사건에 대해 솔직하게 말해주는 상대방이 있다면 상당히 도움이 될 것이다. 또한 상실의 슬픔과 마찬가지로 그 사건에서 의미를 발견하거나 그 사건을 통해 배운 어떤 이점을 찾을 수 있다면 그나마 힘이 되지 않을까?

정신적 충격은 엄청난 감정적인 격변을 낳는다. 이 격변은 자신의 삶을 이어온 모든 것을 다시 평가하게 할 뿐 아니라 자신에 대해서도 달리 생각하게 한다. 그런 감정적 격변은 매우 고립되어 있다는 느낌을 갖게 하기도 한다. 그 이유는 그 경험을 겪는 과정에서 자신이 혼자임을 느끼기 때문이다. 다시 자신을 일으켜세우고 다른 사람과 연결되어 있다는 것을 느끼도록 하려면 자신의 이야기를 글로 쓰거나 주위 사람에게 털어놓는 일이 반드시 필요하다.

충분히 이해되지 않은 것은 언젠가 반드시 다시 나타난다. 그 미스터리가 풀리고 주문이 깨어질 때까지 그것은 결코 잠들지 않는다. 때려눕히지 않은 귀신처럼 말이다.

_ 지그문트 프로이트

상실의 아픔과 마찬가지로 정신적 충격의 치유에도 세심한 관심이 필요하다. 자신에게 일어난 일에 대해, 그리고 자신이 잃어버린 것에 대해 충분히 슬퍼하고, 그 결과 자신이 어떻게 변했는지를 이해할 필요가 있다. 큰 충격을 안겨준 사건의 후유증에서 성공적으로 회복하는 사람들은 그 사건과 그 사건에 대한 자신의 반응을 의미 있는 쪽으로 가장 잘 이해하는 사람들이다. 그들은 자신에게 일어난 일들을 의미 있는 것으로 전환할 수 있는 능력을 가지고 있다.

PTSD 징후들을 인식하는 방법

- 잠을 자는 데 어려움을 겪는가?
- 화를 잘 내는가?
- 정신 집중에 어려움을 겪는가?
- 지나칠 정도로 빈틈이 없는가?
- 충격을 안겨준 그 사건을 다시 경험하는가? 예를 들면 꿈이 반복되고, 그때의 파괴적인 장면이 머릿속에 자꾸 떠오르는가?
- 비록 간접적일지라도 무엇인가가 당신에게 그때 그 사건을 떠올리게 하면 당신은 육체적 또는 감정적 고통을 경험하는가?
- 그때의 충격을 떠올리게 하는 감정과 생각, 사람, 활동, 장소 또는 상황을 피하는가?
- 충격적인 그 사건에서 당신에게 의미 있게 다가오는 점이 떠오르지 않는가?
- 관심사항과 활동영역이 줄어들었는가?

- 미래에 대한 희망을 잃었는가?
- 더 고립되어 지내는가?
- 감정 표현의 폭이 좀더 좁아지고, 좀더 제약을 받는가?
- 끊임없이 반복되는 생각이나 행동이 새로 생겼는가?

이들 징후 중 세 개 이상을 지금도 경험하고 있다면, 그리고 그 징후들이 큰 충격을 안겨준 사건을 경험한 이후에 나타났다면 당신은 외부의 도움을 청하는 것이 바람직하다. 누구나 이런 징후들을 일시적으로 경험할 수 있다. 그러나 그 징후들이 몇 달씩 이어진다면 당신이 그 상처에서 회복하기 위해서는 더 많은 도움과 응원이 필요하다는 것을 의미한다.

05

행복, 기쁨, 창의성

행복은 당신에게 이롭다. 다양한 연구조사 결과를 보면 긍정적인 감정으로 자신에 대해 좋은 기분을 느낄 경우 창의성이 더 커지고, 문제해결 능력이 향상되며, 갈등을 해결하는 능력도 개선되고, 사고도 보다 유연해진다. 행복한 사람은 다른 사람에게 더 관대해지고 도움을 베풀 수 있다. 그리고 그런 사람들의 의사결정 과정은 보다 효율적이며 보다 철저하다.

당신의 안녕과 행복의 수준과 효율성을 높이기 위해서 날마다 할 수 있는 간단한 일들이 있다. 누구나 기분을 고양시켜주는 환경과 일상의 작은 사건에 아주 신속하게 반응한다. 누군가가 당신에게 친절한 말 한마디를 건네거나 자그마한 선물을 줄 때 당신의 기분이 얼마나 달라지는지 한 번 생각해보라.

기쁨은 당신의 환경에 따라 행복보다 더 깊이 당신의 내면으로 들어간다. 기쁨은 태어남과 동시에 주어지는 선물이며, 전적으로 외부의 조건에 의존하지는 않는다. 그 때문에 우리는 아주 힘든 시기를 거치면서도 기쁨의 순간을 경험할 수 있는 것이다. 기쁨을 느끼는 것은 인간의 한 권리다. 그런데도 그 기쁨은 종종 무시당하거나 과소평가된다. 우리에게는 연회장에 느긋하게 앉아서 잔치의 전 과정을 즐기기보다는 테이블의 빵 부스러기 몇 개를 재빨리 낚아채야 한다고 생각하는 경향이 있다. 이와 달리 기쁨이란 당신이 단지 살아남기 위해 발버둥치고, 일을 잘 처리해야 한다는 강박관념에 짓눌린 상태에서는 결코 누릴 수 없는 그 무엇이다. 기쁨이란 것이 바로 그런 것이었나? 기쁨은 손에 넣는 물질에 달린 것일까, 아니면 즐거운 마음의 상태로 들어가겠다는 의지에 달린 것일까? 거리를 가다가 꽃 향기를 맡으려고 잠시 걸음을 멈추거나, 매일 얼굴을 대하면서 너무나 당연한 것으로 여겨왔던 주위 사람들에게 잠시 감사의 마음을 품는 것처럼 말이다. 우리가 즐길 수 있는 것은 어떤 것들이며, 그것을 즐길 수 있는 때를 결정하는 존재는 과연 누구인가?

칼뱅주의와 청교도적인 사고가 지배하는 문화권에서 자라난 사람들은 이 철학이 강조하는 핵심 사상 중 하나에 강한 영향을 받고 있다. 예를 들면 당신이 무엇인가를 얻을 자격을 누리려면 열심히 일을 해야 하고, 기쁨과 휴양과 쾌락은 그 자체가 천박하고 시간 낭비이며 방종이라는 것이다. 이는 섹스는 즐거움보다는 종족 번식의 목적으로만 해야 한다는 믿음과 비슷하다.

자유

당신은 자유의사에 따라 자발적으로 행동하는 경우가 얼마나 자주 있는가? 걱정이나 필요에 쫓기지 않은 상태에서 말이다. 자발적인 행동이란 두려움이나 기대 또는 의무가 아닌 창의적인 자기 표현의 한 형태라고 할 수 있다(다른 사람에게 불편을 안겨주고, 화나게 하고, 피해를 입히는, 말하자면 순전히 이기심에서 나오는 행동에 대해 말하는 것이 아니다). 자유를 향한 인간의 노력에는 용기와 언약이 필요하다. 예를 들면 연봉은 높지만 스트레스가 많은 직종을 버리고 당신에게 더 큰 목적의식과 만족감을 안겨줄 직종을 택하기 위해 새롭게 훈련을 받기로 결정하는 것이 그런 노력에 속한다. 아주 간단하게, 게으름을 피우기 위해서가 아니라 당신이 정말로 특별한 누군가와 하루를 보내려고 직장을 하루 쉬는 것도 괜찮다. 그것도 아니면 넓은 범위를 두루 살피는 사고방식을 동원하거나 모든 사람의 삶의 질을 개선할 수 있는 새로운 제안을 제시함으로써 지금과는 완전히 다르고 혁신적인 무엇인가를 하거나 표현하는 것도 좋다. 하지만 이런 노력을 펼치지 못하게 막는 것은 바로 우리 스스로 만들어놓은 새장 밖으로 발을 내딛는 것에 대한 두려움이다. 어느새 우리는 이 습관에 포위되어 사는 존재가 된 것이다.

심리학에는 거짓 자아라는 개념이 널리 쓰인다. 이 세상에는 서로 다른 두 가지 교육이 동시에 진행되고 있다. 그 하나는, 각 개인은 마땅히 해야 할 일을 하고 그 기대에 부응하여 성장해야 한다고 가르친다. 그 결과, 외부의 요구사항을 만족시켜주는 거짓되고 유순한 자아가 형성되어 외부로부터 승인과 인정을 받고, 주변 사람들과 똑같다는 느낌을 얻는다. 조건부 사랑과 인정만을 받은 어린이들은 자칫 자신이 사랑스러운 존재가 아니라는 상처를 받을 수 있기 때문에 자신에게 필요한 사랑과 관심을 끌려면 특별한 방식으로 행동해야 한다는 사실을 깨달으며 성장하게 된다. 어린이들이 조건부 사랑을 받는다고 말한 이유는 '착해야 한다'라든가 '나를 귀찮게 하지 말라'는 식의 강요된 조건을 충족시킬 때에만 진정으로 사랑받는다고 느끼기 때문이다. 어린 시절 이런 경험이 있는 사람들은 내면적으로 공허감과 무력감을 느끼고 자존심이 약해 삶에 대한 기대가 낮다.

또 하나의 교육은 어린이들에게 외부의 요구로부터 어느 정도 자유를 허용한다. 그 자유의 공간 안에서 어린이들은 마음대로 놀고, 공상에 잠기고, 자신이 누구인지를 발견한다. 그 아이에게는 자기 힘으로 탐험하고 학습할 공간이 주어진다. 그리고 그런 아이는 자신의 행동 중 일부를 어른들이 받아들이지 않을지라도 지금 그대로의 모습으로도 충분히 사랑받을 만하다고 믿기에 이른다. 비록 이런 식으로 자라난 아이들이 거짓말을 하고 다른 사람의 기대에 자신의 행동을 맞추거나 자신이 원하는 것을 얻기 위해 다른 사람들을 교묘하게 조종할지라도, 그 아이의 거짓 자아는 그 아이에게는 그다지 중요하지 않으며 그 아이의 행동에도 크게 영향을 미치지 못한다.

어느 시점에서는 반드시 역할 모델을 해야 한다는 측면에서 보면, 우리 모두에게는 어느 정도의 거짓 자아가 있다. 소설 『전쟁과 평화』에서 톨스토이는 일생 동안 고난과 억압, 곤경을 겪은 남자를 묘사한다. 그 남자가 최종적으로 배운 것은 자신의 인생을 살고 사랑하기 위해 개인의 자유를 발견하는 것이야말로 인생에서 가장 중요하다는 깨달음이다. 그런데 우리 모두에게 최악의 사태가 벌어지려 하고 있다. 언젠가는 모두 죽어갈 텐데, 이런 현실을 바꿀 수 있는 사람이 과연 있을까? 만약 우리에게 시간이 그리 많지 않을 뿐만 아니라 삶은 곧 죽음에 가까워지는 것이라는 깨달음을 안고 산다면, 지금 이 순간 여기서 우리가 가지고 있는 것을 최대한 발휘할 수 있는 힘이 솟을 것이다. 실존주의 철학자들은 이 깨달음이 우리에게 궁극의 자유를 주는 것으로 여겼다. 우리의 의지대로 자신의 삶을 최대한 치열하게 살아야 한다는 것이 그들의 가르침이다.

호기심

어린이들은 질문을 던지도록 입력된 상태에서 이 세상에 태어난다. 그들은 탐험가이고 모험가다. 그들은 창의적인 호기심으로 가득하다. 그들은 무엇이든 알고 싶어 한다. 연구보고서에 따르면, 아기들은 태어나는 그 순간부터 눈부실 정도로 뛰어난 학습자다. 아이들이 성장하면서 성취하고 다루는 모든 것들은 그애들이 습득하는 지식과 기술에 바탕을 두고 있다. 한 전문가는 어린이들이 네 가지 기본적인 질문에 대한 대답을 추구하고 있다고 주장했다. 그 질문은 다음과 같다.

- "저기 있는 건 뭐야?" – 이 질문은 범주와 개념을 탐구하는 호기심과 관련 있다.
- "이건 뭐와 연결되어 있어?" – 이 질문은 순서를 발견하려는 호기심과 관련 있다.
- "이 일은 왜 일어나는 거야?" – 이 질문은 인과관계를 발견하려는 호기심과 관련 있다.
- "이걸로 뭘 할 수 있는데?" – 이 질문은 숙달된 기술을 얻으려는 호기심과 관련 있다.

이 자연스러운 호기심은 어린이들로 하여금 세상을 이해하고, 필요한 것을 얻게 하는 멋진 생존 기술이다. 그런데 우리는 왜 어린이들의 물음을 제한하려 하고 귀찮아하는가?

기쁨

기쁨은 행복과 즐거움, 축복과 황홀함을 포함한다. 그러나 그 기쁨은 단순한 즐거움 이상이다. 그것은 또한 유쾌함이나 행복 또는 즐거움을 선택하고 그쪽으로 향할 줄 아는 중요한 능력이다. 기쁨을 느끼는 것은 이미 당신의 내면에 굳건하게 자리 잡고 있는 본성의 한 측면을 온전하게 경험할 수 있는 기회다. 우리는 축복과 황홀함, 즐거움과 기쁨을 경험하게 해줄 사람과 활동과 대상을 선택한다.

각 개인은 기쁨과 유쾌함이 흐르는 독특한 채널이라고 할 수 있다. 그 기쁨과 유쾌함은 각 개인들이 인간관계를 맺는 외부의 대상과 활동을 통해 표현된다. 그리고 그 대상과 활동은 자아감을 표현하기도 한다. 서핑이나 스키처럼 더없는 유쾌함과 흥분을 불러일으키는 활동에 종사하는 사람들에게서 이런 현상이 쉽게 나타난다.

또한 성장과 계발에는 삶을 즐길 줄 아는 능력이 동반된다. 1970년대에 많은 글을 쓴 급진적 성향의 심리학자 슈츠는 기쁨을 "잠재력의 성취에서 나오는 감정"이라고 묘사했다. 교육 수준이 높은 사람이 교육이나 훈련을 거부한 사람보다 인생 후반에서 더 큰 성취감을 이룬다. 다시 말해 지혜와 지식, 기술의 획득에 투자한 데 대한 보상을 충분히 받는 셈이다.

자신을 즐기는 일에 시간을 충분히 투자하면, 부정적이거나 시기심을 느끼거나 파괴적으로 흐를 가능성이 더 낮아진다. 그렇다면 왜 그런 투자가 시간 낭비나 방종으로 여겨질까? 밖에서 당신이 좋아하는 무엇인가를 하면서 시간을 보내는 것보다 따분한 일을 하는 것이 더 긍정적인 평가를 받는 이유는 무엇일까? 인생에서 가장 중요한 것 중의 하나가 바로 진정으로 좋아하는 일에 완전히 빠지는 것이 아니던가?

당신이 누리고 있는 기쁨은 몇 등급인가?

기쁨과 즐거움이 자연스럽게 피어날 수 있는 공간을 충분히 열어놓고 있는지를 측정하기 위해 다음의 질문들을 신중하게 생각해보자. 당신이 "예"라고 대답할 수 있는 항목이면 모두 골라라.

1. 당신은 지금의 환경에서 일을 다 처리할 수 있다는
   자신감을 느끼는가? □
2. 다양한 상황을 유능하게 처리할 수 있다고 느끼는가? □
3. 당신은 자신이 가진 다양한 능력을 활용할 수 있다고 느끼는가? □
4. 당신은 자신의 감정을 자유롭게 표현할 수 있는
   기회를 갖고 있는가? □
5. 당신은 자신에게 가장 중요한 일에 투자할 시간이 충분한가? □
6. 당신은 긍정적이고 다양한 인간관계를 풍요롭게
   유지하고 있는가? □
7. 당신은 의미 있는 방식으로 공동체에 폭넓게 참여하고
   있다고 생각하는가? □
8. 당신은 규칙적으로 즐거움과 기쁨을 누리고 있으며
   여가에 시간을 투자하는가? □
9. 당신은 삶에 어떤 형태의 영적 연결을 느끼는가? □
10. 당신은 자신이 개인적 · 감정적 또는 창의적 성취를 위해
    적극적으로 노력하고 있다고 느끼는가? □

점수
당신이 누리고 있는 기쁨의 등급은 10등급 중 몇 등급인가? _____

당신의 삶에서 기쁨을 누릴 기회를 더 많이 갖기 위해 할 수 있는 일은 무엇인가?

_____

_____

_____

_____

_____

_____

_____

당신은 불행한가?

많은 사람들이 불행하다거나 목표를 실현하지 못했다고 느끼는 이유는 무엇일까? 행복을 들여다보기 전에, 우리 모두 불행을 잠깐 들여다보도록 하자. 불행의 기본적인 원인 몇 가지가 확인된다. 만약 불행의 원인으로 꼽히는 다음 사항 중 당신에게 해당되는 것이 있다면, 약간의 노력만 기울여도 당신은 그것을 완전히 바꿔놓을 수 있다. 이 요인 모두는 당신이 그것을 자신의 문제로 인식하기만 하면 금방 바꿀 수 있는 것들이다.

1. 당신은 비이성적인가? 당신의 결정과 일상적인 행동이 비논리적이거나 근거 없는 이유에 바탕을 두고 있는가? 당신의 태도와 믿음이 당신을 약하게 하고 훼손시키고 있지는 않은가?
2. 당신이 이상적이라고 생각하는 현실의 모습을 주위 사람이나 사건에서 확인하려고 들지 않는가?(예를 들면 당신이 남자친구나 여자친구를 새로 사귄다. 그런데 당신은 그 사람을 제대로 알기도 전에 그 사람이 이상적인

삶의 동반자가 되리라고 상상한다. 아니면 당신은 새 사업 파트너가 당신을 속이고 있다는 사실을 전혀 알고 싶지 않다.)

3. 두려움 때문에 당신의 삶이 제한을 받는가? 당신은 자신이 선택한 가치와 목표를 추구하는 일을 적극적으로 피하는가? 아니면 노력과 변화, 파괴, 상실, 또는 실망을 적극적으로 피하는가? 다음에 말하는 여러 가지 두려움 중에서 당신에게 크게 영향을 미치는 것은 없는가? 새로운 것에 대한 두려움, 변화에 대한 두려움, 미래에 대한 두려움, 다름에 대한 두려움, 판단이나 비판에 대한 두려움, 소속되지 않은 데 대한 두려움, 당신 자신을 옹호하는 것에 대한 두려움, 성공에 대한 두려움, 실패나 절망에 대한 두려움, 잘못되지 않을까 하는 두려움, 진실을 말하는 데 대한 두려움, 외로움에 대한 두려움, 노력 또는 훈련에 대한 두려움, 불안에 대한 두려움 등.

4. 어떤 어려운 일을 하려고 노력하다 보면 '그만한 가치가 있을까' 하는 느낌이 드는가? 당신이 가능한 한 노력을 기울이지 않으려고 애쓰는 분야가 특별히 있는가?

5. 당신만의 가치를 생각하고, 계획을 짜고, 그것을 추구함으로써 자신의 행복을 달성해나가거나 이룰 수 있다는 사실을 아는가?

6. 당신은 자신의 효율성과 전문적 지식을 낮게 평가하는가? 예컨대 후퇴를 경험하게 될 경우 그 일을 잘 밀고나가지 않는가? 당신은 쉽게 포기하고 마는가?

7. 당신의 기분과 태도가 다른 사람이나 외부 상황에 통제받고 있다고 생각하는가?

8. 당신은 해결해야 할 문제와 맞닥뜨렸을 때 그것에 대한 도전을 피하는 편인가?

9. 당신이 진정으로 원하는 것을 얻을 가능성에 대해 비관적인 태도를 갖고 있는가?

행복에 이르는 발판을 쌓다

행복을 연구하는 분야에서 최근 발표된 보고서에 따르면, 행복을 쌓기 위해 누구나 해야 할 일들이 특별히 있는 것으로 확인된다. 물론 행복을 누릴 수 있는 기회를 줄이는 특별한 경우도 있다. 나이가 들수록 사람의 행복을 결정하는 가장 큰 요소는 좋은 인간관계다. 이는 곧 좋은 인간관계를 인생 가치에서 높은 순위에 올려도 좋다는 것을 암시한다. 당신이 일대 일의 충실한 파트너십 관계를 유지하고 있든 그렇지 않든, 긍정적인 인간관계야말로 행복의 필수요건이다. 실제로 인간관계의 만족도가 높으면 금전적 어려움 등 불행과 연결되어 있는 모든 요소의 영향이 어느 정도 상쇄된다. 인생 후반기에 행복과 안녕을 보여주는 또 다른 강력한 지수는 그 사람의 교육 수준이다. 교육 수준이 높으면 높을수록 목적 성취를 경험할 가능성 또한 높아진다.

당신이 행복을 인생의 주요 목표로 잡거나 5년 안에 이룰 결과물로 결정한다고 가정해보자. 그렇다면 당신은 기꺼이 변화를 꾀할 것인가? 당신은 자신이 행복해질 수 있다고, 그리고 자신이 행복한 삶을 누릴 자격을 갖추고 있다고 믿는가? 다음에 제시된 질문은 다양한 행복 연구 프로젝트에 등장하는 요인을 바탕으로 만든 것이다. 그 질문들을 보면 이 세상에는 사람을 행복하게 만들거나 불행하게 만드는 요인들이 분명히 있음을 알 수 있다. 예를 들면 돈은 사람을 어느 정도 행복하게 해준다. 현금이 부족하면 당신은 쉽게 불행해진다. 그러나 금전적인 부가 어느 정도 풍족한 선에 이르면 그 이상으로 돈이 많아진다고 해도 당신의 행복도가 더 높아지지는 않는다. 목표를 실현하고, 높은 존재 가치를 인정받고, 공동체나 사회에 기여할 수 있다는 느낌이 행복과 훨씬 더 강하게 연결되어 있다. 기업체를 일으킨 뒤 그것을 높은 가격에 판 사람들은 회사를 빼앗긴 듯한 상실감에 빠진다고 한다. 그 사람들은 종종 돈은 절대로 목표의식이나 존재 가치를 대신하지 못한다고 말한다.

다음 질문에 대답을 하다 보면 그중 몇 개는 깊이 생각해야 한다. 아마 당신은 자세를 똑바로 고쳐 앉아서 사람들을 행복하게 만드는 것이 무엇인지 곰곰이 생각하게 될 것이다. 한 개인으로서 특별히 당신을 행복하게 만드는 것은 무엇이며, 어떻게 하면 그것을 더 많이 얻을 수 있을까? 그 질문들 중 몇 개는 행복이라는 단어를 생각하는 것만으로 즉각 답이 떠오르지 않을 수도 있다. 만약 사람들에게 무엇이 그들을 행복하게 해주는지를 묻는다면, 많은 사람들이 '복권 당첨'이라고 대답할 것이다. 그러나 복권 당첨자를 대상으로 실시한 연구를 보면, 그들이 다른 사람들보다 특별히 더 행복하다는 증거는 보이지 않는다. 당신뿐만 아니라 다른 사람에게도 이 질문들을 던져보면 재미있는 대답들을 얻을 것이다. 당신 스스로 행복을 연구하면서 말이다.

　행복은 만족스러운 생활조건과 긍정적인 태도의 결합이다. 긍정적인 태도는 당신의 가치와 목표, 그리고 그런 것들에서 비롯되는 행동에 크게 좌우된다. 행복은 이 세상을 어떻게 받아들이는가와도 관련이 있다. 예를 들면 제3세계의 극빈자들도 자신이 행복하다고 말한다. 그 이유는 그들의 가난은 그곳에서는 지극히 정상이고, 그 가난이 폭넓은 사회적 공감대나 영적인 믿음과 같이 그들에게 중요한 삶의 국면에 방해가 되지 않기 때문이다. 그들은 자신의 처지를 기꺼이 받아들이고, 그 상황이 달라지리라는 희망에 쓸데없이 에너지를 낭비하지 않는다. 불행을 일으키는 가장 큰 요인은 우리 자신을, 우리의 삶을, 또는 처지를 받아들이지 않는 것이다. 여기에 긍정적인 목표의 결여까지 겹쳐지면 최악의 상태에 빠지고 만다. 따라서 행복의 기술이란 능력을 발휘할 수 있는 분야에서 더 높은 성취를 향해 열심히 노력함과 동시에 당신이 가진 것을 기꺼이 받아들이는 마음의 상태를 이루는 것이다.

당신은 어느 정도 행복한가?
행복 질문서

질문마다 대답을 하나씩 골라 숫자에 동그라미를 그려라. 그리고 맨 마지막에 그 숫자를 모두 합한다.

1. 돈 : 필요한 만큼 가지고 있는가? 따라서 당신은 돈에 대해 걱정할 필요가 없는가?

- 전적으로 맞는 말이다.   4
- 부분적으로 맞는 말이다.   3
- 나에게는 맞지 않는 말이다. 그러나 나는 돈을 더 많이 벌려고
  애쓰고 있다.   2
- 나에게는 전혀 맞지 않는 말이다.   1

2. 복권을 사는가?

- 절대로 사지 않는다.   3
- 가끔 산다.   2
- 매주 산다.   0

3. 당신은 자신이 처한 입장을 받아들이고 거기서 행복을 느끼는가?

- 그렇다.   4
- 그렇지 않다.   0

4. 일상의 일이나 직업에서 성취감을 느끼는가? 그리고 당신이 가진 기술을 상당히 많이 발휘한다고 느끼는가?

- 상당히 맞는 말이다.   4
- 부분적으로 맞는 말이다.   3
- 그렇지 않다.   2

- 전혀 그렇지 않다. 나는 살기 위해서 일할 뿐, 일하기
  위해서 살지는 않는다.   1

5. 당신을 행복하게 해주는 인간관계가 있는가? 당신이 믿을 수 있고 사랑할 수 있는
   그런 사람이 있는가?
   - 그렇다.   4
   - 부분적으로 그렇다.   3
   - 지금은 그렇지 않지만 나에게도 언젠가 그런 사람이
     나타났으면 하고 바란다.   2
   - 전혀 그렇지 않다.   0

6. 가족 : 나의 가정생활(아이가 있다면 아이까지 포함)은 풍성하고 보람이 있다. 나는
   가족과 함께 시간 보내기를 좋아한다.
   - 전적으로 맞는 말이다.   4
   - 부분적으로 맞는 말이다.   3
   - 지금 나에게는 맞지 않지만 언젠가는 그런 일이 일어났으면
     하는 바람이 있다.   1
   - 전혀 맞지 않는 말이다. 그리고 어떻게 그런 일이 가능한지
     도무지 모르겠다.   0

7. 우정과 응원 : 친구의 폭이 넓다. 그들 중 일부는 서로 상당히 다르다. 나는 이들과
   의 관계를 적극적으로 지켜나가고 있다.
   - 매우 맞는 말이다.   4
   - 상당히 맞는 말이다.   3
   - 나와는 상당히 거리가 있다. 나에게도 친구가 있기는 하지만
     친한 친구 몇 명밖에 없다.   2
   - 전혀 맞지 않는 말이다. 나는 사교적이지도 않고, 많은 사람을

만나지도 않는다.　　　　　　　　　　　　　　　　　　0

8. **교육 : 지금까지 나는 계속 교육을 받으면서 성취를 이뤄왔고, 그 교육이 능력 발휘에 도움이 되고 있다.**

- 맞는 말이다. 그리고 나는 교육에 많은 것을 투자했다.　　　　　4
- 부분적으로 맞는 말이다.　　　　　　　　　　　　　　　　3
- 맞지 않는 말이다.　　　　　　　　　　　　　　　　　　1
- 전혀 맞지 않는 말이다. 나는 교육에 전혀 관심이 없다.　　　　0

9. **취미/비전문적인 활동/관심사항 : 나는 폭넓은 활동과 관심사항, 또는 취미활동에 적극적으로 참여하고 있으며 그것을 매우 즐기기도 한다.**

- 상당히 맞는 말이다.　　　　　　　　　　　　　　　　　4
- 부분적으로 맞는 말이다.　　　　　　　　　　　　　　　　3
- 그다지 맞지 않는 말이다.　　　　　　　　　　　　　　　1
- 전혀 맞지 않는 말이다. 나는 외부 활동에 별로 관심이 없다.　　0

10. **당신이 하는 일 중에서 당신에게 진정으로 기쁨을 안겨주고 당신도 그 일에 시간을 더 투자했으면 하는 것이 있는가? 해를 끼치지 않고 자기 파괴적인 일이 아니라면 무엇이든 좋다.**

- 그렇다.　　　　　　　　　　　　　　　　　　　　　2
- 그렇지 않다　　　　　　　　　　　　　　　　　　　0

11. **웰빙 : 당신의 웰빙에 대해서는 어떻게 묘사하겠는가? 어느 것이 당신의 묘사에 가장 가까운가?**

- 나는 건강하고, 생동감을 느끼며, 삶에 취해 있다.　　　　　5
- 나는 늘 기분이 좋고, 인생을 즐긴다.　　　　　　　　　4
- 간혹 기분이 나쁠 때도 있지만 대체로 나는 모든 일에

최선을 다하는 편이다.　　　　　　　　　　　　　　　　　　　3

• 대부분의 시간에 나는 좋은 기분을 느낀다고

　말하지 못할 것 같다.　　　　　　　　　　　　　　　　　　　1

12. 건강 : 당신의 건강은 어떤가? 그리고 당신은 자신을 돌보는가?

• 나는 건강이 좋은 상태이며, 건강한 라이프 스타일을

　지켜나가는 것을 즐긴다.　　　　　　　　　　　　　　　　　4

• 대체로 나는 자신을 잘 돌보는 편이다. 하지만 나는 인생을

　살면서 재미있는 일을 즐기는 것도 좋아한다.　　　　　　　3

• 나에게는 건강상의 문제가 조금 있다. 그러나 그 문제에도

　최선을 다하려고 노력한다.　　　　　　　　　　　　　　　　2

• 건강하든 건강하지 못하든 상관없다. 나는 나의 건강에 관심을

　쏟지 않고 있으며, 건강에 안 좋은 것들을 끊임없이 하고 있다.　0

13. 텔레비전 : 일주일에 TV를 시청하는 시간은 평균 얼마인가?

• 4시간 미만　　　　　　　　　　　　　　　　　　　　　　　4

• 4시간 이상 10시간 미만　　　　　　　　　　　　　　　　　3

• 10시간 이상　　　　　　　　　　　　　　　　　　　　　　1

• TV를 상당히 많이 본다. 어떤 때는 거의 대부분의 시간을

　TV 시청에 쏟는다.　　　　　　　　　　　　　　　　　　　0

14. 자율권 : 당신은 어느 정도로 자신의 삶을 책임지고 있다고 느끼는가?

• 누구 못지않게 강하게 내 인생을 책임지고 있다고 느낀다.　　5

• 비록 내가 허용하고 싶은 범위 이상으로 다른 사람이 나에게

　영향을 미치도록 내버려두고는 있지만, 나도 삶에서 상당히

　많은 자율권을 누리고 있다.　　　　　　　　　　　　　　　3

• 어느 정도 자율권을 누리지만 제약을 받고 있다.　　　　　　2

• 나에게는 나의 인생에 대해 할 말이 거의 없다. 그리고
내 인생에서 내가 어떻게 할 수 있는 일도 그리 많지 않다.　　　　　0

15. 사람들이 대체로 당신을 유쾌하다거나 명랑하다고 묘사하는가? 당신은 자주 웃거
나 다른 사람을 웃게 하는 편인가?
• 상당히 쾌활하고 자주 웃는다.　　　　　4
• 평상시에 보면 쾌활한 편이고 가끔 웃는다.　　　　　3
• 대체적으로 상당히 쾌활한 편이나 그렇게 자주 웃는 편은
아닌 것 같다.　　　　　2
• 쾌활하다거나 많이 웃는다고 말할 수 없다.　　　　　0

16. 일이 잘못 돌아가거나 실수를 저질렀을 때, 아니면 어떤 일에 성공하지 못했을 때
당신은 자신을 책망하거나 탓하는 편인가?
• 아니다.　　　　　4
• 간혹 그렇다.　　　　　2
• 대부분의 경우에 그렇다.　　　　　1
• 언제나 그렇다.　　　　　0

17. 인생 경험을 통한 깨달음 : 당신은 자신의 인생 경험에서 많은 것을 배우며, 그 깨
달음이 당신의 행동에 변화를 가져다준다고 이야기할 수 있는가?
• 상당히 그렇다. 나는 인생에서 배운 결과 많은 것을
바꿀 수 있었다.　　　　　4
• 그렇다. 나는 경험에서 무엇인가를 배운다. 그 깨달음의 일부를
실천에 옮긴다.　　　　　3
• 나는 인생 경험에서 배우긴 하지만 그것이 나의 행동을 바꿔놓지는
못하는 편이다.　　　　　2
• 나는 배우기는 하지만 변할 필요가 있는 것은 다른 쪽이지,

내가 아니다.   0

18. 자아상 : 당신이 자신에 대해 느끼는 이미지가 다른 사람이 당신에게 느끼는 이미지와 비슷한가?

- 내가 아는 한 다른 사람이 나를 보는 방식과 내가 나를 보는
  방식이 상당히 일치한다.   3
- 나의 내면의 모습과 다른 사람이 나를 바라보는 모습에는
  뚜렷한 차이가 있다.   0

19. 평범한 날, 그러니까 당신에게 정말로 힘든 일이 전혀 없는 날에는 아침에 잠에서 깨어나면 어떤 느낌이 드는가?

- 하루를 기대하게 된다.   4
- 상쾌한 하루라는 느낌이 든다.   3
- 그다지 좋은 기분을 느끼지 못한다.   0
- 하루가 지긋지긋해진다.   0

20. 사람들이 당신을 낙천적이라고 평가하는가 아니면 비관적이라고 하는가?

- 낙천주의자라고 한다. 나는 모든 일에서 좋은 점을 본다.
  그리고 미래가 안겨다줄 것들에 대해 기대가 크다. 사람들은 밝고
  장밋빛인 나의 인생관에 대해 자주 이야기한다.   4
- 비록 필요할 때면 현실주의자로 돌아서기는 하지만 기본적으로
  낙천주의자다.   3
- 낙천주의자도 아니고 비관주의자도 아니다. 나는 그때그때
  상황에 따라 삶을 받아들인다.   1
- 이 세상에는 심각한 문제가 상당히 많다. 나는 그런 것들을
  낙관적으로 보지 않는다.   0

21. 어떤 결정을 내릴 때 당신은 누구를 고려하는가?

- 나에게 옳은 일을 한다. 하지만 언제나 다른 사람들의 관점과 그 일이 그 사람들에게 어떤 영향을 미칠지를 고려한다.   3
- 나 자신보다도 다른 사람을 더 많이 고려한다.   1
- 주로 나 자신을 고려한다.   0

22. 어린 시절에 품었던 야망이나 꿈 중에서 이룬 것이 있는가?

- 많은 것을 이루었다.   4
- 약간 이루었다.   3
- 전혀 이룬 것이 없다.   1
- 꿈이나 야망을 가졌는지 기억조차 나지 않는다.   0

23. 당신은 직장이나 일상의 삶에서 다른 사람을 도울 기회를 가지는가?

- 그렇다. 다른 사람을 돌보거나 도우면서 보내는 시간이 많다.   4
- 그렇다. 나는 약간의 시간을 다른 사람을 돌보거나 도우면서 보낸다.   3
- 다른 사람을 보살피거나 돌보면서 보내는 시간이 전혀 없다.   0

24. 당신은 자신의 됨됨이와 자신의 일로 인해 다른 사람으로부터 가치 있는 존재로 평가받고 있다고 느끼는가?

- 그렇다. 대부분의 시간을 그렇게 느낀다.   4
- 간혹 그렇게 느낀다.   3
- 가끔 평가받는다는 느낌을 갖는다. 그러나 나는 다른 사람이 나를 충분히 평가하지 않는다고 생각한다.   1
- 나 자신이 일 때문에 높이 평가받거나 값진 존재로 여겨지고 있다는 느낌을 받을 때가 거의 없다.   0

25. 당신은 지금까지 도움이 되었던 영적인 믿음이나 영적인 활동을 했는가?

- 그렇다.   3
- 그렇지 않거나 잘 모르겠다.   0

점수

여기에 당신의 행복 점수를 적어라. _____

70점 이상

당신은 예외적으로 행복한 사람이다. 당신은 그런 사실을 이미 알고 있음이 틀림없다. 당신이 가진 모든 것은 지금 당장 병에 담아 내놓으면 모든 사람이 사려고 할 그런 것들이다. 밝은 심성에 긍정적인 태도까지 곁들였고, 자신감이 상당하며, 당신이 이루려는 일에 대한 믿음도 확고하다. 당신은 자신의 인생에 자신을 진정으로 투자했다. 그리고 당신은 그 결과물을 사랑하고 있다. 당신이 우쭐해지지 않기를 바라면서 하는 말이지만, 당신에게는 사람들이 배울 점이 아주 많다. 당신의 삶을 풍성하게 만들어 당신 스스로 재미와 보상을 안겨주도록 이끌어가는 지혜도 그중 하나다.

50~70점

당신도 예외적으로 행복한 사람이다. 대체로 명랑하고, 건설적이고, 무엇이든 최대한 활용할 줄 안다. 당신은 인생을 즐기고 부정적인 일이나 불평에 시간을 낭비하지 않는다. 그리고 당신은 주위 사람들에게 긍정적인 영향을 미친다.

35~70점

당신도 대체로 행복한 사람이다. 그리고 당신은 삶을 최대한 알차게 가꾸려고 노력한다.

35점 미만

당신은 특별히 행복하지 않다고 느낄 때가 간혹 있다. 그리고 당신의 점수는 그 문제에 대해 어떻게든 손을 써야 할 때라는 암시를 던진다. 당신은 자신이 바꿀 수 없는 일들을 그대로 받아들일 뿐, 당신이 영향을 미칠 수 있는 일들을 달리 처리할 수 있는 길을 찾기 힘들어한다. 이런 문제에 당신 혼자서만 너무 매달리고 있을 수도 있다. 행복한 삶을 살고 있는 친구를 하나 선택하면 어떨까? 당신과 함께 많은 것을 나누고 즐길 수 있는 친구로 말이다. 당신의 행복을 쌓는 일에 도움을 얻겠다는 뜻을 품고 특별한 활동이나 인간관계를 선택하도록 노력하라.

당신의 잠재적 행복을 가로막는 것은 무엇인가?

_____

_____

_____

_____

행복의 일기를 쓰도록 하라!

실험에 참여한 사람들에게 행복의 일기장을 쓰도록 한 연구 프로젝트가 있었다. 그 결과 일기를 쓴 사람이 일기를 쓰지 않은 사람보다 자신에 대해 더 행복하고 긍정적인 존재로 여기는 것으로 확인되었다. 일기는 행복을 성취할 수 있는 잠재력에 관심을 집중하고, 그 잠재력을 확장해나가는 데 큰 도움이 되면서도 아주 간단하다. 일기를 쓰면서 이런 질문들을 자신에게 던져보자.

- 더 행복하고 더 축복받는다는 것이 나에게 무슨 의미일까?
- 이번 주에 내가 치러야 할 행사에서 얻을 수 있는 긍정적인 결과들은 어떤 것이 있을까?
- 나는 좀더 긍정적인 성격으로 변했는가?
- 나는 보다 낙천적으로 변하고 있는가?
- 나는 더 자신 있고 더 창의적인 존재로 성숙하고 있는가?
- 나는 우연의 일치로 일어나는 일들을 더 긍정적으로 경험하고 있는가?
- 나는 나만의 직감과 내면의 느낌에 더 많이 귀를 기울이고 있는가?
- 긍정적인 변화를 이루기 위해 내가 지금 하고 있는 일은 무엇인가?
- 보다 행복한 삶을 위해 나는 어떤 식으로 투자하고 있는가?

탐험과 재미

당신은 삶에서 재미를 충분히 느끼는가? 정말 우스운 이야기지만, 어린이나 어른 할 것 없이 건강을 유지하기 위해서는 재미가 있어야 한다. 어린 시절에 재미와 모험을 누릴 기회를 충분히 누리지 못할 경우, 훗날 얘깃거리가 빈약하게 된다. 재미를 추구한다고 해서 꼭 많은 돈이 드는 것은 아니다. 그러나 약간의 상상력이 필요할 수는 있다. 집안에 틀어박혀 TV 앞에 앉아 있는 것은 분명히 말하지만 그리 재미있는 일이 아니다. 당신은 재미와 모험, 탐험 그리고 흥분을 안겨주는 동료애가 당신의 삶 속으로 들어올 수 있도록 빈자리를 마련해놓고 있는가? 다음 질문들은 과거와 지금, 당신의 삶에서 재미가 차지하는 중요성이 얼마나 큰지에 대한 인식을 높일 수 있도록 고안되었다.

1. 어릴 때에 당신은 재미를 찾기 위해 어떤 일을 했는가?
2. 당신을 웃게 만들었던 것은 어떤 일인가?
3. 당신이 가장 재미있어 했던 모험은 무엇이었나?
4. 당신이 가장 즐겨 했던 일은 무엇이었나?
5. 누구와 함께 있을 때 재미와 흥분을 느낄 수 있었나?
6. 당신이 즐기는 문제와 관련해 어른들에게 어떤 조언을 들었나?
7. 어른이 되어서는 어떤 일에서 재미를 발견했는가?
8. 당신이 즐거운 시간을 누리는 방법에는 어떤 것이 있는가? 그 방법은 충분히 다양하다고 생각하는가?
9. 남는 시간을 어떤 식으로 보내는가?
10. 모험을 함께 즐기면 좋을 듯한 사람은 누구인가?
11. 만약 시간과 돈이 문제가 되지 않는다면, 당신이 진정으로 하고 싶은 일은 무엇인가?

창의성

창의성은 자아의 자발적인 표현이다. 자아에 충실하게, 그리고 자신의 삶을 진심으로 사는 것이 바로 창의적인 예술이다. 소설가 조셉 콘래드는 그의 작품 서문에서 "예술가들은 우리 존재의 그 부분에 호소하는데……그 부분은 바로 타고난 재능이지 얻어지는 것이 아니다. 그러므로 그 부분은 영원히 지속된다"라고 썼다. 우리 모두의 내면에 있는 창의적인 바로 그 부분은 우리 존재의 본질적인 부분이며, 살아가는 동안 그대로 이어진다. 창의성은 일용품이 아니다. 모든 종류의 창의적인 작품은 작품 그 자체를 위해 만들어진다. 그것이 경제적 가치를 갖든, 그렇지 않든 그 작품에 담긴 창의적인 가치와 연결되지는 않는다.

당신은 어느 정도 창의적인가? 당신은 좀더 창의적일 수 있는 잠재력을 지니고 있는가? 일상생활이나 이 세상을 위해 펼치는 창의적인 기여활동에 담겨 있는 창의성의 정도는 천차만별이다. 예를 들면 평생 직업으로 노래를 만드는 사람과 간혹 노래를 짓는 사람은 작품활동에 임하는 열정과 헌신, 집념에서 큰 차이를 보인다.

창의성 연구는 지금까지 어떤 조건이 개인의 창의성을 고양시키는지, 그리고 창의성도 인위적으로 개발되고 확장될 수 있는 것인지에 초점을 맞춰왔다. 창의적인 사람들을 대상으로 한 연구에서는 특정 형태의 개인적 특성이 나타나기 시작했다. 창의성은 특정 조건에서 촉진된다는 것 또한 명백해졌다. 정말 놀랍게도 매우 창의적인 인물 중에는 완벽한 조건과는 완전히 동떨어진 환경에서, 이를테면 어린 시절에 궁핍과 사별 또는 무시를 당했으면서도 그 난관을 잘 헤쳐나온 사람들이 많다. 그들은 오히려 고통스러운 경험을 자신의 삶과 작품을 이끌어가는 원동력으로 삼았다. 이는 당신이 인생에서 어려움에 처했다고 해서 절대로 낙담할 필요가 없다는 것을 의미한다. 오히려 당신 자신만의 특유한 창의적 표현을 확보하기 위해 노력할 필요가 있다. 당신이 '충분한 시간'이나 '적절한 공간'을 확보할 수 있을 때까지 기다릴 필요도 전혀 없다. 그저 당신이 할 수 있는 것을 하면 된다. 만약 당신이 특별한 열정이나 집념을 갖고 있다면, 그것을 실현할 수 있도록 시간을 내는 것이 중요하다.

창의성은 예술의 도구만이 아닌 삶을 위한 도구이기도 하다. 그리고 그것은 '고민하는 예술가'의 모습과는 전혀 관계가 없다. 창의적인 사람들은 독특한 생존 기술 또는 삶의 기술을 가지고 있다. 그 기술은 그들이 스스로를 위해 생각할 수 있도록 돕고, 그들 특유의 해결책을 발견할 수 있도록 돕는다. 창의성과 스트레스 요인을 다루는 능력 사이에는 연관이 있다. 창의적으로 생각하는 사람들은 자기 회의와 약한 자신감, 또는 문제와 인생의 위기가 던지는 도전을 잘 극복할 수 있다. 그들은 보통 사람들이라면 고민하거나 낙담할 상황인데도 거기에 딱 맞는 해결책을 거뜬히 고안해내는 능력을 보여준다. 그런 사람들은 만약 일자리를 찾지 못하면 소규모 자영업을 시작할 것이다. 그 소기업이 궤도에 오르는 데 시간이 오래 걸리면 아마 그들은 사업을 다양화할 것이다. 삶의 기회로 그들이 레몬을 쥘 수 있다면 그들은 레모네이드를 만든다. 그리고 레모네이드가 너무 맛있어 모든 사람이 그걸 원하게 되면 그들은 그 음료수를 병에 담을 수 있는 적당한 공장을 찾는 것에 도전한다. 창의적인 사람들은 비록 레모네이드가 몇 년 전에 대량생산되고 상업적인 제품이 되면서 인기가 시들해졌지만, 세월이 흘러 사람들이 다시 그걸 원하고 있다는 사실까지 내다본다.

창의적인 사람은 강한 자아감과 자제, 유연함, 열린 마음, 희망과 낙천주의, 자기 책임감 같은 특징을 보인다. 그들은 모든 구름에는 흰 가장자리(밝은 희망)가 있게 마련이라는 진리를 잘 알고 있으며, 결국에는 그것을 발견하리라는 사실을 익히 알고 있다. 그들은 나쁜 일이 닥쳐도 절대로 자신이 희생자라고 생각하지 않고, 오히려 새로운 학습의 기회로 삼는다. 이들은 딱히 어떤 부류로 정의내리기 힘든 사람들이다. 그들은 수시로 자신을 재창조하기 때문이다. 그리하여 다른 사람들에게는 모순적인 존재로 비칠 수도 있다. 예를 들면 창의적인 여성은 남성들이 지배하는 직종에서도 여성 고유의 양육과 감정이입 능력을 포기하지 않고도 독립적으로 결단력 있게 일할 수 있다. 당신 자신을 '창의적인 유형'으로 보든 말든 관계없이 당신은 자신의 삶에 창의적인 접근법을 활용할 수 있다.

자신에게 창의적인 질문을 던지는 기술을 길러라. 문제가 닥칠 때마다 그런 질문을 던져라. 희미하게나마 당신이 원하는 방향으로 일이 진행되지 않는다는 느낌이 들 때면 꼭 창의적인 질문을 하라. 당신의 인생에서 앞으로 나아가는 기술은 자신에게 올바른 질문을 던지는 일에 달려 있다. 이것들은 당신이 창조적이고, 상상적이고, 서로 돕고, 독창적이고, 마음을 열고, 호기심을 놓치지 않는 존재로 남을 수 있도록 격려하는 질문들이다. 또한 '다른 사람들이 생각하는 것'의 낡은 전차 궤도에서 벗어날 수 있도록 돕는 질문들이다.

창의적인 질문을 던져라!

자신에게 다음과 같은 질문을 던질 때에 그 질문을 검토할 시간과 마음의 여유를 충분히 가지도록 하라. 그리고 당신의 상상력을 최대한 발휘하라. 내면에 어떤 변화가 일어나는지를 느끼고, 그 질문에 대한 반응으로 떠오를 수 있는 피상적이거나 아니면 지적인 대답은 아예 무시해야 한다.

1. 이 상황에서 내가 취할 수 있는 특별하고 독특한 학습의 가능성은 무엇일까?
2. 미래에 나의 모습은 어떨까? 그때로부터 5년 또는 10년 아니면 20년 전 나의 처지는? 지나고 나서 보니까, 달리 행동했으면 좋았을 것 같다는 생각이 드는 부분이 있는가? 아니면 그 모습 그대로가 좋은가?
3. 이 상황에서 나의 핵심적인 역량을 어떤 식으로 발휘할 수 있을까?
4. 이 상황을 모든 사람에게 득이 되는 쪽으로 처리하려면 어떻게 해야 할까?
5. 이 상황이 장기적인 안목에서 이로운 점은 무엇일까?
6. 이 상황을 X식으로 처리하면 어떤 일이 벌어질까? 만약 X식과는 완전히 달리 처리한다면 어떤 일이 벌어질까?
7. 이 상황에 대해 긍정적이고 낙관적인 전망을 고수하고 있는가? 그렇지 않다면 부정적인 기대를 가짐으로써 창조적으로 문제를 해결할 수 있는 능력을 스스로 제한하고 있는 건 아닌가?

당신만의 창의적인 질문을 만들어보자.

_____

_____

_____

_____

_____

_____

개인마다 독특한 창의성

삶을 살거나 행동하거나 작품을 만드는 데에는 특별한 방식만이 창의적이라고 당신에게 강요할 사람은 이 세상에 아무도 없다. 중요한 것은 당신이 자기 표현을 확실히 할 수 있다고 느끼는가다. 꿈을 꾸거나 공상에 잠겨 몇 시간을 보내든, 집안일을 창의적으로 하든, 일기를 쓰든, 통나무집을 짓든, 귀중품을 수집하든, 새로운 브랜드의 액세서리를 만들든, 창의적인 과학을 하든, 아니면 다른 사람의 내면에 창의성을 불어넣든 그 모든 일은 오로지 당신에게 달려 있다는 사실이다. 만약 당신의 창의적인 활동에 제한을 가하거나 의문을 제기하거나 그 활동을 통제하려고 드는 사람이 있다면, 당신은 자신을 맹렬히 방어할 필요가 있다.

당신은 다른 사람에게 자신의 일에 대해 설명할 필요는 없다. 어떤 프로젝트에 필요한 에너지를 모으기까지는 시간이 걸리며, 그렇기 때문에 한동안 당신에게 아무런 일이 일어나지 않은 것처럼 보인다. 만약 당신이 하루 종일 자수로 장식한 장갑을 디자인하고 있다면 아마 사람들은 당신이 미치지 않았나 하고 생각할 수도 있다. 이렇듯 그 사람들이 핵심을 보지 못하는 것은 아마도 그들이 자신의 창의성을 개발하려는 시도조차 해보지 않았기 때문일 것이다.

창의성을 묻는 질문

항목 A

각 질문에 대해 A, B, C 또는 D에 동그라미를 그려라(질문마다 한 개씩만).

    A=나와 많이 비슷하다.   B=대부분 나와 비슷하다.

    C=나와 그다지 비슷하지 않다.   D=나와 전혀 비슷하지 않다.

1. 당신은 관심사항의 폭이 넓은가?   A B C D

2. 당신은 취미가 다양한가?   A B C D

3. 당신의 정체성은 상당히 독특하다고 느끼는가?   A B C D

4. 당신은 자신의 사고가 독특하다고 생각하는가?   A B C D

5. 당신은 자신이 쾌활하다고 생각하는가?   A B C D

6. 당신은 자신을 상상력이 풍부한 존재로 여기는가?   A B C D

7. 당신은 스스로를 다양한 종류의 새로운 경험에 열어놓고 있는가?   A B C D

8. 당신은 자신이 진부하지 않다고 생각하는가?   A B C D

9. 당신은 창의적인 면이 두드러지는 분야에 많은
작품을 창작했는가?   A B C D

10. 당신은 다양한 도전에 적극적으로 나설 수 있는가?   A B C D

11. 당신은 문제해결에서 당신만의 독특한 접근법을 갖고 있는가?   A B C D

12. 지금까지 당신은 어려운 처지와 개인적인 고뇌를 오히려
창의적인 작품을 만들 수 있는 원동력으로 활용해왔는가?   A B C D

13. 당신은 창의적인 도전을 추구하고 싶다는 자극을
강하게 받는가?   A B C D

14. 어린 시절 당신에게 창의적인 관심사항을 개발할 수 있는
공간이 허용되었는가?   A B C D

15. 당신 또는 가까운 가족 구성원들이 정신병 징후로
고생한 적이 있는가?   A B C D

16. 당신은 자신이 선택한 창의적인 분야를 치열하게
    공부하거나 그 분야에서 활동한 적이 있는가?　　　　A B C D
17. 어떠한 상황이든 관계없이 새로운 아이디어를
    도출해내는 일에 탁월한가?　　　　　　　　　　　　A B C D
18. 당신은 우연한 발견을 활용하기를 즐기는 편인가?　　A B C D
19. 주위 사람들이 당신을 사랑하고 존경해주고, 당신의
    창의적인 성취를 응원하고 축하해줄 사람들인가?　　A B C D
20. 당신은 정말 바쁠 때에도 창의적인 취미활동을 추구할
    시간적 여유를 찾는가?　　　　　　　　　　　　　A B C D

항목 B

각 질문을 읽고 다시 한 번 A, B, C 또는 D에 동그라미를 그려라. 그러나 A, B, C, D 대답의 순서는 항목 A와는 반대다. 그러니까 A＝나와는 전혀 비슷하지 않다, B＝나와 그다지 비슷하지 않다, C＝대부분 나와 비슷하다, D＝나와 많이 비슷하다가 된다.

1. 당신에게는 매우 견고하거나 고정된 신념이 있기 때문에
   어떤 정보나 사건을 대하면 거의 언제나 그것을 해석하는
   방법을 알고 있는가?　　　　　　　　　　　　　　A B C D
2. 당신은 자기 비판적인 성향이 강한가?　　　　　　　A B C D
3. 당신은 자신의 일에 대한 비판을 두려워하는가?　　　A B C D
4. 당신은 다른 사람들이 당신을 어떻게 생각할까 두려운가?　A B C D
5. 당신은 고통스러울 정도로 바쁜가?　　　　　　　　A B C D
6. 당신은 상충되는 요구사항을 들어주느라 힘들어하는가?　A B C D
7. 어린 시절이나 십 대였을 때 당신은 시간 제약을 받았는가?　A B C D
8. 당신은 무엇인가에 집중하려고 할 때 가족의 압박에
   힘들어하는가?　　　　　　　　　　　　　　　　　A B C D

9. 당신에게는 자신만의 공간이 부족한 편인가? 말하자면 혼자

　공상에 잠기고, 생각에 잠기고, 책을 읽고, 놀이를 하고, 글을 쓰고,

　당신에게 정말로 중요한 일들을 할 공간을 갖지 못하고 있는가?　　A B C D

10. 당신은 자신이 창의적인 존재라고 믿는가?　　　　　　　　　　A B C D

점수

각 답을 합계하라.

A ＿＿＿＿＿＿＿　　B ＿＿＿＿＿＿＿　　C ＿＿＿＿＿＿＿　　D ＿＿＿＿＿＿＿

각 항을 합한 숫자는 30이 넘지 않는다.

A의 수가 가장 많은 사람

당신은 진정으로 창의적인 사람이다. 그리고 자신도 아마 그 사실을 이미 알고 있을 것이다. 창의성을 발휘할 수 있는 출구를 갖고 있지 못할 경우에는 극도로 불편해하거나 좋지 못한 기분을 느낄 것이다. 창의적인 힘이야말로 자아감의 핵심을 이룬다. 그리고 이런 힘이 당신으로 하여금 창의성을 갖지 못한 사람들과 달라 보이게 한다. 당신은 창의적인 열정을 하나 이상 갖고 있으며, 당신이 가장 하고 싶어 하는 것도 바로 그것이다. 당신이 창의적인 삶에 어느 정도 매달리고 있느냐는 점수로 표현된다. 20점이 넘는 사람은 창의적인 열정과 집념에 몸을 던지고 있으며, 그것이 무엇이든 관계없이 그 열정을 위해 시간을 할애하는 요령을 터득했다. 당신은 만약 그 열정을 천직으로 선택하고, 자신을 믿는 마음이 충분히 확고하다면 그 창의적인 열정을 불태우면서도 생계를 충분히 꾸려갈 수도 있다. 점수가 20점 미만이라면, 당신은 창의적인 존재로 거듭나기 위해 많은 노력을 기울여야 한다. 아직 절망적이지는 않다. 바라건대, 이 질문사항이 당신으로 하여금 당신이 보듬고 있는 창의적인 부분에 초점을 맞추도록 자극할 수 있었으면 좋겠다. 바로 그 부분에 초점이 가장 많이 맞춰져야 한다. 창의력의 고갈을 막고 창의력을 가로막는 장애물을 피하기 위해서 반드시 뛰어난 창의적인 자극을 받도록 하라.

B의 수가 가장 많은 사람

창의성을 타고난 사람이다. 당신은 이 자질을 폭넓은 활동과 상황에 활용하고 있다. 당신은 가는 곳마다 당신만의 독특한 방식으로 창의적인 기여를 하고 있으며, 문제를 해결하는 일에도 능하고, 참신한 해결책을 고안해내는 일에도 뛰어나다. 당신은 유머 감각도 탁월하다. 당신에게는 일생 동안 이어져오고 있는 창의적인 관심사항이 있을 가능성이 높다. 당신은 그런 관심사항을 개발할 기회를 누렸으며, 여유 있을 때마다 그런 활동에 시간과 관심을 쏟고 있다. 아직 그렇게 하지 못하고 있다면, 당신은 자신의 분야에서 훈련과 학습 또는 실천을 통해 더 많은 이점을 누릴 수 있다. 당신은 마음이 잘 맞아서 당신의 작품이나 관심사항에 대해 쉽게 털어놓을 수 있는 사람과 함께 일하면 많은 이득을 볼 것이다. 당신은 A의 점수를 높이기 위해 더 많은 기술을 습득하고 자신감을 기를 필요가 있다. 오페라든 아니면 정신심리학이든 관계없이 다양한 분야의 창의적인 작품들을 즐김으로써 자신을 자극하는 일을 잊지 않도록 하라.

C의 수가 가장 많은 사람

당신의 내면에는 밖으로 튀어나오기를 간절히 바라고 있는 창의적인 갈망이 도사리고 있다. 그리고 당신도 자기 표현을 갈망한다. 당신은 어린 시절에 공개적으로 제한을 받으며 자랐을 가능성이 크다. 아니면 당신의 창의적인 부분을 개발하고 성장할 기회를 갖지 못했을 수도 있다. A와 B에도 어느 정도 점수가 있다면, 당신의 삶에서 그 부분을 더 심각하게 받아들이는 일이 정말로 중요하다. 억눌린 창의성은 종종 좌절감과 갇혀 있다는 느낌을 일으킨다. 그래서 다음에는 뭘 해야 할지 잘 모르게 되고 쉽게 싫증을 느낀다. 우선 쉬운 것부터 시작해보라. 하루에 한 계단씩 천천히 올라가야 하며, 새로운 활동을 위해 자신에게 시간을 내야 한다는 사실을 잊지 말아야 한다.

창의적인 노트 또는 스크랩북을 만드는 것도 좋은 방법이다. 이때 당신의 마음속에 떠오르는 생각을 애써 추려내지 말고 모두 기록한다. 아침 일찍 글을 쓰는 일은 매우 유익하다. 그렇게 기록한 내용을 몇 개월 동안 읽지 않다가 어느 날 문득 읽으면서 당신의 내면 깊숙이 숨어 있는 창의적인 열정이나 과제를 제대로 골라 낸다면 아마 최고의 방법이 아닐까 싶다.

D의 수가 가장 많은 사람

창의성은 당신이 즐겨 쓰는 표현이 아니다. 당신은 창의성과 창의적인 유형을 주변에서 발견하면서도 그것을 상당히 신비화하는 감이 없지 않다. 그러나 당신이 그 문제에 좀더 집중하다 보면 창의성을 개발하는 방법을 배우고 싶다는 욕망이 생길 것이다. 창의적인 사람들과 함께 그들의 작품에 대해 많은 이야기를 나누도록 노력하라. 아니면 당신의 흥미를 자극하는 주제에 대한 강의를 듣도록 하라. 그리고 C의 수가 가장 많은 사람에게 들려준 조언을 따르도록 하라. 아울러 당신의 자신감과 자존심을 높일 수 있는 일이면 무엇이든 꼭 하도록 하라. 혹시 분노로 고통받고 있는가? 그렇다면 긴장을 풀거나 명상 강좌를 들어라. 당신의 몸과 마음이 편안해질 때 당신의 뇌도 더 명쾌하게 생각할 수 있기 때문이다.

창의적인 작품에 대해 보다 유연한 태도를 갖도록 노력하고, 폭넓은 활동을 벌이도록 노력하라. 그러면 당신의 뇌 오른쪽과 왼쪽이 골고루 운동할 기회를 갖게 된다. 일상생활에서 왼쪽 뇌가 관장하는 일에만 매달리게 된다면 당신의 시야는 매우 좁아질 것이다. 소설과 시를 읽고, 공개강좌에 나가고, 미술관을 둘러보는 것이 창의적인 부분을 자극하는 좋은 방법이다. 그 이유는 예술가들과 발명가들은 사물을 다르게 보면서 우리가 별 생각 없이 품어온 인식에 도전장을 던지기 때문이다.

기적의 질문

이 질문은 카운슬링에서, 사람들이 기존의 제약과 한계 그 너머로 눈길을 돌리도록 자극할 때 즐겨 사용하는 것이다. 아울러 자신을 바꿔나가도록 도울 수 있는 창의적인 상상력을 자극할 때도 활용되는 질문이다.

오늘 아침에 잠에서 깨어났는데 모든 것이 바뀌어 있다고 한 번 상상해보자. 기적이 일어난 것이다. 당신은 평온함을 느끼고, 긴장이 풀림을 느끼고, 행복을 느낄 것이다. 당신을 괴롭히던 걱정들은 어디론가 싹 달아나버렸다. 아득히 멀게만 느껴지거나 불가능하게 보였던 꿈들이 하룻밤 사이에 현실로 나타났다. 당신의 삶에는 부족한 것이 하나도 없고, 당신 자신이 무척 완벽하게 느껴진다.

그런 행복감에 젖어 있을 때 당신의 내면에 어떤 변화가 일어나는지를 여유롭게 탐험해보라. 이때 반드시 당신의 느낌 하나하나를 모두 살펴보고 당신에게 일어난 변화를 하나도 놓치지 않고 확인해야 한다는 점을 잊지 말라.

이제 당신의 기적의 시나리오를 한 번 세밀하게 들여다보자. 그 시나리오에서 당신은 무엇을 발견했는가?

_____

_____

_____

기적의 시나리오가 안고 있는 요소 중 이미 당신이 갖고 있는 것은 무엇인가?

_____

_____

기적의 시나리오가 안고 있는 요소 중에서 이미 당신이 추구하려고 노력하거나 얻기 위해 준비하고 있는 요소는 무엇인가?

_____

_____

_____

그 시나리오를 완성하기 위해 당신이 앞으로 더 해야 할 일들은 무엇인가?

_____

_____

_____

당신의 상상력과 최대한 가깝게 그 시나리오를 완성시키기 위해 당신이 추가로 해야 할 단계는 어떤 것인가?

_____

_____

_____

여러 단계를 완성시키기 위해 시간의 틀을 만들자.

창의적인 문제해결

만약 문제에서 비롯된 불쾌한 감정과 어려움에서 벗어날 수 있다면 문제해결은 정말 재미있는 일일 수 있다. 우리로 하여금 종종 문제해결의 과정을 신선한 눈으로 보지 못하도록 걱정이나 두려움, 불안이 나타나는 경우도 있다. 낱말맞추기를 푸느라 많은 시간을 보내는 사람들은 그 문제를 푸는 과정에서 얻게 되는 정신적 훈련을 즐긴다. 간혹 문제해결이 독창적이고, 완전히 다른 사고방식에서 나오는 경우도 있다. 시간을 내어 지금 당신이 안고 있는 문제를 살펴보는 것도 좋은 방법이다. 이때 당신은 문제를 다른 시각으로 보고 혁신적인 해결책을 발견하도록 돕는 다음의 질문들을 활용하라.

1. 문제에 대한 정의를 내려라. 그 문제를 지금 당신이 지각하고 있는 그대로 묘사하고 분명하게 밝혀내라.

2. 문제에 대한 사실들을 모아라. 그 문제의 모든 점을 다른 각도에서 연구하고 검토하라. 예를 들어, 만약 당신의 문제가 외로움을 느끼는 것이라면 당신의 삶에서 외로움의 원인을 찾도록 해보라. 당신이 그 문제를 진정으로 이해할 수 있도록 외로움을 연구하는 작업에 한 번 깊이 빠져보자. 처지가 다른 사람들의 경우 그 문제를 어떻게 처리하는지를 살펴봐라. 그들의 문제해결 방식에 대해 평가를 내릴 필요는 없다. 그저 탐구하고 정보만 얻으면 그만이다. 다른

사람들에게 당신의 외로움에 대해 털어놓고, 그들이 그 문제를 어떤 식으로 다룰지 물어봐라. 당신이 안고 있는 그 문제에서 어느 정도의 거리를 두도록 노력하라. 그것은 당신만의 문제가 아니다. 보다 넓은 차원에서 보면, 인간이 면 누구나 겪을 수 있는 감정일 수도 있다. 당신의 경험과 깨달음에 대한 글을 일기에 남기도록 하자.

3. 그 문제에 대한 정의를 다시 내려라. 그 문제에 대한 정의는 백 퍼센트 정확한 가? 예를 들어 그 문제가 혹시 '내가 외로움을 느낀다'는 것이 아니라 '내가 자극을 얻을 수 있는 사람을 만날 기회를 충분히 갖지 못한다'는 쪽이 아닐 까? 그 문제의 원인을 정확히 파악하도록 하라.

4. 커다란 종이 위에 당신의 머릿속에 떠오르는 새로운 아이디어를 전부 적어라. 당신이 생각해낼 수 있는 모든 해결책을 짜내도록 하라(이 일을 친구 몇 사람 과 함께할 수 있다면 더 좋다). 그 해결책들이 제아무리 우스꽝스럽게 보여도 당신의 아이디어에 검열의 칼을 대거나 숨기려 하지 말고 솔직히 기록하라. 아이디어가 샘솟듯 올라오도록 하라. 당신은 양을 추구하는 것이지, 질을 추 구하고 있는 것이 아니다. 그 아이디어 중 어느 하나라도 분석하려 하거나 비 평하려고 하지 말라. 이 시간은 아이디어를 찾는 오락시간이다. 그러다 보면 당신은 스스로를 풀어놓기만 하면 지금까지와는 다르게 아이디어들이 무궁무 진하게 떠오른다는 사실에 새삼 놀랄 것이다. 브레인스토밍을 끝내면 며칠 동 안 그 종이에서 관심을 거둔다. 아예 잊어버리고 그 문제가 며칠 동안 제 스스 로 정상상태로 돌아오도록 내버려두라. 그리고 당신에게 다가오는 통찰이면 무엇이든 받아들일 수 있도록 마음을 열어라.

5. 이제는 정말로 실용적인 해결책을 생각해보도록 하자. 아이디어가 가득 적힌 그 종이에서 당신이 이끌어낼 수 있는 멋진 아이디어는 어떤 것일까? 당신의 문제해결에 도움이 될 만한 해결책 열 가지를 모아라. 그 해결책들은 당신이

자신없어 할지라도 다른 누군가는 기꺼이 실행에 옮길 수 있는 것들이다.

당신이 고른 열 가지 해결책은 어떤 것인가?

1) _____

_____

_____

2) _____

_____

_____

3) _____

_____

_____

4) _____

_____

_____

5) _____

_____

_____

6) _____

_____

_____

7) _____

_____

_____

8) _____

_____

_____

9) _____

_____

_____

10) _____

_____

_____

6. 해결책을 모아놓은 목록을 한 번 훑어보자. 어느 해결책이 당신에게 편안하게 느껴지는가? 당신이 실행에 옮길 준비가 되어 있는 해결책은 어떤 것인가? 그 해결책들을 두루 살펴보고, 당신이 그것들을 실천에 옮기려고 노력하는 모습을 상상해보자. 이런 과정을 거치는 동안 당신 내면에 일어나는 느낌을 확인하라. 그 해결책을 실천하려고 노력할 때 당신이 좋은 기분을 느끼지 못하도록 방해하는 것은 무엇인가? 이런 식으로 탐험을 하다 보면 당신은 문제에 대한 정의를 다시 내릴 수도 있다. 그 시점에 이르면, 그 문제는 당신이 처음 시작했을 때와는 다르게 보이고 다르게 느껴진다. 문제를 보는 새로운 방식에 마음을 활짝 열도록 하라.

당신에게 가장 편하게 보이는 해결책을 실천하도록 한다. 그 해결책이 제대로 먹히지 않는다 해도 다시 돌아가서 새롭게 시도해볼 수 있는 해결책이 아직 많이 남아 있다.

웰빙

한때 심리학 분야의 연구는 정신적인 고민과 질병에 국한되었다. 그리고 심리학의 모델들은 사람들이 좋은 기분을 느끼고 심리적·정서적 웰빙을 누릴 수 있도록 도와주기보다는 증상에 대한 이해에 어느 정도 바탕을 두고 있었다. 그러나 그런 현상이 최근에는 많이 변했다. 긍정심리학의 연구원들은 삶에서 좋은 느낌을 갖게 하는 요인들을 탐구하고 있으며, 그 요인들을 어떻게 활용하면 우리의 웰빙을 최대화할 수 있는지 그 방법을 모색하고 있다.

웰빙은 전반적으로 건강하고 행복한 상태라고 정의할 수 있다. 여기에는 사회적 · 육체적 · 환경적 · 심리적 차원이 포함되며, 그 차원들은 서로 얽혀 작용한다.

웰빙의 기준

일부 전문가들은 웰빙을 측정할 수 있는 6가지 기준을 제시하며, 그 기준에 대한 정의를 명쾌하게 내리고 있다. 각 기준에서 당신의 점수는 얼마인지 살펴보자. 각 기준의 최고점을 5점으로 상상하고 당신 자신에게 점수를 매겨보라.

자기 긍정

이것은 자신에 대해 긍정적인 태도를 갖고, 자신의 모습 그대로를 받아들이며, 자기 자신과 자신의 과거 경험이 여느 사람과 다르다는 것을 어느 정도 인정하는지를 말해주는 기준이다.

당신은 5점 중 몇 점인가? _____

긍정적인 인간관계

여기에는 따뜻하고, 서로 응원하고, 마음을 열고, 친밀하고, 신뢰하는 인간관계를 맺을 줄 알고, 깊이 공감할 줄 알고, 다른 사람의 행복을 걱정하고, 다른 사람과 친밀히 연결되어 있다는 느낌을 가질 줄 아는 능력이 포함된다. 남녀 모두가 웰빙을 누리고 있다고 느끼려면 이런 요소가 꼭 필요하지만, 이 기준에서는 여성이 더 강한 것 같다.

당신은 5점 중 몇 점인가? _____

자율

아주 많은 자율을 누리고 있는 사람은 자신의 인생가치에 따라 자신의 삶을 꾸려가고, 비순응적이고, 혼자 힘으로 결정을 내리곤 한다. 이런 사람은 자신에게 어울리지 않는 방식으로 생각하거나 행동하라는 사회적 압박을 거뜬히 이겨낼 수 있다.

당신은 5점 중 몇 점인가? _____

주변 환경에 대한 지배

이 기준은 자신의 일상적인 활동만이 아니라 기회들을 최대한 활용할 줄 아는 능력을 포함한다. 자신을 둘러싸고 있는 세상을 다루는 일에 능통하다고 느끼는 사람들이 이 기준에서는 높은 점수를 얻는다. 그리고 자신이 잘할 수 있는 환경을 조성할 줄 알고 선택할 줄 아는 사람이 주변 환경에 대한 지배력이 강한 사람이다.

당신은 5점 중 몇 점인가? _____

목적의식

인생에서 목적의식이 뚜렷한 사람은 인생에서 중요하게 여기는 가치와 목표 역시 분명하다. 그들은 자신의 삶에 의미가 담겨 있다고 느낀다. 그리고 그들은 방향감각도 가지고 있으며, 살아가는 이유도 잘 알고 있다.

당신은 5점 중 몇 점인가? _____

개인적인 성장

개인적인 성장을 경험하는 사람은 삶과 배움에 관심이 많다. 그들은 자신이 성장하고 발전하고 있다는 사실을 이해한다. 아울러 인생에서 새로운 경험에 마음을 열어놓고 있다. 그들은 자신의 행동과 기술, 지식과 태도가 세월이 흐름에 따라 어떤 식으로 발전해가는지를 보고 있다. 그리고 그들은 스스로의 효율성을 높이고 지혜를 얻어나간다.

당신은 5점 중 몇 점인가? _____

점수

당신의 웰빙 총점은 30점 만점에 몇 점인가? _____

만약 한두 가지 기준에서 점수가 낮다면, 그 분야에 관심을 집중하도록 노력하라. 당신의 인생 가치와 목표 중에서 어떤 것이 당신의 웰빙 기준 중에서 떨어지는 분야를 받쳐주거나 높여줄 것인지를 살펴봐라. 그런 식으로 노력하다 보면 당신은 세월이 흐름에 따라 웰빙 점수가 높아진다는 사실을 발견할 것이다. 몇 주일 또는 몇 달이 지난 뒤에 이 질문을 다시 한 번 들여다보자.

06

인간관계와 커뮤니케이션

이 세상에는 멋진 친구를 통해 누릴 수 있는, 친밀하고 서로 북돋아주고 공평하며

일생 동안 지속되는 동료의식보다 더 강력한 행복의 척도는 없다.

_ 데이비드 마니어스(행복연구가)

수많은 나라와 다양한 문화권을 둘러보면, 결혼한 사람이 그렇지 않은 사람보다 더 행복하다고 보는 경향이 공통적으로 나타난다. 게다가 결혼한 사람이나 아니면 낭만적인 관계 또는 동반자 관계를 유지하고 있는 사람들은 우울증을 덜 느낀다고 보고한다. 그 이유는 아마 곤경 처할 경우에 친밀한 인간관계로 서로가 밀접하게 묶여 있기 때문이 아닐까 싶다. 앞에서 확인했듯이, 건강하고 행복한 결혼 또는 행복한 인간관계는 행복에 크게 기여한다. 반면에 파열음을 일으키는 인간관계는 엄청난 고뇌의 원인이 된다. 우리 모두에게는 자신을 행복하게 만들어줄 인간관계가 필요하다. 하지만 그 인간관계가 영원토록 지속되는 것은 아니다. 인간관계가 무너질 때 우리는 인생이 실패했다고 느낄 수 있다. 이별은 종종 분노를 일으키고, 고통스러우며, 가혹하지 않은가.

당신은 인간관계에서 행복을 느끼는가? 아니면 잘못된 것이 있는가? 인간관계를 그토록 어렵게 만드는 것은 도대체 무엇인가? 이런 문제에는 으레 힘든 노력이 따를 수밖에 없다. 그러나 한두 명의 치료전문가를 찾아가 보면, 그 사람들이 당신의 인간관계에서 고쳐야 할 부분을 몇 가지 찾아주고 그것을 함께 고쳐나갈 수 있는 과정을 소개할 것이다. 그들이 그렇게 하는 이유는 수많은 연구결과를 통해서 성공적인 인간관계에는 어떤 특정한 태도와 행동이 나타나는 것으로 확인되기 때문이다. 예를 들어 파트너의 개성과 약점을 접할 때 그것을 존중하고 받아들이고 평가하는 태도를 취하는 사람들이 인간관계에 대한 만족도가 높은 것으로 나타난다. 그와는 반대로 인간관계의 질이 낮다는 사실을 분명히 암시하거나 인간관계의 붕괴를 예견하게 하는 예로는 파트너의 말에 귀를 기울이지 않는 등의 태도와 행동이 있다. 말하자면 긍정적인 인간관계나 부정적인 인간관계를 단적으로 보여주는 행동이 있다는 의미다. 그나마 다행인 것은 인간관계의 기술은 학습을 통해 배울 수 있으며, 세월이 흐름에 따라 향상될 수 있다는 사실이다.

당신은 이 장을 활용하여 스스로 멋진 인간관계를 오랫동안 지속해나가는 원칙을 배울 수 있다. 지금 이 순간 당신의 인간관계가 어느 지점에 놓여 있는지, 그리고 다음에는 어느 곳으로 향할 것인지도 진단할 수 있다.

만약 지금 이 순간 어떤 인간관계도 맺고 있지 않다면, 과거의 인간관계에서 뭐가 잘못되었는지를 평가하고 미래에 있을 인간관계를 위해 목표와 인생의 가치를 설정하는 일에 이 질문들을 활용할 수 있다. 어떤 식으로든 이 질문들은 성공적인 인간관계라는 것이 흔히 사람들이 생각하는 것만큼 행운이나 우연의 결과가 아니라는 사실을 당신이 이해하도록 도울 것이다. 인간관계는 서로를 어떻게 인식하고 대우하느냐에 따라 풍성해지거나 실패하게 된다. 성공적인 인간관계는 동등한 관계의 두 사람이 상당한 수준의 관심과 신뢰, 정서적 솔직함을 서로에게 지속적으로 보여주면서 서로에게 자양분을 공급하고, 두 사람 모두 그 관계를 보호할 책임을 질 준비가 되어 있을 때 성취된다. 그렇게 되려면 두 사람의 끊임없는 노력이 필요하다. 두 사람이 그 관계에 투입하는 힘과 기술은 서로 다를지라도 일방적이지 않고 반드시 주고받는 관계가 이뤄져야 한다.

당신의 눈에 행복한 관계를 유지하는 것처럼 보이는 커플이 있는가? 또 끊임없이 위기에 빠져들거나 언쟁을 벌이는 커플을 알고 있는가? 그 커플들의 행동을 유심히 관찰해보라. 어떤 행동이 둘의 인간관계를 부드럽게 만들고, 또 어떤 행동이 둘의 관계를 무너뜨리는가? 여자가 남자를 비난할 때, 그 비난은 남자에게 어떤 영향을 미치는가? 남자가 여자를 방해하고 나설 때, 그 남자는 여자에게 어떤 암시를 던지는가?

다음의 질문들은 이성애자든 동성애자든 관계없이 모든 형태의 성적 관계나 파트너십 관계에 똑같이 적용된다. 이때 전통적인 결혼의 형태야말로 유일하게 정상적인 관계라는 가설은 말도 안 된다.

만약 지금 어떤 관계를 맺고 있다면, 당신은 이 질문들을 다양한 방식으로 활용할 수 있다. 직접 그 질문지를 메워나갈 수 있으며, 당신의 파트너에게서 예상되는 대답까지도 적어나갈 수 있다. 당신의 파트너가 동의한다면, 당신과 파트너는 각자 대답을 적고 나중에 서로 비교해볼 수도 있다. 그 과정에서 서로의 대답을 짐작해보며, 당신이 상대방을 얼마나 정확히 알고 있는지를 비교해보는 것도 재미있다. 그러면 당신과 당신의 파트너는 결과를 놓고 서로 의논하게 될 것이고, 함께 풀어나갈 일들을 많이 발견하게 될 것이다.

이 모든 과정은 당신이 자신의 인간관계에 초점을 맞춰 깊이 생각해보고, 그 관계를 향상시키는 데 도움이 된다. 그 과정은 당신과 파트너 사이에 존재하는 서로의 다름을 여실히 보여줄 것이다. 다름이 드러나면 충돌이 빚어질 수도 있다. 만약 충돌이 일어난다면 그 충돌을 해결하는 방식에 몇 가지 규칙을 정하라.

커플의 관계를 탐구하는 질문

이 질문에 대해 개인으로서 그리고 커플로서 각각 대답하도록 하라. 그러다 보면 개인적으로 또는 두 사람의 관계 속에서 탐구하고 반성하고 의논해야 할 부분이 수두룩하게 나타날 것이다. 그 모든 질문에 대해 한꺼번에 대답하려고 애쓰지 말라. 이 질문지야말로 길고 길다. 이 질문지를 통해 얻을 수 있는 이점은 대답을 기록하는 일에 있다기보다는 자신을 반성하면서 서로를 더 잘 이해하려고 노력하는 과정에 있다.

	나	그(그녀)
서로 사랑하는가?		
당신은 당신의 파트너를 향한 느낌을 어떻게 묘사하겠는가?		
당신은 당신을 향한 파트너의 느낌을 어떻게 묘사하겠는가?		
당신이 성장할 때 당신 아버지와 어머니의 관계가 어떠했는지를 묘사하라. 어떤 일들이 기억나는가?		

	나	그(그녀)
남자와 여자의 역할이 다르다는 것을 당신은 어떻게 알게 되었는가?		
당신 부모는 어떤 관계를 유지해왔는가 떠올리면서 전형적인 모습을 한번 묘사해보라. 예를 들어 갈등이나 의견의 불일치가 일어날 경우 그들은 어떻게 해결했는가? 그 다음을 놓고 협상을 벌이는 일에서 그들은 당신에게 멋진 역할 모델이 되었는가?		
당신이 지금 인연을 맺고 있는 사람과의 관계에서 일어나는 갈등이나 의견불일치를 해결하는 방식과 당신 부모의 방식은 어떤 점에서 같고 어떤 점에서 다른가?		

나	그(그녀)
당신 부모는 두 사람의 관계가 멀어질 때나 가까워질 때 어떤 식으로 힘상하던가?	
당신 부모는 서로의 관계를 이끌어 가는 방식을 통해 당신에게 인간관계에 대해 어떤 충고와 태도를 가르쳤는가?	
당신이 관계를 꾸려나가는 방식에서 부모의 방식과 조금이라도 비슷한 점이 발견되는가?	

나	그(그녀)
지금 당신이 맺고 있는 관계에서 성취도가 가장 높다고 생각하는 부분은 무엇인가?	
당신의 파트너가 가진 자질 중에서 당신이 가장 존중하고 사랑하는 자질은 무엇인가?	
당신과 파트너는 두 사람의 관계를 견고하게 하기 위해 적극적으로 노력하는가?	

	나	그(그녀)
당신은 파트너의 성장과 발전을 지지하는가?		
당신과 파트너의 관계에서 처음으로 실망했거나 환상을 깨뜨리게 했던 일은 무엇이었는가?		
그 당시 두 사람은 그 문제를 어떻게 처리했는가?		
지금 돌이켜보면 그 문제에 대해 어떤 느낌이 드는가?		

	나	그(그녀)
당신과 파트너와의 관계에서 생기는 문제와 의견불일치, 긴장을 처리하는 전형적인 방식을 묘사하라.		
그 방식에 대해 어떻게 느끼는가? 다른 방식이었으면 좋겠다고 생각하는가?		
당신과 파트너의 관계에서 가장 어렵고 힘들다고 생각하는 점은 무엇인가?		

그(그녀)	나	
		당신 파트너에 대해 이것만은 변했으면 좋겠다는 생각을 하는가? 만약 그렇다면 당신도 그에 대한 내가로 기꺼이 바꾸겠다고 생각하는 점이 있는가?
		당신은 파트너에게 솔직하고, 나아하고, 민감한 기분을 드러내면서도 편안함을 느끼는가? 당신의 파트너도 당신을 그렇게 편하게 대하는가?
		둘이 서로 닮은 점은 무엇인가?

그(그녀)	나	
		당신과 파트너의 서로 다른 점은 무 엇인가? 그 다름을 놓고 둘은 어떤 식으로 타협하는가?
		당신과 파트너가 서로의 관계에서 특별히 붙어넣을 수 있는 기술과 능 력, 이점은 무엇인가?
		당신은 파트너와의 관계에서 일어나 는 주고받음이 공정하고 대등하다고 생각하는가?

그(그녀)	나	
		당신은 어느 정도 편안한 마음으로 파트너에게 섹스와 성적 욕구에 대해 이야기할 수 있는가?
		당신의 파트너에게 돈과 경제적 처지에 대해 의논하는 일이 쉬운가?
		당신의 파트너가 당신을 좀더 도와 줬으면 좋겠다 싶은 부분은 무엇인가?

	나	그(그녀)
당신은 파트너가 당신에게 관심을 충분히 쏟고 있다고 느끼는가? 당신의 파트너가 어떤 관심을 더 쏟아주면 좋겠는가?		
두 사람의 관계에서 당신이 가장 존중하고 즐기는 점은 무엇인가? 더욱 발전시키고 싶은 것이 있다면 어떤 점일까?		
당신은 커플로서 오락 시간을 충분히 함께하는가?		

질문	나	그(그녀)
두 사람 사이에는 함께 열정을 쏟는 일이 있는가? 그런 일들은 두 사람의 관계에 어떤 식으로 영향을 미치는가?		
당신은 파트너와는 별도로 혼자서 무엇인가를 하면서 시간을 보내는가? 당신은 파트너가 당신을 따돌리고 무슨 일인가를 할 때 어떤 느낌을 받는가?		
당신은 자신만의 친구와 관심사항을 가지고 있는가?		

	나	그(그녀)
당신은 자녀를 키우는 방법 등 핵심적인 문제에서 파트너와 의견이 일치하는가? 쇼핑과 집안일, 생활비와 식사 등은 어떤 식으로 처리하기를 원하는가?		
당신의 입장에서 볼 때 두 사람의 관계에서 지향하는 목표는 무엇인가?		
당신은 파트너와의 관계에서 내년에는 어떤 목표를 잡고 있는가?		

그(그녀)	나	
		당신은 파트너와의 관계에서 앞으로 5년 동안 어떤 목표를 갖고 있는가? 그리고 그 이후의 목표는 무엇인가?
		당신은 내년, 그리고 앞으로 5년 동안 자신에 대해 어떤 목표를 갖고 있는가? 그 목표가 두 사람의 관계에 어떤 영향을 미칠 것 같은가? 두 사람의 관계가 당신 개인의 목표에 어떤 영향을 미칠 것 같은가?

인간관계의 발전단계

인간관계는 여행과 비슷하다. 발전하고 성숙함에 따라 자연스럽게 일련의 단계를 거치며 변화한다. 이런 사실을 깨닫기만 하면, 제삼자의 눈으로 다른 커플을 볼 경우 그들이 어떤 단계에 들어가 있는지 쉽게 파악된다. 그러나 당신 자신이 어느 단계에 놓여 있는지를 파악하기란 결코 쉽지 않다. 이 발전단계는 유아와 청소년들이 성숙에 이를 때까지 통과하게 되는 성장과 발달의 단계와 비교할 수 있다.

우리는 모두 언제나 현재 진행형인 성장과 발달의 단계에 있으며, 이 단계들이 완벽하게 마무리되는 일은 결코 있을 수 없다. 과거에 완결지을 수 없었던 무엇인가를 완성하기 위해 뒷걸음질치는 경우도 간혹 있다. 그러나 각 단계는 그 전 단계 위에 세워지며, 건너뛸 수 있는 단계란 결코 없다. 아주 어린 시절의 성장과 발달 또한 당신의 인간관계에 영향을 미칠 수 있다. 어린 시절의 성장단계에서 당신이 경험한 일들이 나중에 어른이 되어 당신의 인간관계가 어린 시절의 성장과정과 비슷한 단계에 이를 때 불쑥 불거져 나올 수 있기 때문이다.

만약 자신의 인간관계가 발전단계의 어느 지점에 와 있는지를 안다면, 당신은 지금 여러 가지 부딪치고 있는 어려움 중에서 많은 것을 이해할 수 있고, 어떤 조치를 취해야 하는지도 알 수 있을 것이다. 각 단계에는 나름의 도전과 갈등이 있게 마련이다.

인간관계의 각 단계에는 반드시 극복하고 넘어가야 할 도전이 있다. 이 도전을 뛰어넘을 수 있어야만 커플의 관계가 앞으로 나아갈 수 있다. 그래야만 사랑에 빠진 도취감에서 진정한 친교의 깊이로 나아갈 수 있는 것이다. 그러나 각 단계마다 필요한 발전단계를 성공적으로 성취해야 한다는 조건이 따른다.

각 단계는 저마다 목표를 갖고 있고, 또한 시간적인 제약이 뒤따른다. 즉, 각 단계는 결국에는 그 다음 단계에 자리를 내줘야 한다는 뜻이며, 각 단계에는 시간적인 제한이 없다. 한 단계를 완수하는 데 몇 년이 걸릴 때도 있다. 그러나 일반적으로 한 단계가 마무리되어야 하는 시기는 분명하다. 두 사람의 관계가 옛날만큼 돈독하게 느껴지지 않을 경우, 당신은 두 사람 모두에게 모든 일이 건강하고 행복하게 느껴질 수 있도록 어떤 변화를 추구할 필요가 있다는 생각을 갖게 된다. 두 사람은 둘 사이의 관계에 나타나는 모든 면에서 다시 협상을 벌여야 한다. 그러나 당신은 그때까지 이룬 모든 기반과 그때까지 배운 모든 지식을 그대로 안고 다음 단계로 넘어간다.

한 단계에서 그 다음 단계로 이동할 때면 커플은 혼란과 불안을 느끼고 갈등을 빚을 수 있는데, 이는 서로에게 일어나고 있는 변화를 제대로 이해하지 못하기 때문이다. 단계의 이동에 앞서 겪게 되는 과도기에는 대부분의 커플이 어려움을 경험한다. 많은 인간관계가 깨지는 시기가 이 과도기이기도 하다. 과도기를 무난하게 넘기는 일은 누구에게나 쉽지 않으며 간단하지도 않다. 그러나 건강한 발전을 이뤄가는 과정의 한 부분으로그 과도기를 이해하면 상당히 유익하다.

과도기를 더 복잡하게 만드는 또 한 가지는, 관계를 이루고 있는 당사자들끼리 관계의 다음 단계에 이르는 시간이 서로 다르다는 점이다. 이때는 두 사람의 관계에 두 단계가 동시에 존재하는 셈이다. 이런 사태가 벌어지면 두 사람이 협상을 통해 해결해야 하는 어려움이 생긴다. 충돌이 일어나고 오해가 쌓이고 배신감이나 상실감을 겪게 된다. 예를 들어 초창기 공동생활의 단계에서 무던한 성격을 보인 사람이라고 치자. 이 사람은 자기 파트너가 갑자기 둘이서 시간을 보내는 것보다 혼자서 외출을 하거나 다른 활동에 참여하고 싶어 할 경우, 그 변화를 이해하지 못할 뿐 아니라 그런 태도 변화에 위협을 느끼기도 한다.

당신과 당신 파트너의 관계는 지금 어느 단계에 있는가? 두 사람은 같은 단계에 놓여 있는가 아니면 서로 다른 단계에 놓여 있는가? 두 사람이 서로 다른 단계에 놓여 있다면 둘 사이에 일어나는 갈등은 서로의 다름과 개성을 존중하고 인정하는 관점에서 협상으로 해결해야 한다.

다음에 설명하는 다섯 단계 중 하나를 선택하라. 당신과 당신의 파트너는 서로 다른 성숙의 단계에 놓여 있을 수도 있다는 점을 명심하라. 그렇기 때문에 이 질문들을 두 사람이 함께 생각한 뒤에 다시 개별적으로 생각해보는 것도 매우 유익하다.

당신은 지금 어느 단계에 있는가?

인간관계의 단계 1 : 모든 것이 '우리'로 통한다.

하나의 인간관계가 시작되는 단계다. 누구나 사랑에 빠질 때 이 단계를 거치게 된다. 아무리 자주 만나고 오랫동안 얼굴을 보고 있어도 상대방을 충분히 느낄 수 없다. 가는 곳마다 손을 꼭 잡고 다닌다. 열정이 있고 낭만이 있다. 그리고 서로의 요구사항이 아주 쉽게 해결된다. 상대방에게 매우 많은 관심을 쏟고 있기 때문에 당연한 결과다. 아무도 상대방에게 변하라고 주문하지 않는다. 모든 것이 자극적이고 즐거울 뿐이다. 그렇기 때문에 어느 쪽도 상대방에게 거부감을 일으키는 행동을 하여 그 관계를 깨뜨리는 위험을 감수하려고 하지 않는다. 이 단계에 있으면 당신은 두 사람의 비슷한 점을 부각시키고 상대방과 공유하고 있는 것들을 강조한다. 마치 당신을 완벽하게 이해해주고 당신이 요구하는 것이면 무엇이든 다 들어주는 사람을 드디어 발견한 것 같다.

만일 몇 개월의 시간이 흘러도 두 사람 모두 지금의 관계를 계속 이어가는 것에 동의한다면, 이제 당신은 건축물을 올릴 터전을 마련한 셈이다. 이 공동생활의 단계도 그 나름의 목표를 갖고 있다. 당신으로 하여금 견고한 유대 또는 애정을 가꾸도록 돕는 것이다. 두 사람은 서로의 눈을 응시하고 부드러움과 친교를 쌓으면서 많은 시간을 보낸다. 그런 것들은 당신이 그 다음 단계로 넘어갈 때 힘과 단결의 원천이 된다. 당신은 둘 사이에 끈끈하게 작용하는 소유감과 친밀감이라는 그 위대한 감정으로 언제든지 되돌아갈 수 있다. 이 단계에서 두 사람이 함께 보내는 시간은 그들의 장기적인 관계에 참으로 유익하다. 만일 그 관계를 장기적으로 이끌어갈 뜻이 전혀 없다면, 이 단계가 끝나갈 무렵 둘 사이에 갈등이 나타나기 시작하면서 그 관계에 종말을 고해야 할지도 모른다.

예를 들어 지리적인 거리 또는 살면서 생길 수 있는 어떤 사건 때문에 이런 단계가 진정으로 일어나지 않았거나 완결되지 않은 관계에 있다면, 두 사람 사이의 애착은 그다지 강하지 않을 수도 있다. 만일 한 사람 또는 두 사람 모두 진정으로 친해지기를 두려워한다면 이 단계는 결코 견고하게 이루어지지 못할 것이며, 그 관계는 미래의 각 단계에서도 험난한 관계가 될 수 있다.

만일 어느 한쪽이라도 이 단계를 성취하려고 충분히 노력하지 않는다면, 이 단계야말로 당신을 옴짝달싹 못하게 가둘 수 있다. 당신은 건강하지 못한 방식으로 공동생활의 단계를 살게 된다. 이런 방식은 서로 말려들거나 서로 의존하는 관계로 이어질 수 있다. 그렇게 되면 당신은 서로에게 몰입하게 되어 갈등을 피하고, 다름을 표현하는 것을 꺼리게 된다. 공동생활의 단계에서 빠져나오기를 원하지 않음으로써 벌어지는 결과는 서로 적대감을 품은 의존관계다. 그런 관계라면 당신은 갈등과 고통의 끝없는 악순환에 갇히게 된다. 당신은 홀로 서거나 독립하는 것을 결코 이겨내지 못한다. 그리고 당신은 함께 있거나 협력하는 일도 참지 못하게 된다.

인간관계의 단계 2 : 모든 것이 '나'와 '당신'으로 통한다.

이 단계는 첫 번째 단계 후 몇 개월이 지나 일어날 수도 있으며, 아니면 그보다 시간이 더 오래 걸릴 수도 있다. 이 단계에 이르면 불편할 때가 종종 있다. 이 시기는 당신과 당신의 연인은 서로 다르며, 심지어 당신의 연인에게 당신이 결코 좋아할 수 없는 면이 있다는 사실을 갑자기 깨닫게 되는 시기이기 때문이다. 이런 사실은 당신에게 엄청난 충격으로 다가오게 될 것이며, '우리'라는 표현으로 모든 게 감춰지던 사랑에 도대체 무슨 일이 벌어졌을까 하고 자문하게 된다. 한마디로, 환상에서 깨어나 실망하기 시작하는 시기다. "영원히 당신을 돌볼 거야"와 같이 제1단계에서 했던 약속의 일부가 약간 비현실적이라는 사실을 씁쓸하게 깨닫는 단계이기도 하다. 두 사람은 서로에게도 나름의 인생이 있기 때문에 자신의 인생은 스스로 책임져야 한다는 사실을 깨닫는다.

만일 더 발전하여 이 단계를 성공적으로 협상하고 극복해 그대로 커플로 남는다면 그들은 자신의 개인적인 기대와 요구사항 등에 대해 의논하고, 두 사람의 관계를 위해 규칙을 마련해야 한다.

많은 커플이 이 과도기를 뛰어넘지 못한다. 당신과 당신의 파트너 사이의 차이가 너무나 크다는 사실을 깨닫고, 그 차이를 그때까지 눈치채지 못하고 있던 자신을 도무지 이해하지 못하는 단계가 바로 이때이기 때문이다. 어느 한쪽이든 아니면 두 사람 모두, 함께 보내는 시간을 줄이기를 원할 수 있다. 예를 들어 모든 일을 함께 해오던 두 사람이 이때부터는 친구들을 별도로 만나고 싶어 할 수도 있다. 아니면 프라이버시를 요구하고, 혼자 보낼 수 있는 시간을 요구할 수도 있다. 그러면 상대방은 아마 소외되거나 거부당한다는 느낌을 받으면서 그것을 허락하기 어렵다는 사실을 깨닫게 된다. 만일 어느 한쪽 아니면 두 사람 모두 불안해하거나 자존심이 약하다면 이 시기는 참으로 위험할 수 있다.

이 두 번째 단계 또한 목적이 있다. 각자 다시 한 번 스스로 되돌아보고, '우리'에 의해 한쪽 구석으로 밀려났던 '나'를 재발견할 수 있는 기회다. 두 사람은 각자 자신을 독립적인 존재로서 다시 일으켜세워야 한다. 이런 과정을 거치지 않으면 그 관계는 곤경에 빠질 것이고, 당사자들도 독립적인 개인으로 성숙과 발전을 꾀하기가 어려울 것이다.

인간관계의 단계 3 : 모든 것이 '나'로 통한다.

이 기간에는 한쪽 또는 두 사람 모두 개별적인 활동에 더 충실하게 된다. 개인들은 자신을 독립적인 존재로서 다시 인식하기 시작한다. 그들은 옛날 친구를 찾거나 자기 파트너가 별로 좋아하지 않는 예전의 활동으로 돌아가고, 흥분을 자극하는 새로운 관심사항이나 기회를 개발할 수도 있다. 한동안 '나'를 발전시키는 일이 '우리'를 발전시키거나 '당신과 나'를 묶어 생각하는 것보다 더 중요해진다.

서로가 상대방에 대해 믿을 수 없을 만큼 자기 자신에게 빠져 지내는 이기적인 존재라고 생각하기 시작할 때가 바로 이 단계다. 자율과 자기 표현과 성취에 대한 욕구가 두 사람의 관계보다 더 중요하게 되며, 상대방에게 느끼던 평온함이 일시적으로 사라질 수 있다. 소중한 무엇인가를 잃어버렸다는 느낌이 들 수도 있고, 두 번 다시 사랑에 빠질 수 없다는 생각이 들 수도 있다. 이 시기야말로 너무나 많은 관심사항이 충돌을 빚는 시기로서 상당히 혼란스러운 단계다.

당신과 당신의 파트너는 서로 독립과 자유를 확보하려고 노력하면서도 상대방에 대해서는 원하기만 하면 언제든지 거기 그렇게 있어주기를 요구한다. 만일 두 사람 중 누군가가 상대방보다 앞서서 이 단계로 들어가면, 뒤처진 파트너에게 믿을 수 없을 정도로 커다란 충격을 안겨줄 수 있다. 심지어 그 파트너는 버림받았다는 느낌까지 품을 수 있다. 두 사람이 거의 동시에 이 단계로 들어간다면 그들은 서로를 무가치한 존재로 보지는 않을 것이다. 이와 달리, 다른 누군가에게 끌린다든지 바람을 피우면 두 사람의 고결한 관계는 치명적인 상처를 입게 된다. 만약 그런 사태가 발생하면 감당하기 어려운 고통과 분노가 뒤따르게 되어 그 사태가 진정 두 사람의 관계에 무엇을 의미하는지 온전하게 이해하기란 사실상 불가능할 수도 있다.

이 부분에서 다시 한 번 말하지만, 이 단계는 많은 커플이 버텨내지 못하고 무너지는 과도기다. 관계를 맺은 당사자들이 "나에게는 당신이 필요하지 않아"라는 메시지를 보낼 수 있고, 상대방이 충분한 공간을 내주지 않을 때에는 절해고도에 갇혀 있다는 기분을 느낄 수 있다. 또한 파트너가 다른 취미나 활동에 매달려 있을 때 매우 초라해지는 기분을 느낄 수도 있다. 그런 사람들은 연인의 삶 속에서 자신이 더 이상 '넘버 원'의 존재가 아니라고 느끼며 비통해한다.

이 발전의 단계는 두세 살의 아이가 경험하는 단계와 비슷하다. 이 시기의 아이는 세상을 혼자 배우면서 다른 사람의 도움을 받지 않고 일을 처리하기를 원한다. 그러다가도 뭔가 잘못되면 그 아이는 엄마가 즉각 나타나주리라고 기대한다. 이 단계는 십 대들에게도 자주 나타난다. 십 대들도 상당한 수준의 자율과 독립을 기대하는 반면, 여전히 수업이 끝나면 부모가 집에서 맞아주기를 바라고, 자기가 사고 싶은 것을 부모가 척척 사주기를 바란다. 십 대들이 자신의 독립을 확보하기 위해 표현하는 항의는 어른들에게 즐거움을 주는 한편 당황하게 만들기도 한다. 그와 똑같은 이치로, 인간관계에서 이 단계를 겪고 있는 사람들은 "나를 귀찮게 하지 마"라는 메시지와 "나를 위해 여기 있어"라는 메시지를 강력하게 보낸다.

이 단계의 의미를 진정으로 이해하여 극복하고, 독립과 연대감을 요령 있게 배합하려고 노력하면, 이 단계는 각자가 따로 노력할 때보다 두 사람이 동시에 힘을 모을 때 훨씬 많은 잠재력을 발휘할 수 있다. 그들은 이제 자기 파트너가 보이지 않는 곳에서 자기를 위해 늘 기다리고 있다는 확신을 느끼면서 새로운 방식으로 세상 속으로 나아간다. 그 커플은 신뢰와 용서, 관용의 중요성을 배운다.

인간관계의 단계 4 : 다시 '우리'로 돌아가다.

각 파트너가 자신의 정체성을 강하게 세우고 자기만의 관심사항과 성숙을 위해 열심히 노력하기 시작하면, '우리'를 다시 고려하기 시작해도 별다른 문제가 발생하지 않는다. 그런 커플은 이제 상대방의 개인적인 차이와 요구사항을 더 잘 이해하고 더 많이 존중하는 마음을 품은 채 다시 한 번 '우리'로 돌아가기 시작한다. 그들은 둘의 관계에 대해, 그리고 자신들이 어디로 향하고 있는지에 대해 더 많이 이야기한다.

'우리'와 '나' 사이의 균형을 맞추려고 많은 관심과 노력을 펼친다. 커플은 깊은 친교, 결합의 시기와 분리 또는 독립의 시기 사이를 오갈 수 있다. 그래도 여전히 '우리'를 지나치게 강조할 경우에는 개인의 자아감이 위협받는 것으로 느껴진다. 커플은 '우리'에 함몰되거나 아니면 지나치게 독립적이거나 혼자라는 두려움 사이에서 고민한다. 또한 상대방이 자기를 위해 정말로 거기 있어줄 것인지 아니면 자기만의 삶을 어느 정도 추구한다 해도 상대방이 별로 비난하지 않을지를 알고 싶어 시험하려고 나설 수도 있다.

이 시기에는 커플의 관계가 분열현상을 보이기 때문에 어떤 문제가 발생하면 갈등과 불행을 초래할 수 있다. 한 파트너는 따로 지낼 필요성을 강조하면서 상대방에게 자신의 삶이 함몰되지 않을까 두려워하는 반면, 다른 파트너는 친교의 필요성을 행동으로 옮기면서 끊임없이 사랑을 요구하며 달라붙을 수 있다. 어린 시절에 보호와 독립을 둘러싸고 겪었던 경험이 전면으로 떠오를 수도 있다.

조의 어머니는 조가 네 살이었을 때 조의 아버지로부터 버림을 받았다. 그녀는 정서적인 면에서 조에게 크게 의존했다. 조가 성장함에 따라 그녀는 아들이 집 밖에서 하는 활동을 교묘하게 통제하고 제한을 가하려고 했다. 저녁이면 아들이 언제나 그녀와 함께 집에 머물기를 원했던 것이다. 그 결과 조는 자신의 시간을 통제하려고 드는 여자들을 만나면 거부반응을 느끼며 매일 밤 밖에 나가는 것을 원칙으로 삼게 되었다. 그런 행동은 그가 그렇게도 두려워하는 결과를 낳았다. 집에 앉아서 그를 기다리며 늘 투덜거리고 바가지를 긁는 여인이 그 결과였다! 급기야 그는 모든 여인을 바가지나 긁고 의지하려 드는 존재로 받아들이기에 이른다. 그래서 그는 '충분한 공간'을 누릴 수 있도록 혼자 살고 싶어 한다.

만약에 네 번째 단계에서 불거지는 문제점들이 성공적으로 해결되고 협상을 통해 타협점을 찾게 된다면, 그 커플은 보다 큰 만족과 깊은 관계를 향해 전진할 수 있다.

인간관계의 단계 5 : 상호의존

몇 년의 세월이 흐르면, 그 커플은 어느새 상대방의 소중한 장점을 확보하게 된다. 그들은 서로를 사랑하고 있다는 사실을 잘 안다. 그들은 또한 자기만의 삶에도 충실하다고 느낀다. 그들은 똑같이 상대방을 헌신적으로 대한다. 그 어느 것도 그들에게 위협으로 다가오지 않는다. 각 파트너는 자신의 삶에서 보호와 만족을 발견하는 한편, 두 사람의 관계에서도 깊은 만족감을 느끼는 진정한 '나' 로 되어 있다.

이 단계는 현실적인 타협이 이뤄지는 시기다. 각 파트너는 자신의 요구 사항을 완벽하게 만족시켜줄 이상적인 파트너를 찾겠다던 희망을 기꺼이 접으려 든다. 그들은 두 사람의 관계야말로 상호간에 이뤄지는 하나의 과정이라고 이해하고, 그 이해를 바탕으로 상대방을 위해 자신을 기꺼이 버리려고 한다. 이런 커플은 서로 의논하고 계획과 합의를 마련함으로써 둘의 관계를 지켜나가는 일에 많은 노력을 기울인다. 그들은 이제 현실적인 존재가 되었다.

만약 어느 한쪽이 상대방보다 먼저 이 단계에 이르게 되면, 그 사람은 지금도 여전히 자신의 독립을 확보하려 노력하고 있는 상대방에게서 더 강한 친교와 접촉을 요구할 수도 있다. 이런 경우에는 인내심이 필요하다.

무엇보다도 이 시기는 상호 존경과 존중을 바탕으로 한 성숙의 단계다. 각 파트너는 억지로 상대방에게 자신의 욕구를 만족시켜 달라고 안달하기보다는 상대방이 성장하고 발전하도록 격려해야 한다. 그들은 솔직함과 감수성을 키워나간다. 이 시점에 이르면 각 개인은 별로 불쾌감을 느끼지 않고도 상대방의 희생에 대해 이해하기에 이른다. 그리고 그들은 두 사람의 관계라는 보다 중요한 선善을 잘 가꾸어나가려고 애쓰면서도 거기에 어쩔 수 없이 따르게 되는 타협에 아무런 분노를 느끼지 않는다. 그들은 두 사람의 관계가 갖는 심오한 가치를 충분히 인식하고 있다. 비록 영원히 당연한 것으로 받아들이는 관계는 불가능할지라도 그 커플은 든든한 무엇인가를 성취했으며, 함께 미래를 맞이할 준비가 되어 있다고 느낀다.

당신은 지금 어느 단계에 와 있는가?
당신과 당신의 파트너가 겪고 있는 그 단계에서 당신이 직면하고 있는 도전들을 일일이 열거할 수 있는가?

커플 사이에 오가는 의사소통 기술은 어느 정도일까?

훌륭한 의사소통은 멋진 인간관계의 기본이다. 커플의 성공 여부는 그들의 의사소통을 관찰해보면 정확히 예측할 수 있다. 그 의사소통에는 만나거나 헤어질 때 인사를 나누고, 상대방을 받아들인다는 뜻을 보내고, 상대방의 말에 귀를 기울이고, 갈등을 해결하고, 상대방의 요구사항을 만족시키고, 다름과 의견불일치를 표현하고, 이해와 공감을 나타내고, 일상생활을 처리할 때 의견을 주고받는 방식이 포함된다. 만약 커플이 상대방에게 멋진 대인기술을 동원한다면, 서로가 상대방으로부터 존경받고 평가받고 이해받고 있다는 느낌을 가질 뿐 아니라 각자의 요구사항이 충분히 고려되고 있다는 인상을 받게 된다.

이 질문들은 당신이 한 쌍의 커플로서 의사소통에 얼마나 능한지를 스스로 평가하고 생각해보도록 도와줄 것이다. 그것은 두 사람의 관계가 장기적으로 얼마나 부드럽게 이어갈지를 보여주는 잣대로서도 훌륭하다. 그리고 두 사람의 관계를 돈독하게 유지하려면 당신이 의사소통의 어떤 측면에 신경을 써야 할지를 잘 알려준다.

만일 당신이 한 쌍의 커플로서 다음과 같은 입장에 놓이게 된다면, 어떤 식으로 반응할지 한 번 생각해보라.

1. 당신과 당신의 파트너가 며칠 동안 힘들고 긴장감 넘치는 일을 한 뒤에야 자리를 함께했다. 당신은 그날 밤 초반부를 어떤 식으로 꾸려갈 것인가?

A. 한 사람이 다른 일에 몰두해 있기 때문에 파트너에게 많은 관심을 기울이지 않는다.

B. 당신과 당신의 파트너 중 한 사람이 좋지 않은 기분에 빠진다.

C. 당신과 당신의 파트너 중 한 사람이 상대방을 돌보려고 노력한다. 하지만 그 분위기를 감당할 수 있을 것 같은 기분이 들지 않는다.

D. 당신과 당신의 파트너는 다른 일을 하기에 앞서서 함께 앉아 서로 일체감을

회복하려고 노력하며 얼마간의 시간을 보낸다.

2. 당신이 중요한 무엇인가를 놓고 파트너와 갈등을 빚거나 의견불일치를 보일 때, 당신이 취할 만한 태도는?

A. 그 갈등의 본질을 오해하면서도 그 갈등에 대한 다른 사람의 해석을 받아들이지 않는다.

B. 부정적이거나 비판적인 대화와 논쟁이 일어나도록 내버려둔다.

C. 둘 다 반대 방향으로 나아가며 그 문제를 피하려 든다.

D. 두 사람이 모두 받아들일 수 있는 타협점에 닿을 때까지 계속 그 문제를 놓고 이야기한다.

3. 두 사람 모두에게 휴가가 절실히 필요하다. 한 사람은 더위를 떨치기 위해 해변으로 가기를 원하고, 한 사람은 바다를 싫어하기 때문에 좀더 적극적인 여행을 원한다. 당신과 당신의 파트너는 이 문제를 어떤 식으로 해결할 것인가?

A. 설득력 있고 둘 사이에 지배력을 행사하는 파트너가 원하는 곳으로 휴가를 간다. 다른 한 사람은 마음이 편하지는 않지만 그래도 그 휴가를 최대한 활용하려고 노력한다.

B. 설득력이 더 강한 파트너가 원하는 쪽으로 휴가를 간다. 하지만 다른 한쪽은 자신이 양보했다는 점을 상대방에게 각인시켜준다.

C. 휴가를 아예 따로 간다.

D. 두 사람이 함께 시간을 보내면서도 따로 무슨 일인가를 할 수 있는 곳으로 휴가를 떠난다.

4. 당신은 식료품을 구입할 때 어떤 식으로 쇼핑을 하는가?

A. 두 사람이 함께 쇼핑을 한다. 그 쇼핑이 부자연스러울 때가 간혹 있지만 어쨌
   든 그 기회를 최대한 활용하려고 노력한다.
B. 두 사람이 필요할 때 각자 취향에 따라 구입한다. 그러다 간혹 당신이 선택한
   물건을 놓고 언쟁이 벌어지기도 한다.
C. 두 사람 중 한 사람이 쇼핑을 거의 책임진다.
D. 두 사람은 쇼핑을 어떻게 할 것인지를 놓고 의논하며 교대로 쇼핑에 나서거
   나 쇼핑하는 수고와 시간과 비용을 나눠 부담할 수 있는 방법을 찾는다.

**5. 당신은 어떤 민감한 주제에 대해 뚜렷한 의견을 갖고 있지만 파트너의 의견과 확연
히 다르다. 그럴 경우 당신은 어떤 행동을 취할 것인가?**

A. 차이 나는 부분을 피하면서 동의하는 것처럼 행동할 것 같다.
B. 비판적인 시각을 놓지 않으며 서로에게 불행한 방식으로 대할 것 같다.
C. 두 사람 중 누가 더 똑똑하고 올바른 의견을 갖고 있는지 따질 것 같다.
D. 여전히 상대방의 의견에 동의하지 않는다 하더라도 각자는 서로의 말에 귀를
   기울이고 그 의견을 받아들인다.

**6. 당신의 파트너가 모임 중에 술에 취해 당혹스러운 행동을 보이고 있다. 당신은 어
떻게 하겠는가?**

A. 그런 일이 벌어지지 않은 것처럼 꾸미려고 노력한다.
B. 화를 내며 비난한다.
C. 당신 책임이 아니라고 느끼며 파트너를 놔두고 집으로 간다.
D. 파트너를 집으로 안전하게 데려간다. 그리고 그날 일어난 일과 그때 당신이
   느낀 감정에 대해 말할 기회를 찾는다.

7. 당신의 파트너는 바쁘게 일하느라 스트레스를 받고 있어 당신의 도움이 필요하다고 하소연한다. 그런데 당신 또한 상당히 바쁘다. 그럴 경우 당신은 어떻게 할 것인가?

A. 모든 것을 팽개치고 파트너를 도와서 당신이 할 수 있는 모든 일을 해줄 것 같다.

B. 파트너를 돕기는 하겠지만 극도의 피로감을 느끼며 착취당하고 있다는 느낌을 받을 것 같다.

C. 파트너에게 시간을 잘 관리하는 방식에 대해 멋진 조언을 해줄 것 같다.

D. 힘이 닿는 데까지 파트너를 도울 것이다. 당신이 그런 상황에 처할 경우 그 파트너도 그렇게 할 것이라는 사실을 너무나 잘 알고 있기 때문이다.

8. 주말에 당신에게는 꼭 했으면 싶은 일이 있다. 당신의 파트너 또한 하고 싶은 일이 있는데, 그 일에는 당신의 전적인 참여가 필요하다. 이 문제는 어떤 식으로 결론이 내려질 것 같은가?

A. 두 사람 모두 서로가 으레 주말을 함께 보낼 것이라고 가정한다.

B. 어느 한쪽이 계획을 망가뜨리고 있다거나 계획이 똑같지 않다는 이유로 상대방에게 화를 낸다.

C. 어느 한쪽이 원하는 대로 움직일 것이다. 상대방이 그 일을 하고 싶지 않는다 해도 무난하게 넘어갈 것이다.

D. 주말이 오기 전에 그 일을 놓고 대화를 나눌 것이다. 그리고 두 사람 모두 그런대로 좋아할 수 있는 타협안을 찾아낼 것이다.

점수

A가 대부분인 사람

대체로 당신은 두 사람이 밀접한 관계를 맺고 있다고 느낀다. 두 사람의 관계가 매우 밀접하다고 느끼거나 두 사람 사이에 공통점이 많다고 느낄 때도 종종 있다. 그렇다고 언제나 의사소통이 멋지게 이뤄지는 것은 아니다. 당신은 두 사람 사이에 나타나는 차이점을 거부하거나 피하려고 들지도 모른다. 당신은 두 사람이 서로 완전히 다른 망원경으로 세상을 본다는 사실을 깨닫지 못할 수도 있다. 당신은 파트너가 어떤 존재인지, 그 파트너가 무엇을 느끼고 생각하고 있는지를 잘 안다고 가정하지만 실제로는 파트너가 당신을 놀라게 할 때가 더러 있다. 서로의 말을 더 조심스럽게 듣고 예단을 지나치게 자주 하지 않는 것이 좋다. 당신은 또한 보다 솔직한 토론의 장을 만들고 협상기술을 익혀야 한다. 그리고 파트너의 개성과 요구사항이 당신과 달라도 보다 적극적으로 받아들일 필요가 있다.

B가 대부분인 사람

당신은 훌륭한 파트너십을 발휘할 자질을 갖고는 있지만, 당신과 당신의 파트너 사이에는 부정적인 의사소통이 상당히 많다. 이 점이 두 사람 모두에게 그 관계의 가치와 수명을 줄이는 결과를 안겨줄 수 있다. 두 사람의 관계에는 또한 뒤로 물러서거나 뾰로통하거나 처벌하려 들거나 나쁘게 행동해놓고도 그것이 옳다고 느끼는 경향이 있다. 당신은 둘 사이에 부정적인 대화가 일어나도록 허용하고 있으며, 그것이 두 사람 사이의 신뢰와 안전에 손상을 입힌다. 좀더 다정다감하고 상대방을 받아들이는 분위기를 가꾸는 일이 필요하다. 그리고 비난하거나 책망하는 일을 피하려고 노력하는 것도 도움이 될 것이다.

C가 대부분인 사람

파트너십이 동등한 입장에서 세워지지 않았다는 느낌이 있다. 두 사람 중 한 사람이 상대방보다 더 많은 노력을 기울이고 있지는 않은가? 둘 중 한 사람이 소유욕을 지나치게 보이고 있지는 않은가? 둘 중 한 사람이 상대방보다 더 많은 보살핌을 베풀고 관심을 보이고 있지는 않은가? 둘 중 한 사람이 그 관계를 너무나 당연한 것으로 여기지 않는가? 혹시 문제가 발생하면 적당히 얼버무림으로써 둘의 관계가 진정으로 발전하지 못하도록 막고 있지는 않은가? 두 사람의 관계가 동등한 관계에서 피어나는 우정에 더 가까이 다가설 수 있도록 하려면 어떤 방법들이 있을까? 당신의 계획을 상대방에게 솔직히 공개하고, 당신이 필요로 하는 것을 상대방에게 기꺼이 줄 수 있는지를 한 번 따져보는 것도 유익하다.

D가 대부분인 사람

당신은 두 사람 사이에서 긍정적이고 사교적인 행동을 보인다. 당신은 부정적인 대화를 바로 잡을 수 있고, 긴장의 상황을 누그러뜨릴 수도 있으며, 민감한 문제들을 놓고 우호적이며 공개적이고 열린 마음으로 토론을 벌일 수도 있다. 당신은 상대방의 말에 귀를 기울이고 그 말을 존중한다. 당신은 이 관계를 유지하기 위해 상당히 많은 노력이 필요하다는 사실을 깨닫고 있으며 또한 그것을 받아들인다. 이 관계에서 당신은 동등한 파트너이고 멋진 친구다. 당신은 상대방에 대해 믿을 만한 파트너이며 동료라고 생각한다. 당신은 두 사람의 요구사항을 두루 만족시키는 타협점을 찾아낼 수 있으며, 파트너로서뿐 아니라 개인적인 존재로서 파트너의 성장과 발전을 격려하고 존중한다. 당신은 상대방에게 상당히 많은 보상과 접촉, 그리고 칭찬을 안겨준다. 그런 것이 있기에 관계를 유지하고 있다는 사실이 두 사람에게는 즐거운 경험으로 와닿는다.

기대

당신은 파트너에게 무엇을 기대하는가? 그리고 당신의 파트너는 당신에게 무엇을 기대하는가?

두 사람의 기대를 분명하고 명쾌하게 밝히는 것도 당신의 관계에서 긍정적이고 건설적인 분위기를 엮어내는 데 도움이 된다. 기대는 서로 균형을 맞출 필요가 있다. 한 사람에게 집안일을 모두 할 것이라고 기대하고, 다른 한 사람에게는 가만히 앉아 시중을 받게 될 것이라고 기대해서는 절대로 균형이 이루어지지 않는다. 이것은 너무나 확실한 예다. 하지만 기대는 이보다 훨씬 더 미묘할 수 있으며, 또 그 기대가 두 사람 사이의 관계를 이루는 바탕으로 자리 잡고 나면 그 기대는 쉽게 무너지지 않는다.

아만다와 댄이 만난 지 얼마 되지 않아 댄은 아만다가 요리에 뛰어나다는 걸 발견했다. 데이트를 시작한 어느 날, 그녀는 그가 자기 아파트로 오면 그를 위해 음식을 만들어주겠다고 제안했다. 그녀는 매우 유혹적인 만찬 시나리오를 짜는 일을 자신의 장기로 삼았다. 거기에는 초와 은은한 조명, 꽃, 낭만적인 음악, 향과 새 식탁보만 있는 것이 아니다. 그녀는 정말로 멋진 저녁식사를 대접했다. 물론 그녀는 그가 좋아하는 음식을 미리 파악했으며, 그것과 잘 어울리는 다른 먹을거리도 준비했다. 그녀는 하루의 대부분을 그날 밤을 위한 준비에 쏟았다.

그날 댄은 굉장히 기분 좋은 시간을 가졌고, 그녀의 유혹적인 절차에 행복한 마음으로 자신을 맡기기로 작정했다. 그는 몇 번이나 음식 맛에 감탄했으며, 부야베스(bouillabaisse, 생선, 조개류에 향료를 넣어 찐 요리)가 자신이 가장 좋아하는 요리인 것을 어떻게 알았는지를 물었다. 그리고 그는 언젠가 프로방스에서 먹었던 요리보다 훨씬 더 맛있다면서 그녀에게 칭찬을 아끼지 않았다. 아만다도 그가 맛있는 음식을 진정으로 즐기며 높이 평가하고 있다는 사실을 알았다. 그래서 그녀는 그에게 일주일에 몇 번 자기 아파트에 들르라고 부탁하며 그를 위해 계속 요리를 했다. 그는 그 호의에 보답할 수 없는 입장이었다. 이혼을 위한 합의를 준비하는 동안에 아직도 아내와 함께 살고 있었기 때문이다. 그리고 아내가 그에게서 돈을 짜내기 때문에 그에게는 경제적인 여유도 없었다. 아만다가 외출 중이거나 어떤 이유로 요리를 할 수 없는 상황이 되면 그는 밖에 나가서 식사를 해결한 뒤에 나중에 그녀를 만나곤 했다. 그러면 아만다는 집으로 돌아와서 직접 샌드위치나 수프를 만들어 저녁을 때웠다.

이혼수속이 끝나자 그에게는 갈 곳이 마땅히 없었고, 아만다의 입장에서 보면 당분간 그 사람이 그녀의 아파트에 들어와 사는 게 당연한 것으로 여겨졌다. 그녀가 그 제안을 내놓자마자 그는 선뜻 그 호의를 받아들였다. 만난 지 6개월도 안 되어 그는 그녀의 아파트로 들어갔다. 그는 생활비를 보태겠다고 제안했지만 그녀는 당분간 그가 그저 손님으로 있는 것만으로도 행복하다고 말했다. 한동안 모든 것이 예전과 똑같이 돌아갔다. 그리고 두 사람은 행복했다. 댄은 아침 일찍 직장으로 출근했고, 아만다는 전날 저녁에 먹은 식탁을 정리하고 출근하기 전까지 집안 구석구석을 청소했다. 그녀는 집에서 할 수 있는 작은 사업을 준비하고 있었기 때문에 파트타임으로 일했다. 그녀는 댄이 아파트로 들어온 이후로 그 사업에 관심을 집중할 수 없다는 사실을 깨달았다. 그녀의 모든 에너지가 그와 함께하는 일에 집중되었기 때문이다.

그렇게 18개월이 흐르고, 두 사람이 일상에 익숙해질 때 아만다는 가끔 댄에게 부엌일을 도와달라고 부탁했다. 그러나 그는 음식을 만드는 일이 왠지 거북할 뿐 아니라 솜씨도 그다지 뛰어나지 않다는 핑계를 댔다. 그는 그녀의 눈높이에는 결코 맞출 수 없을 것이라고 지레 겁을 먹고 있었다. 실제로 그가 몇 가지 음식을 만들어보았지만 부엌에서는 별로 쓸모없는 존재인 것 같았다. 오븐을 지나치게 가열시켜 음식을 태우는 일이 비일비재했다. 그 이유는 음식이 적당히 익으면 그녀가 알아서 꺼내주겠지 하고 기대하고 있었기 때문이다.

그녀는 댄이 요리만큼은 그녀가 전적으로 해주기를 바라고 있다는 사실을 서서히 깨달았다. 그는 살림을 위해 약간의 돈을 그녀에게 주고는 했지만 잊어버리는 경우도 종종 있었다. 그녀에게는 그런 그가 물가에 대한 감각이 부족한 것으로 비쳤다. 댄의 입장에서는 '어차피 그녀 혼자 살아도 살 것은 사야 하고' 전기료나 수도료를 내야 할 것이기 때문에 그 자신이 그렇게 많은 돈을 내놓을 필요는 없다는 생각을 품었던 것 같았다.

마침내 그녀가 모든 요리를 그녀 혼자서 다 해야 한다고 기대하는 댄에게 반기를 들자 그는 마음의 상처를 크게 받았고, 그 문제에 대해서는 아예 대화조차 하려고 들지 않았다. 그는 그런 일 따위로 고통받고 싶지 않다는 암시를 보냈다. 그리고 그의 마음속에는 이혼과 새로운 법률회사로 자리를 옮기는 일 등의 정말로 중요하고 신중을 기해야 하는 걱정거리가 많다는 뜻도 내비쳤다. 그리고 나서 그는 대화를 바꿔서 그녀가 얼마나 매력적인지, 자기가 그녀를 얼마나 뿌듯하게 생각하고 있는지에 대해 열변을 늘어놓았다.

아만다는 자신이 얼마나 우둔한지를 너무 늦게 깨달았다. 그리고 댄과 사랑에 빠져서 그를 즐겁게 해주는 일이라면 무엇이든 하려다가 그만 자신이 현명하지 못했음을 뒤늦게 깨달았다. 댄이 어릴 적의 엄마처럼 그녀가 그를 위해서라면 무엇이든 해줄 것이라는 기대를 갖게 된 데에는 그녀 자신이 결정적으로 기여한 셈이었다. 댄과 아만다는 두 남녀가 만나 서로 관계를 이루고 함께 살 때 서로에게 품게 되는 기대에 대해 대화를 나눈 적이 한 번도 없었다. 그런 상황에서 그만 갈등이 둘 사이에 터져나오고 말았다.

댄은 시시콜콜한 집안일은 여자들이 도맡아 하고, 남자들은 바깥 세상에서 힘들고 복잡한 일을 맡아야 한다고 생각했다. 그러면서도 댄은 자신의 기대를 심각하게 검토해본 적이 없었다. 그는 그녀가 그를 지원해줄 것이라고 기대했다. 그리고 아만다가 그를 위해 멋진 요리 솜씨를 발휘했기 때문에 그는 매일 밤 똑같은 수준의 음식이 식탁 위에 올라올 것이라고 기대했다. 아만다의 기대 중 일부는 댄의 기대와 매우 잘 맞았다. 그녀는 댄을 뒷바라지하는 창의적인 주부의 역할을 스스로 기대했다. 그리고 그녀는 댄이 자신을 필요로 할 때면 언제나 그 자리에 있고 싶었다. 그러면서도 그녀는 댄이 어떤 식으로든 살림에 자신과 똑같이 기여할 것이라고 기대했다. 그녀는 댄의 기여를 인내심 있게 기다렸지만 그런 일은 결코 일어나지 않아 보였다. 그녀는 자신이 힘들게 일할 때나 비즈니스에 어떤 문제가 발생할 때에는 수시로 댄이 격려해줄 것이라고 기대했다. 그러나 그녀가 피곤해하거나 스트레스를 받거나 눈코 뜰 새 없이 바쁠 때에도 댄은 언제나 자신의 요구사항만 늘어놓았다. 그가 원하는 시간에 저녁식사 준비를 끝내지 못하면 그는 혼자 밖으로 나가서 음식을 사먹곤 했으며, 그녀에게 함께 가자는 말조차 하지 않았다.

이 모든 것을 깨달았을 때 아만다는 낙담이 이만저만이 아니었는데도 댄은 이 문제에 대해 허심탄회하게 의논하는 일에는 전혀 관심이 없는 것 같았다. 어떻게 할까 고민하면서 몇 개월을 지낸 뒤 그녀는 마침내 그에게 아파트를 나가달라고 부탁했다. 그는 마음의 상처를 심하게 받은 것 같았으나 별 말을 하지 않았다. 그녀에게 "귀여운 나의 연인에게"라는 낭만적인 문구를 적은 꽃다발을 몇 차례 선물하면서도 말이다. 그 문제는 두 사람이 커플로서 앞으로 나아가려면 반드시 해결해야 했지만, 아만다로서는 도전할 용기가 없었다. 그러다 보니 둘의 관계는 시들해져갔다. 그와 동시에 댄은 다른 여자를 만났다. 반면에 아만다는 왜 남자와의 관계가 계속 잘못되는지 그 이유를 찾아낼 때까지 한동안 혼자 살기로 결심했다.

만약 아만다와 댄이 커플 관계를 맺기 시작한 초반에 서로의 기대를 명쾌하게 밝혔더라면, 두 사람의 관계는 결코 그렇게 어긋나지는 않았을 것이다. 누가 감히 파트너에게 어머니와 연인, 하녀의 역할을 동시에 기대한다고 말할 수 있겠는가? 아마도 댄을 비난하기 쉬울 것이다. 따지고 보면 그는 자신의 내면에 입력되어 있는 대로 행동했을 뿐이다. 그는 조용한 삶을 원했고, 아만다도 여자란 필요할 때면 언제든지 그의 옆에 있어주는 귀여운 존재라는 그의 관점을 깨뜨리지 않았다. 두 사람의 관계가 처음 싹틀 때 서로의 기대를 분명히 밝혀두면 그 관계는 얼마든지 다른 모습으로 성숙할 수 있다.

> **당신은 두 사람의 관계에 대해 어떤 기대를 갖고 있는가?**
>
> 당신의 파트너가 최소한 이것만은 갖춰야 한다고 생각하는 자질은 어떤 것인가?
>
> 당신이 이상형이라고 생각하는 파트너는 어떤 자질을 갖춘 사람인가?
>
> 당신은 당신의 파트너에 대해 어떤 기대를 갖고 있는가?
>
> 당신의 파트너는 당신에게 어떤 기대를 품고 있는가?
>
> 당신과 당신의 파트너가 서로에게 품고 있는 기대 중에서 상대방에게 불편하게 다가오거나 충족되지 못하고 있는 것은 무엇인가?
>
> 당신과 당신의 파트너가 서로에게 품고 있는 기대는 공평하고 현실적이고 정당한가? 두 사람의 관계에는 균형감각이 존재하는가?

서약서를 쓰다

계약은 두 사람 또는 그 이상의 사람이 모여 합의사항을 도출한 뒤 그것을 지켜나가기로 합의하는 일이다. 당신과 당신의 파트너 사이의 관계에서도 그런 계약을 맺으면 상당히 큰 도움이 될 수 있다. 단, 그 계약은 구체적으로 못 박아놓지 말고, 정기적으로 다시 검토할 필요가 있다. 이것은 당신과 당신의 파트너 사이의 관계를 건강하게 유지해나가는 데 도움이 되는 멋진 방법이다. 그리고 두 사람이 서로에게 어떤 기대를 걸었는지, 그런 기대를 건 결과 둘의 관계가 어떤 식으로 성장, 발전하게 되었는지 그 궤적을 더듬어보는 일에도 도움이 된다. 그 계약에는 법률적 효력은 없다. 하지만 솔직하게 논의한 끝에 얻어지는 합의이기 때문에 두 사람이 서로에게 무엇을 기대하고 있는지를 정확하게 파악할 수 있다.

커플 사이에 나타나는 긍정적이거나 부정적인 행동

관계를 성공적으로 이끄는 커플의 행동

성공적인 커플은 둘의 관계를 점검하는 노력을 손에서 놓는 경우가 거의 없으며, 서로의 요구사항을 동등한 입장에서 고려하고, 또 그런 식으로 행동하려고 노력한다. 성공적인 커플은 둘의 관계를 더욱 성숙시키는 방법을 배워나가며, 의사소통에서 문제가 생기더라도 그 문제의 본질이 무엇인지를 정확히 이해하기만 하면 쉽게 극복할 수 있다.

우리의 행동 중에서도, 다른 사람들에게 자신이 그들을 보살피고 있으며, 그들의 요구사항에 신경을 쓰고 있고, 그들에게 필요할 때면 즉각 도움의 손길을 펼칠 자세가 되어 있다는 메시지를 전달하는 행동이 있다. 다음의 점검표는 서로 맞물려 일어날 경우 건강하고 행복한 커플 관계를 창조해낼 수 있는 다양한 행동들을 담고 있다. 이런 행동들을 배우고 실천한다고 해서 당신이 지금까지 성실하지 않았다는 것은 아니다. 오히려 당신의 파트너에게 당신이 두 사람의 관계를 개선하기 위해 노력하고 있다는 점을 확인시켜줄 수 있다.

당신과 당신 파트너의 커플 행동을 평가해보라!

긍정적인 행동

다음 항목들을 읽고 당신과 당신 파트너의 행동에 해당되는 내용에 표시를 하라.

	나	그(그녀)
1. 뭔가 어려운 주제를 제기해야 할 필요가 있을 때 당신의 파트너는 적절한 때를 잘 선택하여 매우 친절하고 부드럽게 이야기를 꺼낸다.	☐	☐
2. 당신의 파트너는 당신을 동등한 존재로 대한다.	☐	☐
3. 당신의 파트너는 당신을 존중한다.	☐	☐
4. 당신의 파트너는 당신의 행복을 진정으로 걱정하고 살뜰히 돌봐준다.	☐	☐
5. 당신의 파트너는 당신을 위해 행복한 마음으로, 자발적으로 일을 처리한다.	☐	☐
6. 당신의 파트너는 당신에게 필요한 것들을 자신의 것처럼 중요하게 생각한다.	☐	☐
7. 당신의 파트너는 당신이 성숙과 발전을 이루도록 격려한다.	☐	☐
8. 당신의 파트너는 성적으로 당신을 만족시켜준다.	☐	☐
9. 당신의 파트너는 당신에게 반박해야 하는 상황이 벌어지면 적절한 방식으로, 그리고 부드러운 태도로 나온다.	☐	☐
10. 당신의 파트너는 당신을 이해한다.	☐	☐
11. 당신의 파트너는 당신의 말에 귀를 기울인다.	☐	☐
12. 당신의 파트너는 당신을 지금 모습 그대로 받아들인다.	☐	☐
13. 당신이 원할 때면 언제나 당신의 파트너는 옆에 남아준다.	☐	☐
14. 당신의 파트너는 당신의 자존심을 높여준다.	☐	☐
15. 당신의 파트너는 당신에 대한 사랑과 존중을		

적극적으로 나타낸다. ☐ ☐

16. 당신의 파트너가 단순한 성적 접촉이 아니라 애정이 실린
   신체적 접촉을 해올 때가 종종 있다. ☐ ☐

17. 당신의 파트너는 당신을 위해 시간을 할애한다. ☐ ☐

18. 당신의 파트너는 예전의 문제나 의견불일치, 실수 등을
   흘려보내고 앞으로 나아갈 줄 안다. ☐ ☐

19. 당신의 파트너는 언제나 당신이라는 존재의 됨됨이에 대해
   긍정적인 시각을 간직하고 있다. ☐ ☐

20. 당신의 파트너는 당신을 대할 때 성실하고
   정직하다. ☐ ☐

21. 당신의 파트너는 언제나 당신에 대해 더 많은 것을
   알려고 한다. ☐ ☐

22. 당신과 당신의 파트너는 서로의 과거에 대해 어느 정도
   깊이 있게 대화를 나눈다. ☐ ☐

23. 당신의 파트너는 당신의 인생 목표와 꿈에 대해 어느 정도
   알고 있고 이해하고 있으며, 그런 것들을 응원한다. ☐ ☐

24. 당신의 파트너는 자신의 삶에 당신의 영향력을 받아들이며,
   당신에게 맞춰 자신의 계획을 수정한다. ☐ ☐

당신에게 해당되는 성공적인 커플의 태도는 몇 가지인가?　　나＿＿＿＿＿

그(그녀)＿＿＿＿＿

부정적인 행동

다음에 나열된 부정적인 행동 중에서 당신에게 해당되는 것은 몇 개인가? 그리
고 당신 파트너에게 해당되는 것은 몇 개인가? 이 점검표는 좀 어색한 표현이지
만 지긋지긋한 인간관계를 맺는 요령을 나열한 매뉴얼이라고 할 수 있다. 만일
이 행동 중 어느 하나라도 계속 지속된다면 그것은 두 사람의 관계가 어려움에

처해 있다는 신호다. 만일 당신이 이 행동 중 어느 한 가지라도 습관적으로 하고 있다면, 지금이야말로 그 자리에 멈춰 서서 생각해볼 때다.

	나	그(그녀)
1. 공격적이거나 비판적인 태도로 논쟁을 시작한다.	☐	☐
2. 비판이 잦다.	☐	☐
3. 잔소리를 많이 한다.	☐	☐
4. 불평한다.	☐	☐
5. 당신의 파트너를 동등한 존재로 대접하지 않고 당신보다 더 훌륭하거나 못한 존재로 본다.	☐	☐
6. 합리적인 요구인데도 좀처럼 들어주지 않는다.	☐	☐
7. 비합리적인 요구에 너무 쉽게 굴복한다.	☐	☐
8. 당신의 파트너가 용납할 수 없는 행동을 하더라도 꾹 참아내겠다고 다짐한다.	☐	☐
9. 당신이 느끼는 기분의 원인을 파트너의 탓으로 돌린다.	☐	☐
10. 당신의 파트너가 교묘한 수법으로 당신에게 도전하거나 당신을 비판할 때 당신은 수동적이고 방어적인 자세를 취한다.	☐	☐
11. 귀를 기울이지 않는다.	☐	☐
12. 파트너가 당신에게 영향력을 행사하도록 내버려두지 않거나, 파트너에게 맞추기 위해 당신의 계획을 수정하려 들지 않는다.	☐	☐
13. 말을 자른다.	☐	☐
14. 무관심으로 표현되는 신체언어를 사용한다.	☐	☐
15. 상대방에 대한 처벌의 한 형태로서 입을 꾹 다물어버리거나 뽀로통하게 지낸다.	☐	☐
16. 파트너와의 대화를 피하며 뒤로 물러서는 경우가 잦다.	☐	☐
17. 질투에서 비롯되는 행동을 보인다.	☐	☐
18. 보스 행세를 한다.	☐	☐

19. 파트너에게 통제받고 있다. ☐ ☐

20. 파트너가 바쁘거나 몸이 불편할 때조차도 당신은
    자신의 요구사항은 꼭 해줘야 한다고 고집을 부린다. ☐ ☐

21. 집안일의 반도 하지 않는다. ☐ ☐

22. 대화하기를 거부하게 되는 특별한 주제가 있다. ☐ ☐

23. 커플로서 합의한 계약서를 깨뜨리는 짓을 한다. ☐ ☐

24. 책임지기를 거부한다. ☐ ☐

25. 파트너가 한 일을 제대로 평가하지 않거나 몰라준다. ☐ ☐

26. 원한을 품는다. ☐ ☐

27. 당신의 자신감과 성공을 훼손시킨다. ☐ ☐

28. 두 사람 사이에서 한쪽의 요구사항을 들어주리라고
    약속했으나 그 반대의 약속은 이뤄지지 않고 있다. ☐ ☐

29. 일상적으로 일어나는 일을 놓고 끊임없이 반목하거나
    언쟁을 벌인다. ☐ ☐

30. 다른 사람에게 당신의 파트너에 대해 나쁘게 이야기한다. ☐ ☐

당신이 일상적으로 보이고 있는 나쁜 커플 행동은 몇 가지인가?   나 ＿＿＿＿

그(그녀)＿＿＿＿

당신의 나쁜 버릇 중에서 스스로 바꿨으면 좋겠다고 생각하는 버릇은 무엇인가?

＿＿＿＿＿＿＿＿＿＿＿＿＿＿＿＿＿＿＿＿＿＿＿＿＿＿＿＿＿＿＿＿＿＿＿＿＿＿

＿＿＿＿＿＿＿＿＿＿＿＿＿＿＿＿＿＿＿＿＿＿＿＿＿＿＿＿＿＿＿＿＿＿＿＿＿＿

＿＿＿＿＿＿＿＿＿＿＿＿＿＿＿＿＿＿＿＿＿＿＿＿＿＿＿＿＿＿＿＿＿＿＿＿＿＿

＿＿＿＿＿＿＿＿＿＿＿＿＿＿＿＿＿＿＿＿＿＿＿＿＿＿＿＿＿＿＿＿＿＿＿＿＿＿

＿＿＿＿＿＿＿＿＿＿＿＿＿＿＿＿＿＿＿＿＿＿＿＿＿＿＿＿＿＿＿＿＿＿＿＿＿＿

＿＿＿＿＿＿＿＿＿＿＿＿＿＿＿＿＿＿＿＿＿＿＿＿＿＿＿＿＿＿＿＿＿＿＿＿＿＿

＿＿＿＿＿＿＿＿＿＿＿＿＿＿＿＿＿＿＿＿＿＿＿＿＿＿＿＿＿＿＿＿＿＿＿＿＿＿

_____

_____

_____

_____

_____

_____

_____

_____

_____

_____

_____

_____

건전한 항의

당신이 어떤 문제로 속상해하고 있을 때 항의할 줄 아는 능력이야말로 지극히 건강한 것이다. 자신의 요구사항을 꼭 만족시키고, 다른 사람으로부터 잘못 대접받거나 무시당하지 않으려면 적당히 화를 낼 줄 알고 자기 주장을 펼칠 필요가 있다. 다음의 질문들은 당신으로 하여금 건전한 자기 주장에 매우 중요한 요소가 숨어 있다는 사실을 깨닫게 한다.

어린 시절에 당신은 자신이 원하는 것이면 무엇이든 다 말할 수 있었고, 다른 사람도 당신의 말에 귀를 기울였는가?

_____

_____

_____

당신이 원하지 않는 일에 대해 분명히 "아니오"라고 말할 수 있었는가?

_____

_____

화가 나거나 흥분할 때 당신은 그 기분을 어떻게 표현했는가? 그러면 다른 사람
이 그 상황을 심각하게 받아들였는가?

_____

_____

_____

_____

최근에 분노를 느끼게 되면 당신은 그 기분을 보통 어떤 식으로 푸는가?

_____

_____

_____

_____

만약 당신의 파트너가 당신을 정말로 화나게 하는 짓을 한다면, 당신은 그 기분
을 어떤 식으로 풀 것인가?(예를 들어 당신은 파트너 앞에서 대놓고 화낼 것인가?
아니면 파트너에게 말을 하지 않은 채 뒤로 물러서서 조용히 지낼 것인가? 그것도 아
니면 뾰로통한 표정을 짓고 파트너로 하여금 당신 못지않게 나쁜 기분을 느끼도록
함으로써 파트너에게 보복하는 식의 수동적으로 나올 것인가?)

_____

_____

당신은 당신의 파트너 또는 당신과 가까운 사람들에게 당신이 원하는 것을 요구할 수 있는가?

당신은 당신의 파트너 또는 당신과 가까운 누군가에게서 부당하게 이용당하거나 너무나 당연한 존재로 여겨지고 있다는 인상을 받은 적이 있는가?

당신은 자신의 공격성이 통제할 수 없는 상황에 놓였다고 느낀 적이 있는가? 아니면 당신은 매우 간접적이거나 수동적인 방식으로 화를 표현하는가?

이 질문들과 대답들은 당신이 어린 시절에 어떤 것들을 배웠으며, 그 이후로 당신이 행동으로 실천해온 것은 무엇이고, 또 적절히 항의할 수 있는 권리에 어떤 규칙이 작동하고 있었는지를 엿볼 수 있게 한다. 아울러 당신을 향한 다른 사람의 태도에 대해 당신이 "아니오"라고 말하거나 제한을 가하는 일에 따랐던 규칙도 알 수 있다.

갈등을 다스리다

갈등은 모든 인간관계에 나타난다. 그렇기 때문에 두 사람 사이에 갈등이 있다는 이유만으로, 아니면 당신이 수시로 당신의 파트너에 대해 부정적인 느낌을 경험했다고 해서 두 사람의 관계가 잘못되어가고 있다고는 볼 수 없다. 성공적이고 보람 있는 관계는 부정적인 측면이 전혀 없거나 두 사람 사이에 다른 점이 전혀 없는 관계가 아니라, 부정적인 측면과 다른 점이 있더라도 끊임없이 그리고 정직하게 협상을 벌여 그것을 극복해 나가는 관계다.

갈등이 빚어지는 이유는 참으로 다양하다. 이는 사람들이 서로 다른 관점을 가진 데서 비롯된다. 성격 차이, 애정 표현의 차이, 인생사의 차이, 정신적 성숙단계의 차이, 커뮤니케이션상의 오해 등이 이유가 될 수 있다. 그리고 사람들은 저마다 원하는 것이 다르며, 각자의 필요사항을 만족시키기 위해 삶을 풀어나가는 방식도 다르다. 당신의 파트너가 당신을 괴롭히거나 당신에게 마음의 상처를 주는 일을 했는데도 정작 본인은 그런 사실을 전혀 깨닫지 못할 때도 간혹 있다. 그 파트너가 그 일과는 다른 어떤 것에 완전히 사로잡혀 있기 때문이다.

갈등을 표현할 수 없는 인간관계는 대체로 건강한 관계가 아니다. 그러나 공격적이거나 서투르게 처리되는 갈등은 끝없는 비탄의 원인이 된다. 그렇다면 정당한 싸움은 어떤 것일까? 당신과 당신 파트너의 관계가 건강한 상태로 남으려면 두 사람이 자라온 환경에 대한 가이드라인 몇 가지를 서로 공유하는 것이 바람직하다. 예를 들어 떠들썩하고 표현을 활발하게 하는 가정에서 자라난 사람에게는 목소리를 높이는 것이 일상생활의 일부분이다. 반면 조용한 집안에서 자라난 사람들은 양파 사오는 일을 잊었다고 고함을 지르는 파트너를 좀처럼 받아들이지 못한다. 어린 시절 그에게는 목소리를 높인다는 것은 극도의 분노나 좌절감의 표현이었기 때문이다. 이렇게 서로의 차이를 이해하고 공유하는 것이 필요하다.

받아들일 수 있는 행동과 받아들일 수 없는 행동

갈등 상황에서 튀어나올 수 있는 행동들을 생각해보자. 그리고 당신이 받아들일 수 있는 행동과 그렇지 못한 행동을 나눠보라. 만일 당신과 당신의 파트너가 뜻을 달리하는 행동이 있다면, 두 사람은 모두에게 받아들일 수 있는 타협점을 찾도록 노력하는 것이 바람직하다. 이런 전략을 동원하면 갈등을 성공적으로 풀 가능성이 높아진다.

1. 외치거나 목소리를 높인다.
2. 욕을 하거나 격한 언어를 동원한다.
3. 육체적인 공격을 동원한다.
4. 지금 직면한 주제와 직접적인 관계가 없는 과거사나 다른 일들을 들춰낸다.
5. 상대방을 비난하는 일로 말다툼을 시작하거나, 상대방이 변하도록 겁을 주기 위해 비난의 말을 동원한다.
6. 말을 하지 않고 움츠리거나 상대하기를 거부하며, 대화의 주제를 바꾸려 하거나 무시하려 든다.
7. 상대방이 중요한 문제를 제기할 때 그 말을 듣지 않는다.
8. 날카롭고 공격적인 목소리로 문제를 제기한다.
9. 당신의 나쁜 기분을 다른 사람의 탓으로 돌린다.
10. 당신이 편안한 기분을 느끼지 못하게 하는 모든 행동

싸움을 하거나 의견의 일치를 보지 못하는 동안 당신이 해도 괜찮다고 생각하는 행동은 어떤 것인가?

_____

_____

_____

_____

당신의 파트너가 이런 행동을 해도 당신이 받아들일 수 있다고 느끼는 것은 어떤 것인가?

당신의 파트너가 받아들일 수 있는 당신의 행동은 어떤 것인가?

당신의 파트너가 받아들일 수 없는 당신의 행동은 어떤 것인가?

당신과 당신의 파트너 사이에 의견의 불일치가 보여도 그렇게 나쁘지 않다는 확신을 느끼기 위해 사전에 그런 행동에 대한 합의가 필요하다고 생각하는가?

_____

_____

_____

_____

_____

_____

_____

_____

_____

갈등을 해소하는 노련한 방법

효과적인 커뮤니케이션 방법을 동원하여 갈등을 노련하게 관리할 경우, 두 사람 모두가 받아들일 수 있는 해결책을 찾아낼 가능성이 높아지는 것은 너무나 당연하다. 적어도 그 갈등에 관련된 사람들은 서로의 다름을 받아들이는 데 동의할 것이다. 대부분의 사람들은 폄하나 책망, 굴욕을 참기 힘들어 하지만, 일반적으로 어느 정도의 의견불일치는 받아들인다. 갈등을 노련하게 해결하는 접근법에는 다음과 같은 8가지 갈등해결 기술이 포함된다.

- 언쟁을 벌일 시간과 장소를 잘 선택하고 사전에 합의하라. 어느 한쪽이 지쳐 있거나 스트레스를 받고 있거나 다른 문제에 정신이 팔려 있을 때에는 말다툼을 하기에는 적절하지 못하다.
- 서로 사전에 시간제한을 설정하라. 몇 시간이나 끌면서 언쟁을 벌이지 않도록 하라.
- 말을 입 밖으로 내기 전에 당신이 무슨 말을 하려는지 조심스럽게 생각하라. 예를 들면 언쟁을 적대감이나 분개 같은 부정적인 기분을 내뱉는 기회로 삼아서는 안 된다. 성공적인 언쟁은 부정적인 면을 자유롭게 표현하는 것이 아니라 성숙한 형태의 협상이어야 한다.

- 번갈아 가면서 상대방의 관점에 귀를 기울여라.
- 언쟁의 당사자는 분노로써 상대방의 말을 왜곡하지 않도록 노력하고, 상대방이 하는 말을 충분히 이해하고 있다는 사실을 가능한 한 상대방의 언어로 바꿔 표현하라. 예를 들면 "당신은 언제나 내가 당신 곁에 있지 않는다고 투덜거리고 있어. 그런데 난 당신이 내가 정말로 바쁘다는 사실을 알고 있는 줄 알았어"라는 말보다는 "당신은 나의 도움 없이는 일을 해나가기가 어렵다고 말하는 것 같네. 내가 아이들을 돌보는 일을 좀더 도와주기를 바라는 거로군"이라는 표현이 더 적절할 것이다.
- 당사자에게는 서로를 불행하게 만드는 것이 무엇이며, 서로가 변화했으면 좋겠다고 생각하는 것이 무엇인지를 표현할 기회가 주어져야 한다. 그 표현은 탓하는 말투가 아니라 존중하는 말투여야 한다. 예컨대 "늘 문을 쾅 닫는 이유가 뭐야? 문 좀 조용하게 닫을 수 없어?"라는 표현보다는 "당신이 문을 쾅 닫아버리면 나는 무시당하고 소외된 느낌이 들어"라는 표현이 더 멋질 것이다.
- 상대방이 바뀌었으면 좋겠다고 생각되는 점이 있을 때에도 부탁하는 식으로 표현해야 한다. "아침에 당신이 집을 떠나기 전에 나에게 차를 한잔 끓여줄 수 있다면 얼마나 좋을까. 그 차 한잔이 나에게는 엄청나거든"이라고 말해보라. 아마 상대방은 이 말을 부탁으로 받아들일 것이다. "나라는 존재는 이제 당신의 안중에도 없는 것 같아. 아침에 차를 끓여주는 일도 없고 말이야"보다는 훨씬 부드럽지 않은가?
- 갈등을 풀기 전에 두 사람이 모두 받아들일 수 있는 타협안을 마련하라. 그 타협이 이상적인 해결책과 거리가 멀어도 괜찮다. 그 상황을 개선하기 위해 서로가 할 수 있는 일이 무엇인지 합의하라. 둘의 관계가 어떤 식으로 나아지고 있는지를 의논할 시간을 약속하도록 하라.

이 8가지 기술 중에서 당신에게 가장 잘 어울리는 것은 무엇인가? 그리고 가장 어울리지 않는 기술은 무엇인가?

용서와 화해

다른 사람의 행동을 용서하는 것만이 당신을 자유롭게 해주고, 당신이 앞으로 나아갈 수 있도록 해준다. 우리에게 닥친 고통스러운 일을 망각하는 것은 결코 훌륭한 방법이 아닐지도 모른다. 하지만 결국엔 용서를 할 수 있어야만 그 일 때문에 비참한 상태에 빠져 둘의 관계가 영원히 상처받는 위험을 피할 수 있고, 보다 나은 미래를 향해 서로가 마음을 활짝 열 수 있다. 당신에게 상처를 안겨준 상대방에게 어떤 식으로든 복수를 할 수 있다면 당신의 기분이 일시적으로는 조금 나아질지도 모른다.

그러나 피해자의 정신건강이라는 측면에서 보면 용서가 더 바람직하다. 용서를 하면 고민과 압박감이 누그러진다. 용서에는 적대적인 감정이 덜 실린다. 용서는 대체로 건강하다. 용서를 할 줄 아는 능력은 그 관계에서 느끼는 만족과 친밀감의 정도와 관계가 있다. 다시 말해, 당신을 화나게 한 그 짓을 한 사람이 어떤 성장 배경을 갖고 있는지를 잘 알면 그 사람을 용서하는 일이 더 쉬워진다는 뜻이다. 재미있는 현상이지만 자신을 좀처럼 용서하지 않는 것은 약한 자존심과 분노, 불안과 밀접한 관계가 있다.

용서의 과정은 세 단계로 나타날 수 있다.

1. 당신은 자신에게 일어난 일들을 그대로 인정하고, 그 문제에 대해 의논할 수 있는가?

이는 자신에게 일어난 일을 부인하거나 피한다는 뜻이 아니다. 또한 다른 사람에게로 비난의 화살을 돌려야 한다는 생각까지 인정하지 않는다는 뜻도 아니다. 그런 인정이 선행되지 않는다면, 그 일에는 용서할 것이 결코 없을 것이다.

2. 당신은 자신을 객관화시킬 수 있는가?

예를 들면 그 당시 그 사람의 느낌을 공감하고, 이해하고, 그 사람의 동기를 이해하려고 노력할 수 있는가? 만약 당신이 분노를 느낀다면, 그 분노를 가능한 한 긍정적인 변화를 불러올 수 있는 연료로 활용하라.

3. 당신은 그 문제를 공개적으로 그리고 정직하게 의논할 수 있는가?

용서가 가능하도록 하기 위해서는 남들이 당신에게 한 짓 모두를 온전하게 알고 나서 그것이 당신에게 어떤 기분을 안겨주었는지를 이해할 수 있어야 한다(간혹 사람들은 자신에게 일어난 일의 중요성을 부인하거나 최소화한다). 만약 그 사람들이 그 상황을 당신의 관점에서 보지 못한다면, 당신은 결코 그들을 완벽하게 용서할 수 없을 것이다.

성격 차이

성격 차이는 많은 갈등의 원인으로 작용한다. 그 까닭은 주변 사람들 모두가 자기와 똑같이 행동하고 생각할 것이라고 단정하기 때문이다. 뿐만 아니라 그 사람들이 우리와 다를 경우 그들이 잘못되었다고 생각하는 경향이 있다. 다른 사람들의 마음은 우리와는 완전히 다르게 입력되어 있고, 그렇기 때문에 그들을 쉽게 이해하는 게 불가능하다는 사실을 깨닫지 못하는 때가 간혹 있다.

가장 기본적이고 심오한 성격 차이는 외향성과 내향성의 차이다. 지금은 이 차이를 널리 받아들여 이해하고 있지만, 그 차이는 여전히 커플 사이에서 일어나는 오해의 원인이 되고 있다. 그 이유는 이 두 가지의 기본적인 성격 유형이 세상을 다른 방식으로 보고 해석하기 때문이다. 만약 당신이 내향적인 성격의 소유자라면 사물을 외향적인 관점에서 보기가 어렵고, 그 반대의 경우 역시 마찬가지다. 어떤 성격이 더 낫고 더 못하느냐의 문제가 아니다. 그저 다를 뿐이다. 외향성과 내향성은 막대기의 양 끝처럼 보일 수 있다. 우리의 성격은 그 둘 사이의 어느 지점에 놓인다. 대부분의 사람들은 내향적인 특징과 외향적인 특징을 두루 지니면서도 둘 중 하나를 두드러지게 좋아하는 성향을 보인다. 외향적이냐 내향적이냐의 문제는 타고나는 기질의 한 부분으로 이해되고 있다. 그렇기 때문에 외향성이나 내향성은 기본적으로 바꾸기가 불가능하다. 그러나 인생 경험 또는 처지가 우리로 하여금 어느 한쪽의 특징이나 자질을 취하도록 유도할 수 있다.

당신이 내향적인 성격의 소유자라 사교적인 활동에 가담할 때 외향적인 성격의 기술을 활용하지 못한다는 뜻은 아니다. 그러나 진정으로 무리지어 다니기를 좋아하는 외향적인 사람들에 비해 내향적인 당신에게는 바깥으로 쏘다니면서 모임을 즐기는 활동이 그렇게 쉽지는 않다. 그런 당신은 아마도 훌륭한 책에 파묻혀 은밀하게 지내거나 정말로 마음이 맞는 사람 한두 명과 시간을 보내는 쪽을 더 선호할 것이다.

당신은 외향적인 성격인가, 내향적인 성격인가?

각 질문에 대해 A 또는 B에 동그라미를 그리고, 마지막에 그 점수를 합하라.

1. 누군가 당신을 대단한 모임에 초대하면, 당신은 어떤 느낌을 받을 것 같은가?

A. 그 모임에 참석해야 한다는 사실에 압박감을 느낄 것 같다.

B. 힘이 솟고 재미있을 것 같다는 느낌이 들며, 그 모임이 진정으로 기다려질 것 같다.

2. 당신이 친구를 사귀는 형태는 어떠한가?

A. 친구는 많지 않지만 서로가 진정으로 돌봐주고 서로를 너무나 잘 알며 서로에게 정직하다. 그리고 그런 친구들과 알찬 시간을 보내기를 좋아한다.

B. 친구와 동료와 지인이 많으며, 부류 또한 다양한 편이다. 그 모든 사람을 친구로 여긴다.

3. 당신은 어느 쪽인가?

A. 다른 사람과 지나치게 많은 시간을 보내면 기분이 나빠지고 지친다.

B. 지나치게 많은 시간을 혼자 보내거나 몇 명의 친구와 지내다 보면 기분이 울적해지고 지친다.

4. 당신은 어느 쪽인가?

A. 혼자만의 시간을 갖는 것을 진정으로 즐기며, 그런 시간을 통해 많은 기쁨을 누린다.

B. 혼자 지내는 시간이 길어지면 힘들어진다.

5. 만약 주말에 홀로 집에서 지내야 한다면 당신은 어떤 느낌을 받을 것 같은가?

A. 집에 혼자 머무는 것에 만족감을 느낄 것이다.

B. 집 밖으로 나가서 사람을 만나거나 오락거리를 찾고 싶은 욕구를 느낄 것이다.

6. 당신은 어느 쪽인가?

A. 일터에서 사람들과 얼굴을 맞대며 치열하게 하루를 보내야 한다면 피곤함을 느낄 것이다.

B. 직장에서 사람들과 많이 접촉하다 보면 활력을 찾을 것이다.

7. 퇴근하고 집으로 돌아오면 가장 먼저 하는 일은 무엇인가?

A. 조용하고, 평화롭고, 긴장을 풀어주는 일을 하는 것을 좋아한다.

B. 말할 상대를 찾거나 TV나 라디오를 켠다.

8. 당신은 어느 쪽인가?

A. 좋아하는 일에 치열하게 매달리며 파고드는 편이다.

B. 관심사항의 폭이 넓지만 이 일에서 저 일로 쉽게 옮겨 다니는 편이다.

9. 당신은 어느 쪽인가?

A. 시끄러운 환경이나 방해를 받는 상황에서는 정신을 집중하기가 어렵다.

B. 당신 주변에서 여러 가지 활동이 벌어지는 것을 즐기는 편이다. 그리고 다른 사람들로부터 방해를 받아도 별 문제가 되지 않는다.

10. 당신은 어느 쪽인가?

A. 사람들이 당신이라는 존재를 알기가 힘들다고 말하는가? 그리고 사람들이 어느 정도 시간이 흘러 당신을 알고 난 뒤에야 당신의 깊이를 평가하고 이해하는 편인가?

B. 사람들이 당신이라는 존재를 아는 일이 상당히 쉽다고 말하는가?

점수

A (내향성) _____

B (외향성) _____

당신의 점수와 당신 파트너의 점수를 비교해보라. 그리고 그것을 놓고 서로 의논해보자.

커뮤니케이션과 라이프 스타일의 선호

이 질문들은 외향적인 성격과 내향적인 성격 사이의 라이프 스타일 선호에서 나타나는 차이를 보여준다. 상황에 따라 반대 성격에 적응할 수 있겠지만 자신과 반대 성격을 가진 사람과 함께하는 일은 꽤 피곤한 일이다. 만약 당신이 내성적이고 하루 종일 사람들과 어울려 일해야 한다면, 퇴근해 집에 돌아와서는 당신 자신에게 상당한 시간을 할애할 필요가 있다. 아니면 일대일로 대화를 하면서 어떤 주제를 깊이 있게 이야기할 필요가 있을지도 모른다. 만약 당신이 외향적인 성격의 소유자인데 낮 시간에 사람들과 접촉이 충분하지 못했다면, 당신은 집에 돌아오자마자 동반자와의 관계나 재미, 자극이 필요할 것이다.

내향적인 사람들은 자신의 내면세계에서 에너지와 영감을 얻는 반면, 외향적인 사람들은 바깥 세계에서 에너지와 영감을 얻는다. 그렇기 때문에 두 성향의 사람들이 외적 자극을 얻는 데 필요한 조건이 다를 수밖에 없다. 게다가 내향적인 사람은 한 가지 일에 곰곰이 생각하기를 좋아한다. 그런 사람들은 어떤 일에 대해 깊이 생각한 뒤에 그 사고의 결과물을 당신에게 내놓기를 좋아한다. 그러면 당신은 그 사람이 깊이 생각하고 궁리를 했다는 확신을 갖게 된다.

그런 반면, 외향적인 사람은 자신이 어떤 일에 대해 무슨 생각을 하고 있는지를 알기 위해 큰 소리로 떠들며 생각할 것이다. 하지만 이 말들은 그 일에 대한 최종적인 판단은 아니다. 따라서 내향적인 사람은 그런 모습을 보면서 외향적인 사람의 즉흥적인 발언에 실제보다 더 큰 비중을 둘 수도 있다. 반면에 외향적인 사람들은 내향적인 사람의 말이 몇 주일에 걸쳐 고심한 끝에 나온 중요한 발언인데도 그런 진실을 깨닫지 못하고 가볍게 받아들인다. 내향적인 사람은 당신에게 중요한 이야기를 전했다고 스스로 굳게 믿는다. 그러나 실제로 당신의 입장에서 보면, 내향적인 파트너는 오직 생각만 했을 뿐 입을 열고 당신과 그 문제를 공유한 적이 없다. 외향적인 사람의 경우에는 당신에게 무엇인가에 대해 너무 자주 말하기 때문에 당신은 아예 관심을 놓아버릴 수도 있다.

커뮤니케이션의 방식과 라이프 스타일의 선호에 나타나는 이런 차이는 절대로 그냥 넘어갈 일이 아니다. 거기에는 사고방식과 현실을 인식하는 방식이 근본적으로 다르다는 암시가 담겨 있다. 서로의 다른 점을 이해하며 받아들이고 존중하면 어떤 관계라도 더 강해지고 튼튼해진다. 내향적인 사람과 외향적인 사람이 서로 끌리는 경우도 자주 있다. 그 이유는 서로 이해하기만 하면 그 차이란 것이 보완적이라 그 관계에 더 강한 힘을 실어주기 때문이다. 두 가지 특성을 모두 지닌 관계야말로 균형감각이 더 뛰어나지 않을까?

안심과 애착

애착은 요즘 성인들의 정서적인 삶의 중요한 특징으로 이해되고 있다. 생명의 탄생 초기부터 줄곧 인간의 육체적 및 심리적 건강과 안심은 다른 사람과의 연결에 바탕을 두었다. 자존심과 정서적 안심은 떼려야 뗄 수 없을 정도로 서로 얽혀 있다. 어린 시절에는 안심이 신체적 밀접함에 크게 의존한다. 어른이 되면 정서적 가까움과 응원, 공감과 이해가 필요하다. 어린 시절의 안전한 애착이야말로 어른이 되어 정서적·심리적 행동에서 건강을 확보하는 지름길임을 보여주는 증거가 많이 나오고 있다. 어릴 때 사랑을 많이 받고 자란 사람이 좋은 인간관계를 맺을 가능성이 높다는 뜻이다. 건전한 애착을 느끼면서 자란 사람은 다른 사람과 함께 동행할 수 있는 능력을 더 많이 갖는다.

영국의 심리학자 존 볼비는 1950년대와 60년대에 애착과 이별, 상실에 대한 연구에서의 선두주자로 유명한 인물이다. 그에 따르면 어머니(또는 가장 열렬히 보살펴주는 사람)에게서 오랫동안 떨어져 지낸 아이들이 심리적 징후들을 광범위하게 보이기 시작한다는 것이다. 그 징후를 그는 '애착 장애attachment disorders'라고 불렀다. 그는 어린 시절에 믿을 만한 어른이 곁을 지켜주면 자신과 이 세상에 대해 좋은 느낌을 갖는다는 사실을 발견했다. 볼비의 많은 후계자들이 거둔 연구의 결실 덕분에 육아현장이 오늘과 같은 모습을 띠게 되었다. 예를 들면 어린이들이 병원에 입원하면 부모가 어린이의 곁을 지키게 된 것도 그런 연구 결과의 성과라 할 수 있다. 그 전에는 어린이들이 다양한 이유로, 이를테면 병이나 가족의 처지, '재정착,' 또는 전쟁으로 인한 거주지 이전 등으로 부모와 헤어짐으로써 받는 고통과 아픔에 대한 이해가 온전히 이뤄지지 않았다. 많은 사람들이 튼튼한 버팀목을 가지지 못한 채 자랐으며, 그들은 그런 경험이 그들을 어떤 식으로 불행과 불안을 안겨주는지, 만족한 인간관계를 유지하지 못하게 만드는지에 대한 증인이 되었다.

보호와 사랑을 경험한 어린이들은 안정되고 편안한 관계를 즐길 준비를 잘 갖춘 상태에서 어른이 되는 셈이다. 다른 사람에게 정서적 신뢰를 별로 느끼지 않는 사람들은 훗날 다른 사람과의 관계를 키워가는 것이 힘들다는 사실을 깨닫게 된다. 그런 사람들은 늘 무엇인가 잘못될 것이라고 노심초사한다. 그들은 사람과의 관계에서 편하게 대하지를 못한다. 그들은 언제나 버림받거나 안전망이 없는 처지 또는 상실, 심지어 적대적인 상황으로 추락할 수 있다는 걱정을 늘 싸안고 살기 때문이다.

사람은 저마다 독특한 애착 스타일을 보인다. 그것은 어린 시절의 경험과 가족의 애착 스타일, 그리고 그들의 성격과 선호 등이 어우러진 결과물이다. 보통 네 가지 유형의 애착이 있다고 한다. 확고하거나 불안해하거나 기피하거나 양면적인 애착이 그것이다. 그 어느 것도 늘 고정되어 있지는 않다. 대부분의 사람들은 상황에 따라서 이 특성들이 달리 결합되는 모습을 보인다. 그래도 만약 커플 중 한쪽 또는 두 사람 모두가 확고한 애착 스타일을 보인다면, 두 사람의 관계는 둘 다 불안해하거나 기피하는 애착의 특징을 보이는 관계보다는 더 안정적일 가능성이 높다. 사람들은 자신이 안정감을 주는 관계에 있다는 사실을 발견할 때 자신감을 더 많이 개발할 수 있다. 그러나 보호받고 있다는 느낌을 받지 못하는 사람들은 과거를 되풀이하는 경향을 보인다. 그들은 자신이 과거에 경험했던 모델과 똑같은 사람을 선택하며, 그런 존재와의 관계에서 불안과 적대감, 포기 또는 덫에 대한 두려움이 행동으로 나타난다. 그들은 그런 행동을 통해 사람들로부터 관심을 끌며 자신이 살아 있다는 느낌을 받는다.

  사람 사이의 관계는 서로 보호받고 있다는 느낌과 안정감이 바탕에 깔려 있을 때 순조롭게 이어진다. 그렇다고 그 관계가 예측 가능하거나 따분해져야 한다는 뜻은 아니다. 그보다는 하루를 마무리하는 시점에서는 당신도 당신의 파트너가 당신을 위해 자기 자리를 지키고 있다고 믿어도 좋다는 의미다. 당신은 당신의 파트너가 누군가와 눈이 맞아 사랑의 도피 행각을 벌이지는 않을 것이라고 믿어도 좋다. 자신을 확신하는 사람들은 든든한 관계를 창조하는 일에도 탁월하다. 그들은 불안이나 적대적인 분위기를 조성하거나 다른 사람으로 하여금 보호받지 못하고 있다고 느끼게 하지는 않는다. 그들은 자식들에게도 보호받고 있다는 느낌을 갖도록 키울 가능성이 더 높다.

당신의 애착 스타일은 어떤가?

어떤 유형이 당신과 가장 가까운가?(오랜 세월에 걸쳐 맺어온 관계에서 두드러지는 유형을 확인하기 위해 지금의 관계뿐 아니라 예전의 관계들을 되돌아보는 것도 유익하다.) 그 문제에 대해서는 세 개의 질문밖에 없다. 각 질문에 주어진 네 개의 '대답' 중에서 당신을 가장 잘 묘사하고 있다고 생각되는 것을 골라라. 그 대답들이 마지막 부분에 묘사하고 있는 네 가지 유형의 애착 스타일을 대표한다.

A. 당신은 파트너와 어느 정도의 가까움을 느낄 필요가 있고, 어느 정도의 거리를 느낄 필요가 있다고 생각하는가?

1. 당신은 파트너와 가까이 연결되어 있다는 느낌을 즐긴다. 당신은 파트너를 의지할 수 있고, 파트너 또한 당신을 의지하도록 허용한다.
2. 당신은 파트너와 가까이 연결되어 있다는 느낌을 즐기지만 간혹 두 사람의 관계가 계속 이어질 것인지 두려울 때도 있다.
3. 당신은 간혹 섹스를 통해 친밀감을 즐긴다. 그러나 가끔은 당신의 자존심을 지키고, 당신의 기분을 스스로 통제할 수 있는 상태가 더 좋을 때도 있다.
4. 당신은 파트너와 가까이 연결되어 있다는 느낌을 즐긴다. 그러나 간혹 그런 사실 때문에 당신은 덫에 갇히거나 밀실공포증을 느낄 때도 있다. 그리고 당신은 자신이 지나치게 파트너를 의지하거나 또는 파트너가 당신을 지나치게 의지하려는 것이 어떤 느낌인지 분명히 느껴지지 않을 때가 간혹 있다.

B. 당신의 파트너가 오랫동안 다른 곳에 가 있거나 부재중일 때 당신이 느끼는 기분에 가장 가까운 묘사는 어느 것인가?

1. 당신은 파트너가 없어서 섭섭하다. 그러나 파트너가 멀리 떨어져 있을 때에도 긴밀히 접촉하면서 집으로 돌아올 날을 기다린다. 당신은 그렇게 떨어져 있는

시간을 활용하여 친구를 만나거나 그동안 하지 못했던 일을 마무리짓는다.

2. 당신은 파트너가 없어서 섭섭한 나머지 한동안 일이 손에 잡히지 않는다. 당신은 삶을 제대로 꾸려나가는 일이 어렵다는 사실을 깨닫게 되며, 파트너에 대한 생각을 버리지 못한다.

3. 당신은 파트너가 없어도 그리 섭섭하지 않다. 당신은 다른 일로 무척 바쁘다. 아마 파트너가 멀리 떨어져 있는 동안에 당신은 다른 사람을 만날 것이다.

4. 당신은 처음에는 파트너가 없어서 무척 섭섭하지만, 그 사람이 집으로 돌아올 때에는 독립적인 생활에 이미 익숙해져 버린다. 그리하여 파트너가 옆에 있는 생활에 익숙해지기까지 어려움을 겪는다. 사실 파트너를 다시 만나도 백 퍼센트 행복하지 않다.

C. 당신은 파트너가 집에 도착하기를 기다리고 있다. 그런데 파트너가 당신이 예상했던 시간보다 몇 시간 늦게 도착한다. 이런저런 이유로 파트너가 당신에게 전화를 걸어 늦어지는 이유를 설명할 수 없는 상황이었다. 파트너가 도착하면 당신은 어떤 반응을 보일 것 같은가?

1. 당신은 기다리는 동안 마음을 달래려고 노력한다. 파트너가 나타나는 순간 당신은 기뻐하며 걱정을 놓을 것이다. 당신은 무슨 일이 일어났는지 알고 싶은 마음이 간절하지만 파트너가 당신에게로 다가오면 당신은 크게 끌어안을 것이다.

2. 당신은 걱정하고, 두려워하고, 불안해하고, 무슨 일에든 마음을 잡을 수 없다. 그 시간 내내 당신은 당신의 파트너를 추적하며 무슨 일이 일어났는지를 알려고 안달을 부릴 것이다. 당신은 몇 가지 대재앙을 떠올렸을지도 모른다. 마침내 파트너가 당신 앞에 나타나는 순간 당신은 그 즉시 얼마나 걱정을 많이 했는지 모른다면서 자초지종을 캐물을 것이다.

3. 파트너가 나타났을 때 당신은 아무 일도 일어나지 않은 것처럼 차분하게 행동한다.

4. 당신의 파트너가 집에 도착했을 때 당신은 이미 온갖 기분을 다 겪은 터라 파트너를 향한 감정이 복잡미묘할 것이다. 당신은 그 기분을 파트너와 나누기를 원하지 않을지도 모른다. 당신은 분노를 느끼면서 파트너가 부재한 사실에 대해 간접적으로 벌을 주거나 파트너가 늦은 이유에 전혀 신경을 쓰지 않는다는 식으로 행동할 것이다.

네 가지 유형의 애착 스타일

1.

이 스타일은 튼튼한 애착을 대표한다. 그리고 당신은 자신이 튼튼한 기반을 확보하고 있다고 느낀다. 당신은 대체로 자신이 안전하다고 느끼고 두 사람의 관계에서도 자신감을 느낀다. 이는 당신의 내면에 자리 잡고 있는 안정감을 반영하는 것이기도 하다. 물론 그 내면의 안정감은 당신 자신이 키워온 것이다. 당신은 특별히 질투를 하거나 상대방을 소유하려 들지 않으며, 상대방에게도 혼자만의 시간과 관심사항을 허용할 수 있다. 그와 동시에 당신과 파트너가 공유하는 친밀한 연결을 높이 평가한다. 당신은 자율권을 누리며 독립적으로 활동할 수 있는 개인인 동시에 상호의존적인 존재다.

당신은 뒤로 몇 걸음 물러서서 자신의 인간관계를 객관적인 시각으로 보면서 그 문제에 대해 명쾌하게 생각하고 이야기할 수 있다. 당신은 어른이 되어서도 여전히 튼튼한 기반이 필요하다는 사실을 솔직히 인정할 수 있다. 당신은 그 기반을 얻기 위해 싸움을 해야 한다거나 그것을 거부할 필요성을 느끼지 않는다. 어떤 사람에게는 이런 스타일이 너무 지루하거나 안정감을 주지 않는 것으로 느껴질 수도 있다. 사실 이런 스타일이야말로 정서적으로 무척 건강하다. 그렇다고 당신이 모험과 변화를 피해야 한다는 뜻은 결코 아니다.

2.

이 유형은 더욱 불안해하는 애착 스타일을 대표한다. 당신은 파트너를 철저히 믿는 것이 어렵다는 사실을 발견한다. 파트너가 집에 늦게 들어오거나 다른 누군가에게 관심을 보여도 당신은 불안감을 느낄 수 있다. 당신은 버림받을까 봐 두려워한다. 당신의 행동은 끈덕지게 달라붙는 모습으로 나타날 수 있다. 상대방에게 소유감을 강하게 느끼는 것이다. 당신은 또 질투를 보일 수도 있다. 그런 모습이 상대방을 오히려 쫓아버릴 위험이 있는데도 당신으로서는 이런 행동을 어쩌지 못하는 경우가 간혹 있다. 안전감과 확신을 배우려면 정말로 많은 시간이 걸린다. 그리고 당신 파트너의 이해와 지원이 필요한 작업이다. 만약 파트너도 당신처럼 불안을 느끼고 있다면, 두 사람 모두에게 필요한 안정감을 제시하는 작업이 극히 어려울 수 있다. 꼭 대가를 치러야만 보호받고 있다는 느낌이 든다는 생각이 간혹 들 때도 있다.

3.
이 유형은 기피하려고 하는 애착 스타일을 대표한다. 당신은 자신에게 일정한 거리를 두라고 타이른다. 너무 깊이 개입하지 말라고, 무엇인가를 감추라고 일러주는 것이다. 당신은 덫에 갇히거나 곤경에 말려들었다는 기분을 쉽게 느낀다. 당신은 다른 사람의 문제에 책임을 져야 한다는 느낌을 싫어한다. 당신은 두 사람 사이에 어느 정도의 거리를 유지하기 위해 다양한 기술을 동원한다. 그 이유는 지나치게 가까워지거나 친해지는 것 자체가 숨막히게 하거나 자율을 위협해오는 것으로 느껴지기 때문이다. 당신은 자신의 인생은 자신이 관리한다는 느낌을 갖기 원하기 때문에 적정한 선을 넘어서면 두 사람의 관계를 끝낼지도 모른다. 그럴 경우에 대비해 당신이 결코 버림받지는 않았다는 느낌을 가질 수 있는 하나의 전략으로 상대방을 거부하거나 비난하는 말을 자주 입에 담는다.

4.
이 유형은 양면적인 애착 스타일을 대표한다. 이는 곧 당신이 시간에 따라서 당신의 파트너에게 혼란스러운 감정을 느낀다는 뜻이다. 당신은 파트너에 대해 비난과 칭찬을 번갈아 하면서 변덕을 부릴 것이다. 어떤 때에는 따뜻하게 보듬어주고 싶은 느낌이 들다가도 금방 언제 그랬나 싶을 정도로 돌변하여 혼자 있기를 원하고 파트너를 심하게 비난할 수도 있다. 그러면 당신의 파트너는 두 사람의 관계가 어느 지점에 서 있는지 혼란에 빠진다.

당신은 어떤 때는 불안해하고 외로움을 느끼고 또 어떤 때는 사람들이 많다고 짜증을 내며 혼자 있는 게 더 낫겠다는 느낌을 받는다. 혹시라도 사람들이 당신을 실망시키면, 당신은 그것을 지나칠 정도로 심각하게 받아들인다. 어쩌면 당신은 어린 시절부터 독립적으로 행동하거나 문제를 혼자 해결하라는 식으로 자랐을지도 모른다. 그런 환경에서 자란 당신은 다소 혼란스럽게 되어 자신이 진정 원하는 것이 무엇인지를 늘 알지 못하게 된다. 당신은 자신이 밀접한 관계를 원한다는 사실을 안다. 당신은 또 그런 관계를 유지할 수 있다. 그러나 당신이 그런 관계를 받아들일 수 있을 정도의 감수성을 키우기 전에 먼저 당신의 내면 깊숙이 자리 잡고 있는 불안정을 이해할 필요가 있다.

애착의 실체를 파악하기 위한 질문

이 질문은 당신이 살아온 애착의 역사를 더 깊이 탐구하고, 그 역사가 당신의 인간관계에 어떤 식으로 영향을 미치고 있는지를 살피는 방법으로 아주 유익하다. 연구에 따르면, 다른 사람의 정서적 상태를 곰곰이 생각하며 이해할 줄 아는 능력과 그런 상태에 대한 느낌을 탐구하고 표현할 줄 아는 능력이야말로 삶의 방식에 엄청난 영향을 미친다고 한다. 이 질문은 강한 느낌을 촉발할 수 있을 정도로 매우 막강하다. 이 질문들을 곰곰이 생각하면서 깊이 반성할 수 있도록 자신에게 많은 시간을 할애하는 일이 최선의 방법이다. 그리고 당신의 대답에 대해 생각해 볼 시간이 있을 때마다 다시 그 질문으로 돌아가는 것도 좋다. 각 질문에 담겨 있는 의미들을 충분히 검토할 시간적인 여유가 있다면 당신은 파트너와 함께 이 과정을 차근차근 밟아볼 수도 있다. 그러면 두 사람의 관계에 과거와 현재가 어떤 식으로 연결되어 있는지를 살필 수 있는 좋은 기회가 될 것이다. 그리고 지금의 관계를 개선하기 위해 당신이 할 수 있는 일도 머리에 떠오를 것이다.

1. 아주 어린 시절 당신의 애착 스타일이 어떠했는지 기억나는 일이 있는가? 예를 들면, 당신은 보호받고 있다는 느낌을 받으며 자라났는가? 당신은 대담한 편이었는가 아니면 남에게 의존하는 편이었는가? 어머니가 당신을 어딘가에 혼자 둘 경우 당신은 두려움을 느끼며 의기소침해하거나 버림받았다고 느꼈는가? 당신은 어머니가 반드시 돌아오리라고 굳게 믿었고, 어머니를 다시 볼 때 행복한 마음이었는가?

_____

_____

_____

_____

_____

_____

2. 어린 시절에 당신이 애착을 느꼈던 중요한 인물은 누구였고, 장소는 어디였으며, 동물은 무엇이었는가? 지금 시점에서 그때를 돌이켜보면, 그 관계들이 당신에게 어떤 의미로 다가오는가?

_____

_____

_____

_____

_____

3. 어린 시절에 당신을 가장 잘 이해했다고 생각하는 사람은 누구인가? 화가 날 때 당신이 의지했던 사람은 누구였는가?

_____

_____

_____

_____

_____

_____

4. 어렸을 때 당신이 경험한 보호자들을 가장 잘 묘사하는 단어를 몇 개 든다면?

_____

_____

_____

_____

_____

5. 당신이 강하게 애착을 느꼈던 인물 중에서 당신 곁을 떠난 사람이 있는가? 그
   상실의 아픔이 당신에게 어떤 영향을 미쳤는가?

_____

_____

_____

_____

_____

_____

6. 당신의 중요한 보호자와 관련된 일 중에서 당신에게 큰 상처나 아픔을 남긴
   사건이 있었는가? 그런 사건이 있었다면 그것이 당신에게 어떤 영향을 미쳤
   는가? 당신의 보호자 중에서 위협의 원천적인 사람이 있었는가?

_____

_____

_____

_____

_____

_____

_____

7. 세상일이 당신의 뜻대로 돌아가지 않을 경우 당신은 스스로를 어떤 식으로 달
   래는가?

_____

_____

_____

_____

_____

_____

8. 학교에 입학한 첫날 어머니가 떠나고 당신 혼자 남았을 때 당신은 어떤 기분
   을 느꼈는가?

_____

_____

_____

_____

_____

_____

9. 초·중·고등학교와 대학교 또는 직장에 처음 들어갔을 때 며칠 동안 당신은

어떤 모습이었는가?

_____

_____

_____

_____

_____

_____

_____

10. 요즘 들어 화가 나거나 지치거나 우울해지면 당신은 어떤 식으로 스스로 달래고 위로하는가?

_____

_____

_____

_____

_____

_____

_____

11. 요즘 당신은 누구와 함께 있으면 긴장이 풀리고 안전하다는 기분을 느끼는가?

_____

_____

_____

_____

_____

_____

12. 당신으로 하여금 인간관계에서 자신이 사랑받고 있고, 보호받고 있고, 그 관계를 믿어도 좋다고 느끼도록 하는 것에는 어떤 것이 있는가?

_____

_____

_____

_____

_____

_____

13. 당신에게는 버림받을지도 모른다는 두려움이 있는가? 당신은 상대방에게 의지하거나 상대방을 소유하려고 드는가? 그런 당신의 성향이 다른 사람으로 하여금 당신과 함께 있는 일 자체를 힘들게 한다는 것을 알고 있는가?

_____

_____

_____

_____

_____

_____

14. 당신은 가깝게 지내는 사람으로부터 멀어지는 느낌을 받으며, 가끔은 분리된다는 느낌까지 받을 때가 있는가?

_____

_____

_____

_____

15. 당신은 다른 사람이 당신을 살피는 그 이상으로 다른 사람을 보살피는가?
    당신은 인간관계에서 특별한 역할을 맡는가?

_____

_____

_____

_____

성적 지능

섹스는 쾌락과 기쁨, 축복, 접촉과 의미 있는 연결을 확보할 수 있는 기회다. 그것은 육체적 이완과 해방감을 제공한다. 섹스는 치유와 웰빙, 긴장 이완, 자기 표현, 보살핌, 엑스타시, 성욕, 친교, 합일, 긴장과 스트레스 해소, 그리고 의미 있는 레크리에이션을 위해 꼭 필요한 행위다. 성적 정체성에 대한 인식은 우리의 내면에 자리 잡고 있는 자신에 대한 정체성과 웰빙에 없어서는 안 될 조건이다. 성적 욕구를 채우는 일이야말로 무척 중요하기 때문에 간혹 섹스를 하기 위해서 많은 돈을 지불할 때도 있다. 섹스에 따르는 느낌을 대신할 수 있는 행위는 절대로 있을 수 없다. 섹스를 위해 약간의 체면을 잃었던 경험을 한 번쯤 겪었을 것이다. 그렇다면 그런 타협이 그만한 가치가 있는 것일까?

커플 관계에서 보면 섹스는 종종 접착제의 역할을 한다. 신비하고 강한 어떤 힘에 끌리는 두 개의 자석처럼 두 사람을 하나로 묶어준다. 만족스러운 섹스는 의미와 활력과 서로 얽혀 있다는 느낌을 불러일으킨다. 그리고 대부분의 사람들이 가장 멋진 섹스는 서로 사랑하는 관계에서 일어난다는 주장에 동의한다.

성적 지능은 섹스에 대해 지적으로, 그리고 창의적으로 생각하는 하나의 방식이다. 그것은 지금처럼 섹스와 성욕에 대한 혼동이 대단히 많이 벌어지고 있는 문화적 맥락에서는 지극히 어렵다. 종교처럼 성적 지능도 불필요한 제약이 너무나 많은 분야 중 하나다. 사물을 흑백논리로 보면서 섹스를 죄나 죄의식과 연결시키는가 하면, 섹스를 하지 않는 것처럼 꾸미는 사람도 있다. 그리고 아예 섹스의 중요성을 부인하는 사람이 있는 것도 사실이다.

그런 한편, 섹스는 당신에게 유익하다고 보는 시각도 있다. 가능한 한 자주 하는 것이 좋다는 것이다. 그런가 하면 성적 착취, 성적 학대, 성병, 에이즈, 그리고 바람을 피운 공적인 인물의 도덕성에 대한 논란이 있는가 하면, 이른바 성적 소수자와 성적 취향에 대한 편협함이 지적되기도 한다. 이 모든 것은 대단히 많은 사람들이 성적으로 부적절하다고 느끼고 있는 사실과 결합되어 있다. 성적 에너지가 억압되고 왜곡될 때가 간혹 있다. 여성들은 자신의 신체 이미지에 대해 부끄러워하거나 성적으로 흥분을 느끼는 데 어려움을 겪는다. 남자들은 강하게 관통하는 섹스와 기교에 집착한다. 만약 당신이 섹스 치료전문가를 방문한다면 그들은 대체로 부드럽게 몸을 더듬는 애무에 더 많은 시간을 보내고 생식기 섹스에 대한 집중도를 낮추라는 식으로 당신에게 성 기교에 대한 조언을 내놓을 것이다. 그러나 이 기교들은 당신의 성적 정체성의 핵심을 건드리지는 못한다.

섹스는 선택하기로 마음만 먹으면 언제든지 이용할 수 있는, 중요하면서도 창의적인 자원이다. 하지만 그것의 본질을 보다 정확하게 들여다보는 일은 참으로 어렵다. 성적 에너지는 그 사람의 활기찬 생명력과 밀접한 관계를 맺고 있으며, 언제나 존중받고 양성될 필요가 있다. 성행위에 접근하는 방식은 한 개인으로서 '나' 라는 존재를 규정한다. 동성애자냐 이성애자냐, 남성적이냐 여성적이냐, 수동적이냐 지배적이냐, 보수적이냐 모험적이냐를 가른다는 뜻이다. 탄트라 전통에서는 독특한 방식으로 성행위에 접근한다. 이 전통에서는 섹스에 대한 서구적 접근은 심각한 한계를 지니고 있다고 생각한다. 따라서 탄트라 전통에서는 둘 사이의 성적 에너지를 맘껏 표출하도록 고무받고, 그 성적 에너지를 창의적인 자원으로 활용하여 확장과 축복의 느낌을 끌어내라는 가르침을 받는다. 그 전통은 오르가슴에 도달하는 일에 결코 초점을 맞추지 않으며, 천천히 더 여성적인 접근을 취하도록 권유한다. 그러면서 당신은 자신의 기분과 오감에서 나오는 느낌에 관심을 집중하며, 그 경험의 처음부터 끝까지 평안한 마음으로 모든 것을 자각하는 상태 그대로를 유지하면 된다.

당신의 성적 지능을 탐험하라!

기억에 남는 성경험에 대해 생각해보자. 그 경험이 당신의 마음속에 오래 남도록 하는 핵심 요소들은 무엇이었는가?

- 당신에게 섹스는 쾌락과 기쁨의 표현인가?
- 당신은 성적으로 경험이 많고 성행위에 자신 있다고 느끼는가?
- 당신은 섹스가 성취감을 안겨주는 모험이라고 생각하는가?
- 당신의 성행위는 당신의 핵심 가치를 표현하는가?
- 당신은 파트너와 함께 당신의 성적 욕구와 기대에 대해 이야기한 적이 있는가?
- 당신은 파트너의 욕구를 충분히 염두에 두는가? 당신 파트너의 욕구를 당신 자신의 욕구와 동등하게 받아들이는가, 아니면 그보다 못하게 받아들이는가?
- 만일 당신의 파트너가 다른 사람과 성관계를 가졌다면 당신은 어떤 느낌을 받을 것 같은가?
- 당신 자신이 파트너 아닌 다른 사람과 성관계를 가진다면 어떤 느낌이 들 것 같은가?

- 당신과 당신 파트너의 관계에서 성적 흥분이 생생하게 살아 꿈틀거리도록 만드는 방법에 대해 생각해본 적이 있는가?
- 당신이 아직 탐험해보지 못한 성적 자아나 환상이 남아 있는가? 그런 것들을 실천하지 못하도록 막는 것은 무엇인가?
- 당신이 가진 성적 관심 중에서 털어놓기 힘든 것이 있는가? 만약 그런 것이 있다면, 어떻게 하면 그것을 공개할 수 있을 것 같은가?
- 당신은 자신의 신체와 성행위에 자신감과 행복을 느끼는가? 만약 그렇지 않다면 당신이 취할 수 있는 조치는 무엇인가?
- 당신에게는 영성과 성적 관심이 서로 연결되어 있는가?
- 만약 당신이 어떤 형태로든 성적 학대를 경험했다면 지금 그것이 어떤 식으로 당신의 성적 관계에 영향을 미치고 있는가? 이 문제로 파트너와 솔직히 이야기할 수 있는가?
- 당신은 성적 취향 때문에 거절당했거나 편견을 경험한 적이 있는가? 그 경험이 당신의 관계에 어떤 식으로 영향을 미쳤는가?
- 당신이 꿈꾸는 이상적인 성 경험은 어떤 모습인가?

|결론 : 희망|

우리 모두 위대한 인생을 가꿔나갈 수 있다는 희망을 갖자!

지금 이 순간 당신의 삶을 차분히 되새겨보자. 다음 질문을 읽고 자신에 대해 점수를 한 번 매겨보자.

A=언제나 그렇다.

B=대부분의 시간에 그렇다.

C=많은 시간 그렇다.

D=얼마 동안 그렇다.

E=가끔 그렇다.

1. 나는 내가 선택한 가치를 적극적으로 표현하고 있다.

2. 비록 그 이유를 언제나 똑 떨어지게 설명할 수는 없지만 나는 희망에 차 있고 낙천적이다.

3. 나는 한 존재로서 학습하고 성장하고 발전하고 있다.

4. 나는 내가 선택한 목표를 적극적으로 추구하고 있다.

5. 나는 나 자신을 성공적이고 효율적인 존재로 여기고 있다.

6. 나는 현재 직면하고 있는 문제들을 잘 해결할 것으로 믿고 있다.

7. 나의 과거 경험이 미래를 준비하는 데 필요한 지혜를 주었던 것 같은 느낌이 든다.

8. 불굴의 의지를 놓지만 않는다면 나는 나의 인생 목표에 닿을 수 있을 것이라고 믿는다.

9. 나는 나에게서 행복과 창의성의 잠재력을 확인하고 또 그것을 표현한다.

10. 나의 인간관계들은 안락함과 보살핌, 영감의 원천이다.

11. 나는 나를 되돌아보고, 나의 가치와 감정을 표현한다.

누구나 꿈을 꾸고, 소중히 간직하고 있는 개인적인 가치들을 소중히 여기면서 우리는 서로 함께 노력할 수 있다. 희망이라는 이름으로 말이다!

희망은 인간의 영혼을 꽃 피우는 환상의 보고다. 희망은 냉소와 파괴의 무게에 눌리면 쉽게 질식하다가도 숨을 쉬고 자랄 공간만 다시 내주면 금세 되살아난다.

당신의 희망과 가치들이 날개를 얻고 높이 솟아올라 당신의 삶은 물론, 우리 모두의 삶에 긍정적으로 작용하고, 당신 삶의 태도에 깊이와 폭을 더할 수 있기를 진심으로 기원한다.